探偵少女アリサの事件簿
溝ノ口より愛をこめて

東 川 篤 哉

幻冬舎文庫

探偵少女アリサの事件簿

溝ノ口より愛をこめて

目次

第一話

名探偵、溝ノ口に現る

1

冒頭から無駄話をするようで恐縮だが、こんな話を聞いたことないかな？

某大学の生協で実際にあった話だ。その店の購買担当者、仮に職員Aと呼ぶことにするが、ある日、その職員Aがうっかり商品の誤発注をやらかした。何をどう間違ったのか知らないが、職員はメーカーだか問屋だかに焼きプリンを四千個も注文したらしい。

突然届いた四千個のプリンを見て、店側は頭を抱えたはずだ。職員Aは当然クビになるところだよな。普通はクビだ。

だが、現実は意外な展開を見せる。騒ぎを知った学生たちが、その状況をツイッターで呟《つぶや》いた。「お願い！　誰かプリンを買ってあげて！」と真剣に訴えたか、それとも「プリンなう」と馬鹿みたいに呟いたか、その点は詳しく知らない。が、ともかく学生たちの呟きは瞬く間にネット上に拡散。すると職員Aとは一面識もない善意の学生らが、問題の生協に続々と集結した。彼らはこぞってプリンを購入。さらに他大学の協力などもあり、四千個のプリンは奇跡の完売。大学生協と職員Aは、絶体絶命の窮地を脱することに成功した——

　このエピソードは、この乾き切った現代社会においてなお、助け合いの精神が意外な形で発揮されることを証明した例、すなわち一種の美談として報じられた。と同時に、ツイッターというメディアの威力を示す恰好《かっこう》の事例としても、かなり評判になった。

　だが、敢《あ》えていおう。この奇跡を引き起こしたのは、助け合いの精神でもなければ、ツイッターの威力でもない。それはプリンの力だ。プリンじゃなけりゃ、こうはならない！

　それが証拠に、昨年まで都心のスーパーに勤めていた俺も、この職員Aと同様に、商品の誤発注をした経験がある。俺の場合、とある業者に缶詰を二千個ほど発注したのだ。

　パソコンの入力ミス？　数字の桁《けた》を間違えた？　いやいや、そんなんじゃない。

　俺の手にした注文書には、実際「缶詰2千個」と書いてあったのだ。確かに異常な個数だとは思ったが、何度見返しても「2千個」としか読めなかったから、そのとおり発注しただけのことだ。俺はなんにも悪くない。

　その数字が「2千」ではなく「24」だと知ったのは、スーパーの搬入口に二千個の缶詰が到着した後だった。気付けば俺は、千九百七十六個の過剰注文をやらかしていたのだ。

　顔面蒼白《そうはく》の俺は、「二十四個なんていう半端な数で注文を出すほうが悪い」と必死で店長に訴えたのだが、駄目だった。店長曰《いわ》く、「二ダースは半端な数ではない」のだそうだ。

確かにそうかもしれないが、残念ながら俺には鉛筆以外のものを一ダース二ダースと数える習慣はない。誰だってそうだろ？　ダースってなんだよ、ダースって！

しかも悪いのは、届いた缶詰の種類だ。国内メーカーのサバ缶やツナ缶なら、まだなんとかなった。缶詰は日持ちするから長期間売れるし、返品だって可能だ。だが、その缶詰は輸入品のオイルサーディンだった。判《わか》るよな？　鰯《いわし》のオイル漬けだ。確かに美味《うま》い。それは認める。

だが日本人が毎日食べるもんじゃない。だって、あれはノルウェーの缶詰だからな。ノルウェーだ。どうだ、ピンとこないだろ。小説のタイトル以外では、滅多に耳にしない国名だ。そんな遠い国の缶詰料理だから、二千個なんて絶対売れるわけがない。

俺は輸入業者に掛け合って、なんとか返品を試みたが、交渉は決裂した。まあ、向こうにしてみれば、千九百七十六個返品されても困るって話だ。そんなわけで状況は絶望的。切羽詰まった俺は、藁《わら》にもすがる思いで、現在の過酷な状況をツイッターで呟いてみた。あの可哀想《かわいそう》な職員Aを救った助け合いの精神とツイッターの力を信じて。

結果、俺が思い知ったのはプリンの力だった。プリンの凄《すご》さ。圧倒的な庶民性。それに引きかえ、オイルサーディンときたら！　なにがサーディンだ、たかが鰯のくせに！

結局、缶詰は大量に売れ残り、俺は店をクビになった。

傷心の俺は都心のアパートを引き払い、地元に戻った。俺の地元は神奈川県川崎市中原区新城だ。どうだ、ノルウェー以上にピンとこないだろ。説明すると、新城はＪＲ南武線沿線の街だ。川崎から黄色いラインの入った電車で十分ほど北へ向かうと、「武蔵」を冠した駅名が四つ続く。武蔵小杉、武蔵中原、武蔵新城、そして武蔵溝ノ口だ。中でも新城は地味な土地柄で、小杉や溝ノ口には大きく水を開けられている（中原とはいい勝負。いや、むしろ少し勝ってる）。

駅前のアーケード街は昭和の香りが漂い、路地に入ると怪しい呑《の》み屋が軒を連ねる。間違っても、「ナウなヤングに馬鹿ウケ」とか「巷《ちまた》で話題沸騰」といった街ではない。つまり、いまの俺にはちょうどいいってことだ。

そんな武蔵新城駅から歩いて十分。アーケードを抜けたところにある平凡な住宅地。その一角に建つ寂れた木造アパートの二階に、俺は移り住んだ。

引っ越した早々、俺は元いた職場に「転居しました」の通知を送った。すると間もなく俺のアパートに大量の段ボール箱が届けられた。まさかと思って箱を開けると、中身はすべて缶詰のオイルサーディン。添えられた手紙には、店長の文字で「おまえのだ。置いていくな」とあった。俺は店長の根深い怒りと底なしの悪意を感じたが、結局、送られてきた缶詰は、その後の俺の食生活を根底から支えてくれた。プリンにはない、鰯の底力だ。俺は感謝しなくてはならないだろう。もちろん店長にではなくオイル漬けの鰯たちに、だ。

とはいえ、俺も海の生き物ではないし、そうそう鰯ばかり食べて暮らすわけにもいかない。

そんな苦しい状況を察してくれたのだろう。俺のもとには昔馴染《なじ》みや、呑み屋の知り合いなどから、小遣い稼ぎの仕事が舞い込むようになった。大半は身体《からだ》ひとつでできる、元手のかからない仕事だ。「今日だけ店を手伝って」とか「犬を散歩させて」とか「部屋のガラクタを始末して」とか、そんなやつ。だが、なんの脈絡もなく舞い込んでくる、その手の仕事をコツコツとこなすうち、新城の街で俺の噂《うわさ》がチラホラと囁《ささや》かれるようになった。

「新城に凄い奴《やつ》がいる」「彼に頼めば全部OK」「あいつにできないことはない」云々《うんぬん》。

どうやら噂の中で、俺という人間は相当なツワモノと見なされているようだ。実際には、誰にでもできる仕事を引き受けているだけなのだが、そうは思われていないらしい。だったら、この勘違いは利用するに限る。

そう思った俺はアパートの自室に『なんでも屋』の看板を掲げ、正式にそれを職業とすることに決めた。こうして『なんでも屋タチバナ』が、武蔵新城の地に誕生した。

あ、ちなみにタチバナというのは、俺の名前だ。

橘良太《りょうた》、三十一歳、独身。趣味はナシ。特技は寝ること。好きな食べ物と嫌いな食べ物は、文脈から判断してくれ。

職業は説明したとおり『なんでも屋』だ。看板に偽《いつわ》りはない。
依頼さえあれば、俺はなんでも引き受ける。
犯罪以外は、なんでもだ。

2

俺に仕事を頼もうと思った場合、俺のアパートの扉を叩《たた》くか、電話やメールで依頼するか、もしくは呑み屋で偶然俺と知り合うか、そのいずれかの手段で俺とコンタクトを取る必要がある。実は三番目のやつが馬鹿にならないくらい多いのだが、今回の依頼人は電話で連絡を取ってきた男だ。

季節は春。大型連休を間近に控えた四月下旬のことだった。連休前にひと稼ぎしておきたい俺に、その依頼人は電話の向こうで一方的にこう告げた。『今度の土曜日の晩、三時間ほど力を貸してくれないかな。身体ひとつでできる簡単な仕事だ。ぜひ、頼むよ』

声の感じでは俺と同世代か。やけに馴《な》れ馴れしい口調だが、けっして不愉快な感じではない。育ちのいいボンボンと会話しているような印象だ。だが、具体的な仕事内容にいっさい触れようとしない点が、なんだか妙に怪しい。「犯罪以外はなんでも」がモットーの商売だが、逆にいうと「犯罪だけは勘弁」というのが俺の偽らざる本音だ。敢えて危ない橋を渡る必要はないわけで、怪しい依頼を断ることは実に容易《たやす》い。だが、そんなことを思う俺の耳元に、電話の向こうの彼は、とびっきり魅惑的な言葉を囁いた。『――報酬は三万円で』
「！」俺は思わず漏れそうになる笑い声を押し殺し、努めて平静を装った。「ええ、もちろん、お引き受けしますとも――ヘッ、依頼があれば、なんでも引き受けるのが――へヘッ、なんでも屋のプライドですからね――へ、へヘッ」
俺は相手の名前と自宅の住所を聞き、土曜の夜に必ず伺う旨を告げた。カネに転んだ、と笑いたくば笑うがいい。いまの俺にとって時給一万円という報酬は、危ない橋の通行料としては充分魅力的な額なのだ。
まあ、本当にヤバそうな橋なら、渡りきる前に引き返せばいいだけの話。そんな甘い考えを抱《いだ》く俺は、三万円の報酬を手にできる日を心待ちにしたのだった。

そんなわけで問題の土曜の夜。武蔵新城駅から南武線に乗った俺は、すぐ隣の武蔵溝ノ口駅に降り立った。ペデストリアンデッキを歩き、東急田園都市線の溝の口駅を横目に見ながら、高架下をくぐる。その先が俺の目指す溝口二丁目だ。
お判りかな？　何も思わない人は、それで結構。奇妙な点に気付いた人は、校正の仕事が向いているかもだ。

そう、南武線の駅名は「武蔵溝ノ口」で、田園都市線の駅名は「溝の口」で、実際の地名は「溝口」だ。いったい誰と誰が喧嘩《けんか》して、こんなことになったんだ？

もっとも、この街に暮らす人々、特に若者、ヤンキー、ギャルたちは、自分たちの街を「溝ノ口」でも「溝の口」でも「溝口」でもなく、ただ単に「ノクチ」と呼んだりする。片仮名の「ノクチ」だ。簡潔にしてポップ、なおかつちょっとチープで間抜けな感じ。ちなみに駅前の商業施設は『ノクティ』という。どうだい、このセンス！　まさしくノクチっぽいだろ！

そんなノクチに住む篠宮龍也《しのみやたつや》という男が、今回の俺の依頼人だ。

教えられた住所に着くと、そこには一軒の豪邸が聳《そび》えるように建っていた。なるほど、時給一万円を提示するだけのことはある。これぞまさしく、お金持ちの邸宅だ。

俺は表札に書かれた「篠宮」の文字を確認しながら、インターフォンのボタンを押した。

「なんでも屋タチバナでーす。篠宮龍也さん、いらっしゃいますでしょうかー？」

精一杯爽《さわ》やかな声を発すると、数秒で玄関の扉が開いた。現れたのは、やはり俺と同世代の男だ。カーキ色のチノパンに白いカーディガン姿。色白で痩《や》せ型。顔立ちは充分男前と呼べるレベルだが、切れ長の目は神経質そうな瞬《まばた》きを繰り返している。

「やあ、お待たせ」男は嬉《うれ》しそうな笑みで俺を迎えた。「きてもらえないんじゃないかとハラハラしたよ。とにかく中へ入ってくれ。お茶でも淹《い》れさせよう」

些細《ささい》な言葉に、暮らしぶりは出るものだ。他人にお茶を淹れさせることのできるこの男を、俺は心底羨《うらや》ましいと思った。『なんでも屋タチバナ』では、お茶汲《く》みも俺の仕事だ。

男は俺を室内に招き入れると、そのまま一階のとある一室へと案内した。

そこは応接室だった。テーブルを挟んで向かい合うソファ。洋酒の瓶やグラスが並ぶサイドボード。モザイク模様の壁には、立派な額縁に入った絵画が飾られていた。

男はあらためて「僕が篠宮龍也だ」と名乗りを上げ、ソファの真ん中の席を俺に勧めた。いわれるままに俺は腰を下ろし、「橘良太です」とぎこちなく初対面の挨拶《あいさつ》。「で、さっそくですが、僕は今夜、何をすれば……」

そう切り出す俺の言葉を遮《さえぎ》るように、そのとき突然、応接室にノックの音。どうぞ、と慣れた口調で龍也が応じると、エプロン姿の若い女が姿を現した。手にしたお盆の上には、二人分の珈琲《コーヒー》カップが載っている。

「ああ、村上《むらかみ》さん、すまないね」

村上と呼ばれた女は、小さく頭を下げながら、二人分のカップをテーブルに並べた。手馴れた様子から、俺は彼女のことを、この家の家政婦だろうと判断した。

「そうだ、村上さん、父さんはどうしてる？　まだ仕事中かい？」

唐突な龍也の問いに、エプロン姿の女は頷《うなず》き、「先生はアトリエにこもっていらっしゃいます。誰も入らないように、とのことです」と小さな声で答えた。それから彼女は空になったお盆を胸に抱くようにすると、「失礼します」と一礼して応接室を去っていった。

俺の頭の中では、彼女の発した二つの単語、『先生』と『アトリエ』が共鳴しあっていた。

そんな俺に龍也は珈琲を勧めながら、「君も知っているとは思うんだが……」といって自分の珈琲をひと口啜《すす》った。「僕の父親、篠宮栄作《えいさく》は有名な画家でね。いまも、地下のアトリエで創作の真っ最中らしい。さっきの女の子は村上可南子《かなこ》さんといって、父の弟子であると同時に、住み込みで家政婦のような仕事をしてくれている女性なんだ。ちなみに、そういう僕自身も画家の端くれなんだがね」

試すような彼の視線を感じて、俺はドキリとなる。だが、こっちも客商売だ。俺は万全の笑顔で応じた。

「ええ、もちろん噂は聞き及んでおりますとも。篠宮栄作氏と龍也氏、有名な画家の親子ですもの。この溝ノ口で、お二人の名前を知らない者など、ひとりもおりませんよ」

ま、そういう俺は新城の人間だから、正直あんたの名前は知らねーけどよ。――と、心の中で呟く俺。だがそんな俺も、この家が篠宮栄作の邸宅だという事実には、素直に驚くしかない。篠宮栄作といえば、芸術に疎《うと》い俺でもその名を知る、正真正銘の有名画家だ。

「お父様が画家だと、息子さんも子供のころから英才教育を受けたりするのでしょうね」

「いや、それは関係ない。というのも、僕が中学のとき母は父と再婚したんだ。当時、僕はすでに絵を描いていた。だから父の影響で描きはじめたのではない。父とは作風も技量も全然違うしね。例えば、この応接室に飾られた二枚の絵――」

そういって龍也は自分の正面の壁を指差した。俺はソファの上で身体をひねりながら、背後の壁を見やった。壁には若干の距離を置いて二枚の絵が掛かっている。俺の目の前にある絵は富士山を描いた風景画、少し離れたところにある絵は果物を描いた静物画だ。

「ほほお、風景画が篠宮栄作画伯の絵で、静物画のほうが龍也さんの絵ですか？」

「いや、これは両方とも、僕が描いたものだ」

なんだ、じゃあ見る価値無しだな、と一瞬で興味を失う俺。

だが龍也はソファから立ち上がると、壁に掛かる絵のひとつ、静物画のほうを壁から外《はず》し、得意げにそれを俺に差し出した。

渡された絵は銅製の額に入っていた。細かく繊細な彫刻が施された額縁は、手にするとズシリという手ごたえがあった。俺はその絵をしげしげと眺めながら、感嘆の声を発した。

「うわあ、素晴らしい作品だなあ。熟したリンゴの絵ですね」

「いや、育ちすぎたプラムだ」

瞬間、応接室を鉛のような重たい空気が支配した。プラムをリンゴのように描いてしまう彼のズバ抜けた画力に、俺は唸《うな》った。こうなると、もう一方の絵が本当に富士山の絵であるか否《いな》か、それを問いただすことさえ憚《はばか》られた。気まずい沈黙が舞い降りる中、鳩時計の鳩が「ぽっぽー」と間抜けな声で時を告げる。俺は手にした額縁を彼に返した。

「まあ、スモモもモモもリンゴのうちって、いいますしね。ははは」

俺はぎこちない笑みを浮かべながら、ようやく本題を切り出した。「ところで、そろそろお仕事の話を。今夜、僕は何をすればいいんですかね？」

龍也は酷評された静物画を壁に戻すと、「そうそう、そのことだった」といって、あらためて俺の正面のソファに座った。そして彼は、俺の姿をマジマジと見詰めながら、ついに驚愕《きようがく》の依頼を口にした。「君、服を脱いでくれないか……」

それからしばらくの後。俺は一階にある龍也のアトリエにいた。

龍也はイーゼルの上にカンバスを置き、絵筆や絵の具を準備する。俺はジャケットとシャツを脱ぎ、上半身だけ裸になった。男性のヌードモデル、それが時給一万円の仕事ってわけだ。正直、抵抗がないことはないが、「服を脱いで……」といわれた瞬間、頭をよぎった屈辱的な仕事に比べれば、遥《はる》かにマシな依頼といえた。羞恥心《しゅうちしん》さえ遥か遠くに蹴飛ばせば、むしろ楽チンな仕事ともいえる。

「本当は美少女を描くほうが、僕だって楽しいんだが、まあ、たまには男性ヌードも悪くないと思ってね。『なんでも屋タチバナ』の噂を聞いて、試しに電話してみたんだよ」

「なるほど、そうでしたか」

このような依頼があることを、前もって想定しておくべきだったな、と俺は心の中で溜《た》め息をつく。だが引き受けた以上、仕事は前向きにやるべきだ。

俺は自ら部屋の中央に進み出て聞いた。「で、画伯は、どういうポーズがお好みですかね。こうですか？　それとも、こう？　あるいはこんな感じ？」

俺は龍也の前で立て続けにポージングを披露した。両手を腰に当てる「力道山のポーズ」。両手を前に構える「A・猪木のポーズ」。そして両手を胸の前で組む「G・馬場のポーズ」。昭和プロレスを代表する三種のポーズを前にしながら、しかし龍也はゆっくりと首を振る。

そして彼は、俺に向かって一本の赤い薔薇《ばら》をそっと差し出した。

「悪いが、これを口にくわえて、窓辺に立ってくれないか」

「…………」篠宮龍也、アンタ、どんな絵を描くために絵描きになったんだ？

大いなる疑問を抱きながら、俺は渋々と窓のほうへと歩み寄る。

そして窓辺にもたれかかった俺は、渡された薔薇の花を黙って口にくわえるのだった。

3

長く屈辱的な三時間がようやく過ぎ去ると、龍也は絵筆を置きながらいった。

「よし、今日のところは、これぐらいにしよう」

その言葉を聞くや否や、俺はくわえていた薔薇の花を「——ペッ！」と床に吐き出し、窓辺を離れた。意に染まない仕事から解放された俺は、服を着るよりも先に、彼のカンバスに歩み寄る。気になるのは、篠宮龍也センセイのお描きになられた絵の出来栄《ば》えだ。

まあ、プラムをリンゴのように描く彼の画力をもってすれば、俺のこの均整の取れたスタイルも精悍《せいかん》なマスクも、すべては台無しにされ、ブサイクな別人の姿になっているに違いない。そう決め付けながら、俺は彼のカンバスを覗《のぞ》き込む。と、次の瞬間、「——うッ」

俺は思わず絶句した。カンバスの中には、『窓辺で薔薇をくわえる橘良太』とひと目で判る、写実的な絵が七割がた出来上がっているではないか。俺の背中をひと筋の冷たい汗が流れる。

「どうだい、なかなかの出来栄えだろ」と、龍也は満足そうな表情だ。

「え、ええ、見事な絵ですね……」コイツ、余計なところで妙に実力を出しやがって！

俺は引き攣《つ》った笑みを浮かべながら、この屈辱的な絵を一瞬で灰にする手段はないものかと真剣に考えた。万が一、この絵を知り合いに見られでもしたら、末代までの恥だ。

そんなことを思いながら、俺は脱いだシャツをのろのろと手にする。だが、裸の腕を袖《そで》に通そうとした、ちょうどそのとき！

「――きゃあああぁぁぁぁ！」

突然、屋敷に響き渡る女の悲鳴。続けて同じ声が、「誰か、誰かきて！」と懸命に助けを求める。どうやら篠宮邸に緊急事態発生のようだ。

女の声に耳を澄ましていた龍也が、いきなり叫ぶ。「あれは、母さんの声だ！」

「呼んでいるみたいですね」と俺はぼんやり龍也を指差した。「いってあげたら？」

「もちろんだとも。君もきてくれ！」

「え、待って、僕はまだ服を着てな――いッ」俺は服を着る間も与えられず、龍也に腕を引かれてアトリエの外に引っ張り出された。「ちょ、ちょっと、どこへいくんですか」

「地下室だ。そこが父のアトリエでね。母さんの悲鳴は、そこから聞こえたようだ」

「だからって、なんで僕が、それを見にいかなきゃいけないんですか」

「一緒にきてくれたっていいじゃないか。君、なんでも屋だろ。延長料金、払うから」

「参りましょう！　お母様の身に重大な危機が迫っているやもしれませんしね！」

俺は一瞬で態度を翻《ひるがえ》した。どんな厄介ごとも、仕事としておこなう分にはなんの不満もない。それに俺だって悲鳴の正体が何であるか、確かめたい気持ちは当然あるのだ。

一階の廊下を玄関方向に進むと、その途中に地下へ下りる階段があった。龍也が階段を駆け下りるのを、俺も後から追いかける。階段を下りきったところに、重厚な木製の扉があった。扉は半分ほど開いている。龍也はその扉を一気に開け放ち、一目散に中へと飛び込んでいった。俺もすぐさま彼の後に続く。

そこは確かにアトリエだった。油絵独特の揮発性の溶剤の匂いが鼻を衝《つ》く。学校の美術室に似た部屋だが、地下なので窓がない。唯一の出入口を入ってすぐのところに、ひとりの女性がしゃがみこんでいた。中年女性、というよりむしろ、老婦人といったほうがいいだろう。灰色のセーターに黒のスパッツを穿《は》いた白髪の婦人だ。

「どうしたんだ、母さん！」

龍也が母親の肩を摑《つか》む。母親はぶるぶると震える手で、アトリエの奥を指差した。

そこには画材やら彫像やら、雑多なものが置かれていた。そんな中、ひとりの男が仰向《あおむ》けに倒れている。龍也は母親のもとを離れると、真《ま》っ直《す》ぐその男に駆け寄った。

「父さん！」龍也の口から悲鳴にも似た叫び声が漏れた。「な、なんで、こんなことに……」

絶句する龍也のもとに、俺も恐る恐る歩み寄る。仰向けになって倒れているのは、顔中に深い皺《しわ》を刻んだ白髪の老人だ。初めて見るはずなのに、なぜか見覚えのある顔。たぶん写真かなにかで見た記憶があるのだ。それは龍也の父、篠宮栄作画伯に間違いなかった。彼は白髪の一部を赤く染めた状態で、微動だにしない。その顔には、いっさいの表情がなかった。

そのとき、遅れて地下室に駆け込んできた二人の人物があった。

ひとりはエプロン姿の家政婦、村上可南子だ。可南子は目の前の光景を一瞥《いちべつ》するなり、

「まあ、なんてこと!」と恐怖に目を見開き、そして貧血でも起こしたのか、龍也の母親の隣にうずくまった。

もう一方の人物は、俺の知らない男だ。龍也よりも少しばかり年上と思《おぼ》しき小太りの男性。彼は床に倒れた篠宮栄作と、その傍《かたわ》らに立つ龍也の姿を交互に見ながら、

「なんだ!? いったい、なにが起こった。おい、龍也、おまえ、父さんになにをした!」

と、半ば喧嘩腰で龍也に詰め寄る。龍也はそんな彼を一喝するように鋭い声を発した。

「説明している暇はない。兄さんは警察を呼んでくれ! 僕は救急車を呼ぶ!」

兄さんと呼ばれた小太りの男は、事態の切迫していることを悟ったのだろう。「よ、よし、判った」といって、自らの携帯を取り出した。その隣で、龍也も自分の携帯を耳に当てる。

俺は床に倒れた篠宮栄作の傍らに、ひとりしゃがみこんだ。念のため脈を診《み》て、呼吸を確

かめる。そして俺は、龍也の呼ぶ救急車がすでに手遅れだという事実を確信した。

篠宮栄作画伯は、頭から血を流してすでに息絶えていた。

俺はその事実を一同に伝えた。俺の言葉に驚く者はいなかった。この老人が絶命していることは、ひと目見た瞬間から、とっくに判っていることだった。

そのとき、床に転がるひとつの物体が俺の目に留まった。

それは額縁に入った一枚の絵だった。見覚えのあるその絵を指差し、俺は龍也に聞いた。

「この絵って、応接室に飾ってあったやつですよね。――えと、富士山の絵？」

「そうだ」携帯を仕舞いながら龍也が答えた。「それは僕が描いた富士山の絵だ」

「ですよね」俺は内心ホッと胸を撫《な》で下ろした。富士山じゃなくて雪を被《かぶ》った高尾山の絵です、なんていわれたらどうしようかと、実はハラハラしていたのだ。「だけど、応接室にあった絵が、なぜこんなところに？　いったい誰が持ち込んだんです？」

素朴な疑問を呟きながら、俺はその銅製の額縁に手を伸ばす。すると俺の軽率な行為を咎《とが》めるように、小太りの兄が「触るな！」と鋭い声を発した。「その絵に触ってはいけない。よく見ろ。その額縁には血が付いている。おそらく、その絵が凶器なんだ」

「凶器⁉」その言葉を聞き、俺は事の重大さを思い知った。「凶器ってことは、つまり……」

そうだ、と小太りの男は頷き、低い声で断言した。

「父は何者かの手によって殺害されたんだ。その額縁で頭を殴られてな！」

4

篠宮龍也の母親の名前は花代《はなよ》で、兄の名前は一郎《いちろう》という。一郎は父、栄作氏の連れ子であり、花代や龍也との血の繋《つな》がりはない。そんな篠宮一郎は画家ではなく、有名人である父親のマネージャー的な存在なのだそうだ。

もっとも、そういった細かい情報は、すべて後になって知ったことだ。

死体発見直後の俺たちは、篠宮栄作の死体を地下室に残したまま、いったん一階に戻った。

警察の到着を待つ間、龍也が彼の母親に短く尋ねた。「母さんは、なぜアトリエに？」

「や、夜食が必要かどうか、それをあの人に聞きにいったのよ」

そう答えながら、花代は小刻みに身体を震わせた。「そうしたら、アトリエの扉が半開きになっていたの。おかしいと思って中を覗き込むと、部屋の奥であの人が倒れていたわ。私は慌てて駆け寄った。だけど、すでにあんな状態で……私は思わず悲鳴を……」

その悲鳴を聞きつけて、屋敷にいる全員が地下室に集まった、ということらしい。

では、いったい誰が彼を？　という当然の疑問はいっさい口にしないまま、俺たちは互いを監視しあうような形で、警察の到着を待った。

やがて赤色灯を光らせたパトカーの群れが、夜の篠宮邸に続々と到着。大勢の制服警官と私服刑事が邸内に溢《あふ》れかえった。現場を取り仕切るのは、神奈川県警溝ノ口署だ。

当然、俺も彼らから事情聴取を受けることとなった。場所は先ほどの応接室だ。

俺を尋問したのは、洒落《しゃれ》た眼鏡《めがね》を掛けたインテリ風の男で、名前は長嶺勇作《ながみねゆうさく》という。

なぜ俺が刑事のフルネームを知っているのかというと、理由は簡単。長嶺は俺の高校時代の同級生だからだ。実際、俺が新城に舞い戻って以降、彼とは何度か顔を合わせ、電話やメールで連絡を取り合う仲だ。捜査に手心をくわえてくれるかもしれない。

友人の寛容さに期待を寄せる俺は、普段どおり彼に接した。

「よお、長嶺、世間は狭いな。俺が関わった事件を、おまえが担当するなんて。まあ、俺とおまえの仲だ。捜査に協力するぜ。聞きたいことがあったら、遠慮なく聞いてくれ」

「そうか。それは助かる」長嶺は眼鏡の奥から鋭い眸《ひとみ》で俺を見た。「じゃあまず、殺人のあった家の中を、橘が裸でウロついている、その理由から聞かせてもらおうか」

なるほど、確かにその点は説明が必要だ。でないと、この俺が単なる変質者に見えてしまう。俺は短い時間で頭を整理して、おもむろに説明を開始した。「話せば長いが、そもそも事の発端は、俺がオイルサーディンの缶詰を大量に誤発注してだなあ……」

「おまえ、そこから話す気か！　必要ない！　百回も聞いた話だぞ！」

長嶺のクールな二枚目顔が怒りに歪《ゆが》む。俺は思わず肩をすくめた。

「オーバーだな、長嶺。百回ってことはないだろ。せいぜい五、六回のはずだ」

「五、六回も聞けば充分だ」

長嶺は吐き捨てるようにいうと、「いいから今夜の話をしろ。今夜の話を」

「判った」俺はゴホンと咳《せき》払い。「そもそも今夜、俺がここを訪れたのはだ……」

「説明の前に、まず服を着てこいよ！　おまえは裸族か！」

なるほど、彼の指摘はもっともだ。俺はいったん龍也のアトリエに向かい、数時間ぶりにシャツを着た。それから応接室に戻った俺は、ようやく今夜の経緯を長嶺に語った。刑事らしく手帳片手に俺の話を聞いていた長嶺は、話が終わるや否や、俺に質問をぶつけてきた。

「じゃあ、橘は篠宮栄作氏に生前会う機会はなかったんだな。死体を見ただけで」

「そういや、会い損ねたな。俺がこの屋敷を訪れたとき、栄作氏は地下のアトリエで創作中だったはずだ。村上可南子っていう家政婦が、応接室に珈琲を持ってきたときに、そんなことをいっていた。まさかその後、その栄作氏が殺されるとは、思わなかったがな」

「おいおい、勝手に決め付けるなよ、橘。その時点で栄作氏はすでに殺されていたのかもしれないだろ。なにせ、地下にある彼のアトリエは完全防音だ。犯人と被害者が二人っきりで争った場合、上の階にいる者たちは、誰も気が付かなかっただろうからな」

「なるほど。でも、ちょっと待て」

俺は長嶺の見解に対する、ひとつの反論を思いついた。「少なくとも、俺がこの応接室で龍也と話をしていた時点では、まだ事件は起こっていなかったはずだ」

「ほう。なぜ、そう思うんだ？」

「ポイントは凶器だ。凶器は、あの富士山の絵なんだろ」

「そうだ。正確には富士山の絵が入った額縁が凶器だ。栄作氏は、あの銅製の額縁で頭部を数回殴打されて死に至ったと思われる。——それが、どうかしたのか？」

「俺がこの応接室にいたとき、富士山の絵はちゃんとそこの壁に掛かっていた」

俺は目の前の壁を指差した。壁にはリンゴみたいなプラムの絵だけが残り、富士山の絵があったはずのスペースは、ガランと間抜けな感じになっている。

「てことは、犯人が殺人に及んだのは、俺が応接室を出た後のことだ。犯人は誰もいない応接室から絵を持ち出し、それを凶器として地下室での殺人に及んだ。そういうことだろ？」

「ふむ。つまり、橘が絵のモデルになっていた三時間ほどの間に、犯行はおこなわれたってわけか。だとすれば、犯人は誰か……」

いきなり結論を急ぐ長嶺に、俺はひとつの可能性を示した。

「泥棒が入ったんじゃないか。なにしろ、この屋敷は有名画家の家だからな。いかにも、お宝が眠っていそうだろ。泥棒は鍵《かぎ》の掛かっていない窓から邸内に侵入し、いくつかの部屋を物色。そして応接室で富士山の絵をゲットした。無名画家の絵とは知らずにな」

「待て。なぜリンゴの絵はゲットしなかったんだ？」

「さあな。リンゴが嫌いだったんだろ」いや、それともプラムが嫌いだったのか？　まあ、どっちだっていいや。俺は自分の推理を続けた。「泥棒は、さらに獲物を求めて地下のアトリエに侵入。だが、そこでは栄作氏が創作中だった。鉢合わせした二人の間で、当然のように争いが起こる。泥棒は手にしていた額縁で栄作氏を殴り殺した。恐れをなした泥棒は、その額縁を放り捨て逃走した――てな、わけだ」

俺の推理を聞いていた長嶺は、まあまあだな、といった感じで頷いた。

「なるほど、あり得る話かもしれんな。だが、それなら別の可能性も考えられるぞ」

「別の可能性？」

首を傾《かし》げる俺を見ながら、長嶺は眼鏡の縁を指先で押し上げた。

「橘良太が犯人という可能性だ。まあ、聞けよ。べつに突飛な発想じゃあるまい。なにしろ橘は今夜、篠宮邸における唯一の部外者だ。例えば、こういうことが考えられる。おまえはモデルを務める合間に、『ちょっとトイレ……』などといって、ひとりで龍也氏のアトリエを離れる。その足で、おまえは応接室に向かい、富士山の絵をゲットする」

「待て。なぜリンゴの絵はゲットしなかっ――いや、どうでもいいや。続けてくれ」

「おまえは富士山の絵を抱えて、地下にあるアトリエに向かう。そこで栄作氏の頭を額縁で殴打して殺害。凶器を現場に残したまま、おまえは何食わぬ顔で龍也氏のもとに戻り、再びモデルとしての役割を果たした。――どうだ。あり得ない話じゃないだろ」

「馬鹿。あり得るか、そんな話」俺は彼の説を一笑に付した。「そもそも、俺と栄作氏は一面識もないんだぞ。そんな相手を、なんで俺が殺したりするんだよ」

「なにいってんだ。おまえ、自分の職業を忘れたのか。橘良太は『なんでも屋』だろ。カネさえ払えば、なんでも引き受けるのが、おまえの仕事。だったら、殺人だって……」

「殺人は引き受けねえ」俺は断固としていった。「犯罪以外はなんでも引き受けますってのが、俺のポリシーだ。逆にいうなら、犯罪だけは絶対引き受けねーんだよ、俺は」

「そうか。立派な心がけは結構。だがな」長嶺はクールな視線で俺を見やった。「失礼なことをいうようだが、おまえのポリシーなんか、世間じゃ十円の値打ちもないんだからな」

冷静かつ的確な友人の指摘に、俺は思わず言葉に詰まる。

「だ、だったら龍也に聞いてみろよ。俺は今夜、彼の前で三時間立ちっぱなしだった。彼も三時間ずっと絵筆を動かし続けていた。トイレに立つこともなくだ。間違いない」

「そうか。おまえがそういうんなら、聞いてみようじゃないか」

長嶺は廊下に待機する制服巡査に「おい、篠宮龍也をここに」と命じた。間もなく姿を現した龍也は、すでに大勢の刑事から質問攻めにあったのだろう、どこかゲンナリした表情だった。そんな龍也に長嶺は容赦なく質問を放った。

「篠宮龍也さん、あなたは今夜、ご自身のアトリエで、こちらの橘良太さんと三時間ずっと一緒だったそうですね。間違いない？　ホントにホント？　トイレに立つこともなく？」

「ええ、本当ですよ。間違いはありません」

龍也の答えは明確だった。当然だ。それがただひとつの事実なのだから。だが、それでも俺のことを疑う長嶺は、なにを思ったのか龍也に対して、いきなりこう要求した。

「龍也さん、あなたが橘さんをモデルにして描いた絵、念のため見せてもらえますか」

「！」一瞬間、俺の全身の毛穴という毛穴が一瞬にして開いた。

馬鹿かやめろよ意味ねえだろ長嶺ふざけるないい加減にしろこのインテリ眼鏡の税金泥棒め仕舞いには怒るぞ怒鳴るぞ暴れるぞホントマジ冗談じゃないぞこの男ド阿呆《あほう》変態刑事が！

だが、そんな俺の呪詛《じゆそ》の呟きを掻《か》き消すように、龍也が明るい笑顔で答えた。

「ええ、いいですとも。喜んで！」

「！」俺の開ききった全身の毛穴から、今度は一気に玉の汗が滴《したた》り落ちる。

そんな俺を尻目に、長嶺と龍也は友人同士のように肩を並べ、応接室を出ていく。

「ところで、どういった画風なのですか、龍也さん」

「なになに、ありがちな耽美《たんび》主義ですよ、刑事さん」

そんな会話を交わしながら、廊下を遠ざかっていく二人。その背中を目で追いながら、俺はいまこのとき、篠宮邸を一瞬で爆破する手段はないものかと、真剣に考えていた。

5

それから一週間はアッという間に過ぎた。篠宮栄作殺害事件は、いっとき新聞やテレビを騒がせたものの、新たな展開がないまま、すでに世間の関心を失いつつあった。犯人はいまだ逮捕されず、捜査は暗礁に乗り上げているかのように思われた。

だが、いずれにしても篠宮家の事件は、俺の領分ではない。あのような災難に巻き込まれたからといって、俺が仕事を休む理由にはならないのだ。事件の後も『なんでも屋タチバナ』は、何事もなかったかのように営業を続けていた。

そんな中、俺のもとに新たな仕事の依頼が舞い込んだ。

依頼人はまたしても溝ノ口の住人だ。多少嫌な予感を抱きながらも、俺は南武線の電車に揺られ、再び武蔵溝ノ口駅に降り立った。

一週間ぶりのノクチの街は、土曜日の昼間ということもあり、若者や子供たちの姿が目立つ。俺は人ごみをすり抜けながら繁華街を進んだ。やがて人通りが途絶えて、マンションや住宅が目立ち始めたころ、俺の目の前に聳え立つような巨大な門が現れた。

表札には「綾羅木《あやらぎ》」という印象的な名字。依頼人の家に間違いない。俺は恐る恐るインターフォンのボタンを押した。「ごめんくださーい、『なんでも屋タチバナ』でーす」

これ以上ないほど愛想良く名乗ると、スピーカー越しに「お通りください」と、これ以上ないほど愛想のない声が答えた。

その直後、俺の目の前で巨大な門扉が自動で開く。感心しながら俺は門を抜け、広々とした敷地に足を踏み入れた。庭は一面、芝生に覆われた緑の絨毯《じゅうたん》だった。そこかしこに灌木《かんぼく》や高木が植えられ、花壇では春の花たちが、いまを盛りと咲き誇っている。

その先には、巨大な邸宅がその威容を示していた。

それは、あの篠宮邸を凌駕《りょうが》するほどの豪邸だった。レンガの壁と青銅の屋根を持つ二階建ての西洋建築。南武線沿線のイメージに合わない、そのハイソな佇《たたず》まいに、俺は強烈な違和感を覚えた。ノクチはいつの間に、こんなお金持ちが暮らす優雅な街に生まれ変わったのだ？　新城はなにも変わらないというのに！　俺は大きなショックと小さな敗北感を覚えた。

庭を突っ切り正面玄関にたどり着いた俺は、あらためて呼び鈴を鳴らす。扉を開けて現れたのは、修道女のように黒い地味な服を着た中年女性だ。彼女はコンピューター合成されたような抑揚のない声で「お待ちしておりました」といって頭を下げ、俺を邸内に招き入れた。

広々とした玄関ホールの、いったいどこで靴を脱げばいいのかとオタオタする俺に、中年女性は「靴を脱がずに、そのままお入りください」と告げた。それでようやく俺は、この邸宅が完全なる西洋屋敷であることを理解した。

すると俺の中で、あらためて根本的な疑問が湧《わ》き上がる。このような立派な邸宅に住んでやがる御仁というのは、いったいどこのどいつでいらっしゃるのだろうか？　巨大財閥の総《そう》帥《すい》か、伝説の相場師か、はたまた大物演歌歌手か？

気になった俺は、長い廊下を歩く途中で、黒服の中年女性に聞いてみた。

「凄い豪邸ですね。いったい、どういう方が住んでやがる——いえ、どういう方が、お住まいになられているのですか？」

すると、前をいく彼女はピタリと足を止め、振り返って俺の顔をマジマジと見詰めた。

「おや、ご存知なかったのですか」

彼女は意外そうに首を傾げると、俺の質問に答えていった。「このお屋敷は、あの名探偵として名高い、綾羅木孝三郎《こうざぶろう》様のお屋敷でございます。お聞き及びでございますよね、孝三郎様のご活躍については？」

　試すような彼女の問い掛けに、俺は迷うことなく頷いた。

「ああ！　あの名探偵、綾羅木孝三郎氏ですね。もちろん、よーく知っておりますとも！」

　俺の答えに満足したのか、黒服の彼女は再び前を向き、廊下を歩き出す。そんな彼女の背中を追いながら、俺は密《ひそ》かに首を捻《ひね》った。

　――知らねえ、綾羅木孝三郎。誰だ、それ？


　状況がよく把握できないまま、俺は綾羅木邸の豪勢なリビングに通された。腰が沈み込むようなフカフカのソファに座り、壁に飾られたシカの首や豹《ひょう》の剝製《はくせい》を眺めながら、待つこと数分。リビングに姿を現したのは、ひとりの中年男性だった。

　でっぷりと太った貫禄《かんろく》のある男だ。糊《のり》の利いたシャツに洒落た蝶《ちょう》ネクタイ、黒いスラックスは赤いサスペンダーにより、なんとかウエストの位置をキープしている。肌の艶《つや》や顔の皺、髪の毛の分量などから見て、年齢は五十代かと思われる。饅頭《まんじゅう》のような丸い顔は優しげで、団子のような大きな鼻、小豆《あずき》のような小さな目にも愛嬌《あいきょう》がある。まず、甘党には堪《こた》えられない顔といって良い。

　と、そんなことを思った直後、「――ん⁉」

俺は男の背後に、もうひとり小さな女の子の姿があることに気が付いた。

青い服を着た女の子だ。背丈は中年男性の腰より少し高い程度。おそらく小学生だろう。人見知りなのか、少女は男の大きな身体の陰に身を隠すようにしてモジモジしている。おかげで顔を拝むことはできないが、頭隠して髪隠さずだ。男の背後からは、少女の二つ結びにされた黒髪の房の片方がピョコンと可愛《かわい》く覗いていた。

そんな彼女を背後に従えながら、中年男性は丁寧に腰を折って名乗りを上げた。

「私が綾羅木孝三郎です。探偵です」

俺もソファから立ち上がり、「橘良太です。便利屋です」と名乗る。順番からいくと、次は探偵の背後に隠れる謎《なぞ》の少女が挨拶する番だ。さて少女はどんな顔、どんな声で挨拶するだろう？　名前はなんというのか？　興味を抱く俺に対して、そのとき──

「綾羅木有紗《ありさ》です。十歳です」と中年男性の声が挨拶した。「有紗は、私の可愛い娘です」

「あ、ああ、そうですか……」悪いがオッサンの声で紹介されても、少女の実態はまるで摑めない。俺は彼女と直接的なコンタクトを試みることにした。俺は腰をかがめて孝三郎の背後を覗き込みながら、内気そうな少女に話しかける。「有紗ちゃんだね、歳《とし》は、いくつ？」

「十歳です──と、いま私が教えてあげたはずだが」

「はあ……」オッサンにゃ聞いてねえ。俺は質問を変えた。「じゃあ有紗ちゃん、学年は？」

「小学校の四年生だよ。有紗は四月生まれで、先週十歳になったばかりだ」

「………」この人は、娘を俺に紹介したいのか、したくないのか。

俺は質問するのを諦《あきら》め、黙って孝三郎を見やる。すると大人同士のギクシャクした空気を感じ取ったのか、少女は身を隠すのをやめ、やっと父親の背後からその姿を現した。

瞬間、露《あらわ》になった彼女の容姿、その特徴的な服装を見て、俺は思わずギョッとなった。

光沢のある青いワンピースにヒラヒラのフリルの付いたエプロンドレス。白いソックスにエナメルの赤い靴。ロリータ・ファッションというのだろうか。中でも彼女の装いは、その定番ともいうべき、『不思議の国のアリス』の主人公をモチーフにした服装だとひと目で判る。これは彼女の普段着だろうか。それともコスプレ？　まさか父親の趣味？

いずれにせよ、来訪者の前でするファッションではないような気がするが——

唖然《あぜん》とする俺の前で、少女はあらためて自分の声で自らの名前を告げた。

「綾羅木有紗、十歳です。私立衿糸《えりいと》小学校の四年生です。よろしくお願いします」

まるで舞台女優のようにスカートの裾《すそ》を摘《つま》み、膝《ひざ》を折って優雅なお辞儀を見せる有紗。

白いリボンで結ばれた黒髪が、彼女の小さな顔の両側で弾むように揺れた。

自己紹介を終えた俺と綾羅木親子は、リビングのソファに向かい合って腰を下ろした。すると、先ほどの中年女性が音もなく現れ、三杯のジュースをテーブルに並べ、また去っていった。彼女の姿が消えるのを待って、綾羅木孝三郎はおもむろに口を開いた。

「で、橘さん、今日は、私立探偵綾羅木孝三郎にどのような依頼ですかな？」

瞬間、リビングに舞い降りる間抜けな空気。たっぷり十秒間の沈黙の後、最初に口を開いたのは有紗だった。彼女は父親の耳元に口を寄せると、

「違うよ、パパ。今日はパパがこの人に、お仕事を頼むんでしょ？」

娘の指摘に、孝三郎は「アイタ、シマッタ」と額《ひたい》をピシャリと叩き、「こりゃ娘に一本取られたわい」と表情を崩した。「確かに娘のいうとおり、私が君に依頼するんだったな」

そういって豪快な笑い声をあげる孝三郎。俺は、「大丈夫か、このオッサン……」と口の中で呟いてから、真面目《まじめ》な顔で前を向く。「で、僕に依頼したいこととは？」

「うむ。急な頼みで申し訳ないが、君に娘のお守り役をお願いしたいのだ。というのも、私のもとに急な仕事が入ってね。いまからすぐに岡山に飛ばなくてはならないのだ」

「へえ、岡山へ？　探偵としてのお仕事ですか？」

「うむ。実は岡山にいる私の友人のもとに殺人の予告状が届いてね。なんでも、落ち武者伝説に纏《まつ》わる八つの連続殺人が起こるという内容だそうだ。それで、ぜひその殺人を未然に防いでほしいと、友人から依頼されてね。私立探偵綾羅木孝三郎、直々の出馬と相成ったわけ

だよ」

得意げに語る探偵の横で、有紗がつぶらな眸を輝かせる。

「パパは全国的に有名な名探偵なの。いつも日本中を駆け回っているのよ。ねえ、パパ」

自慢の父親と微笑《ほほえ》みを交わす有紗。そんな二人に俺は素朴な質問を投げる。

「ちなみに、有紗ちゃんのお母様は、どちらに？」

「ああ、この子の母親、すなわち私の妻、綾羅木慶子《けいこ》はいまエジプトに出張中だ。ナイル川をクルーズする豪華客船の船内で、大富豪が何者かに銃で撃たれて死ぬ、という事件が起こってね。事件の謎を解いてほしいと、エジプトの警察から彼女に要請があったんだ」

淡々と語る孝三郎の横で、有紗がさらにいっそう眸を輝かせた。

「ママは世界的に有名な名探偵なの。いつも世界中を飛び回っているのよ。ねえ、パパ」

有紗の無邪気な問い掛けに、一瞬、探偵パパの笑顔が凍りつく。すると有紗は子供ながらに微妙な空気を感じ取ったのだろう。隣に座る父親に眩《まぶ》しいほどの笑顔を向けると、両の拳《こぶし》を握りながら、「パパ、ドンマイだよ！」と励ましのエールを送った。

孝三郎は「うん、判っているよ。有紗は優しいな……」と目を潤ませる。

麗《うるわ》しき親子愛の場面だが、俺には正直どうでもいい。

「要するに、両親が不在の間、僕が有紗ちゃんのお守り役を務めればいいのですね。だったら、お安い御用です。どうぞ、安心して岡山へお出かけください。その間は、僕がお父様に成り代わって、有紗ちゃんの身をお守りいたしますよ」

「おお、なんと頼もしい。では任せたぞ、橘君」

そういうと、孝三郎は娘の横顔を慈愛のこもった目で見やった。「父親の私がいうのもなんだが、見て判るとおり有紗は、可愛くて気立てが良くて賢くて、行儀が良くて優しくて、華やかでありながら控えめで物静か――要するに、これといって欠点がないのが欠点という、手の掛からない子だ。そんな有紗だから、君に迷惑をかけることもないと思うが、ひとつよろしく頼んだよ」

そして、孝三郎は愛する娘に向かっていった。「いいな、有紗。パパも事件が解決したら、すぐに家に戻るから、それまでいい子にしてるんだぞ」

「うん、パパ。有紗、いい子にしているから、パパも絶対、事件を解決してね」

有紗が健気《けなげ》な笑みを父親に向けると、孝三郎は「ううッ、有紗は優しいな……」と、またしても眸をウルウルさせる。この親子は毎日こんな調子なのだろうか、と俺は首を捻った。

そのとき黒服の中年女性が再びリビングに姿を現し、抱き合う親子に向かって冷静な口調でいった。「旦那様、お迎えのお車が参りました。どうか、お急ぎを」

「おお、もうこんな時間か」孝三郎は壁の時計に目をやると、ソファを立った。「では橘君、後のことはよろしく。そこにいる長谷川《はせがわ》さん――ああ、彼女はうちの家政婦で長谷川さんというんだが――彼女と協力して、何事も上手《うま》くやってくれたまえ。長谷川さん、橘君の仕事の細かい部分は、君が指示してやってくれ。では、飛行機の時間があるので私はこれで！」

孝三郎は娘の頬《ほお》にキスすると、上着と帽子を手にし、リビングを飛び出していった。

長谷川という名の家政婦が、旅行鞄《かばん》を抱えながら、彼の後を追いかける。

「…………」

だだっ広いリビングには、俺と有紗と深い沈黙だけが残された。

さて、これからどうしたものか、といまさらながら俺は頭を抱えた。赤ん坊の子守は、過去に何度か経験があるが、小学四年生のお守りというのは初めてだ。正直、何をどうすればいいのか、想像もつかない。会話をしようにも、何を話題にすればいいのやら――

と、そのとき俺の窮状を見て取ったのか、十歳の少女のほうが先に話を切り出した。

「ねえ、お兄さん、あたしのお部屋を見せてあげようか？」

「え!?」俺は彼女の提案に驚きながらも、誘いの言葉をありがたく受け取った。「お部屋を見せてもらえるのかい。そりゃ嬉しいな」

有紗は「うん」と笑顔で頷くと、駆け出すようにリビングを出た。「こっち、こっち」と手招きしながら、彼女は長い廊下を進む。俺は豪邸に住む小学生の部屋がどのようなものか、想像を膨らませながら彼女の小さな背中を追った。彼女は元気に階段を駆け上がり、二階の一室の前で立ち止まった。「――ここよ。ここが有紗のお部屋なの」

少女は得意げな顔で扉を開ける。そこは確かに女の子の部屋だった。だが、それは俺が長年抱き続けていた子供部屋の概念を覆《くつがえ》す、広々とした贅沢《ぜいたく》な空間だった。

ピンクの絨毯、ブルーの壁紙。天蓋《てんがい》つきのベッドには、大きなウサギのぬいぐるみ。アンティーク調の本棚には、ずらりと並ぶ百科事典。学習机でさえ、まるで骨董品《こっとうひん》のような風格ある代物《しろもの》だ。窓際には子供用の鏡台まである。天井からぶら下がるシャンデリアは、淡い光を放ち、ゴージャスな子供部屋の光景を、よりいっそう華やかに照らしていた。

「へ、へえ、素敵なお部屋だねえ。いやはや、凄いな……」

華麗なる子供部屋を眺め回しながら、俺は頭の中で素早く考えを巡らせた。

綾羅木有紗、さすが名探偵を両親に持つ娘だ。この娘とは仲良くしておくに越したことはない。そうすれば、また金持ちの両親から仕事を回してもらえる可能性が高い。ひょっとして探偵の仕事のおこぼれをいただくことも、あるかもだ。小学生のお守り役というのは気に食わないが、見たところ彼女はおとなしそうだし、扱いにくいガキではなさそうだ。

そんな計算を胸に秘めつつ、俺はくるりと振り返り、優しい笑顔を少女に向けた。

「で、有紗ちゃん、これから何して遊ぼうか？　お人形ごっこ？　それとも――」

　だが次の瞬間、意外な光景を目にした俺は、思わず言葉を呑み込んだ。

「…………」

　高級学習机の上に、ロリータ服の少女が立っていた。両手を腰に当て、小さな胸を反《そ》らし、俺の姿を高いところから悠然と見下ろす黒髪ツインテールの少女。意味が判らず、目をパチクリする俺。そんな俺の姿を眺め下ろしながら、綾羅木有紗は机の上で口を開いた。

「はぁ、お人形ごっこ？　あたしが？　あんたと？」

　そして少女は心底馬鹿馬鹿しいといわんばかりに、俺に向かって言い放った。

「ねえ、おじさん、あたしのこと、ナメてんじゃないの？」

6

　有紗の言葉を聞いて、俺はたっぷり十秒間、黙り込んだ。彼女の振る舞いは、人として少女として、あるまじきものだ。ここは俺も、ひとりの大人としてガツンと注意すべきだろう。だが、何をどう指摘すればいいものやら、いろいろありすぎて判断に迷う。

　とりあえず俺は「ゴホン」とひとつ咳払い。そして彼女の発言について訂正を求めた。

「コラ、おじさんとはなんだ、おじさんとは！　まだ三十一だぞ。会ったばかりの女の子から、おじさん呼ばわりされる筋合いはない。お兄さんと呼びなさい、お兄さんと！」

怒り心頭の俺は、目の前に伸びる少女の両足を指差して続けた。「だいたい、靴を履いたまま机に上がるなんて、あり得ないだろ。親が泣くぞ。早く下りなさい！」

すると有紗は俺の言葉に「そう、判った」と素直に頷き、「じゃあ、下りてあげる」といった次の瞬間、有紗の赤い靴が勢いをつけて机の端を蹴る。高々と宙に舞い上がる少女の身体。青いワンピースの裾が捲《めく》れ上がるのも構わずに、少女は靴を履いた両足を俺に向ける。あまりのことに俺は唖然として動けない。そんな俺の顔面を目掛けて、有紗は両足を揃《そろ》えた恰好で急降下してきた。

「この人殺しめぇぇぇぇ――ッ！」

奇声を発しながら、有紗は鋭い蹴りを見舞う。少女の二つの靴底が、俺の顔面にクリーンヒット。数メートルほども吹き飛ばされた俺は、壁に後頭部を打ち付けて床にへたりこむ。

有紗は猫のようなしなやかな身のこなしで、床に手を突いて綺麗《きれい》に着地した。

すべては一瞬の出来事だった。俺はなぜ自分が初対面の小学生からミサイルキックをお見舞いされなければならないのか、まるで理解できない。

「くそ……なぜだ……俺が……何を……」

腰を落としたまま、俺は後頭部を押さえて呻《うめ》き声を発する。有紗はすっくと立ち上がると、再び両手を腰に当てて、蔑《さげす》むような視線で俺を見下ろした。

「ふん、自分の胸に聞いてみなさいよね。この殺人鬼め！」

殺人鬼⁉　その言葉に俺は鋭く反応した。そういえば、彼女はさっき俺に蹴りを見舞いながら、「人殺しめぇ」とも叫んでいた。なるほど、そうか、そういうことか。俺は彼女の間違いを正すべく、ゆらゆらと立ち上がった。今度は俺が少女を見下ろす番だ。

「おいコラ、綾羅木有紗。おめー、なにか勘違いしているみたいだな」

強気に出る俺を前にして、少女はさすがに怯《おび》えた表情を覗かせた。

「か、勘違いって、なによ？」

「おまえは俺が殺人犯だと思っているらしい。ノクチで殺人といえば、先週、篠宮栄作っていう画家が殺された事件だ。おまえはあの事件の犯人が俺だと考えた。違うか？」

「違わない。だって、あれはアンタの仕業だもん」

「それが勘違いだっていうんだ。俺は事件とは関係ねーんだよ。俺は無実なんだよ！」

「か、関係ないわけないもん。だって、証拠は挙がってるんだもん。あ、有紗、間違ってないもん、あれは……んッ、あ、あれはおじさんがやったんだもん……んッくんッく」

「おめー、もう泣きそうになってんじゃねーか！　馬鹿、泣くな！　卑怯《ひきよう》だぞ！」

うろたえる俺の前で、有紗はすでに半泣きだ。そんな彼女は手の甲で目をこすりながら、必死で強がる素振り。「バ、バーカ、泣いてないもん……えッく……目から……えッくえッく……目から汗が出ただけだもん！」

　どういう目の構造だ、それ？　呆《あき》れながら俺は、学習机の椅子《いす》に腰を下ろした。座ると、俺の目線は有紗と同じ高さになった。これなら話がしやすいというものだ。

「とにかく、泣いてねーで理由を聞かせろ。おまえが俺のことを人殺しだと考えた、その理由をよ」

　聞かれて有紗は、「あのねー、んとねー」と子供らしく眸を巡らせ、それからようやく話を始めた。「んーと、まずね、有紗は探偵なの」

「…………」その前提からして間違っているが、いちいち訂正していたら話が進みそうもないので、俺は適当に頷くことにした。「ああ、そうだな。パパもママも探偵だもんな」

「そう。で、近所で殺人事件が起こったでしょ。有紗、大喜びで活動を始めたの」

「大喜びしちゃ、死んだ絵描きに悪いだろ」子供って残酷だぜ、と呟きながら、俺は話の先を促した。「で、何が判ったんだ？　目撃者でも見つかったのか？」

「うん、いっぱい見つかったの。事件のあった夜、篠宮さんの家の窓辺に裸の男がいて、口に赤い花をくわえていたんだって。有紗、絶対その男が怪しいって思って、そいつが誰だか調べたの。そうしたら目撃者の中に、ひとりその男を知ってるって人がいたの。男の名は橘良太、職業は『なんでも屋』だって。これって、おじさんのことでしょ——あれ、おじさん、どうしたの？　なんだか顔色が悪いみたい。ひょっとして震えてる？」

　少女の問いに答える余裕もないまま、俺は椅子の上で心臓を押さえながら、荒い息を繰り返していた。そうか、見られていたのか。それも大勢の人たちに。おまけに知り合いにまで。なるほど、これでは少女が俺を怪しむのも無理はない。ならば自らの潔白を示すのが、俺に課せられた義務ってわけだ。

「よ、よく調べたじゃねーか。さすが探偵の娘ってところだな」

「違うってば。『探偵の娘』じゃなくて、有紗が『探偵』なの！」

「ああ、判った判った。確かに、おまえは立派な探偵だよ。おまえが調べたとおり、事件の夜に、篠宮邸の窓辺で赤い薔薇をくわえていた裸の男は、この俺だ——って、おいコラ、引くな！　なんだ、その変態を見るような目は！　おーい、戻ってこーい！」

　壁際まで後退しながら、俺に向かって軽蔑のまなざしを送る有紗。そんな彼女を俺は懸命に呼び戻した。

「いいか、よく聞け。べつに俺は変態でもなんでもない。俺は仕事の依頼を受けて、あの夜、篠宮邸に居合わせただけだ。もちろん殺人犯なんかじゃない。確かに、一度は警察にも疑われたが、その疑いもすぐに晴れた。俺には完璧《かんぺき》なアリバイがあったんだ。——アリバイって判るよな、探偵なんだから」

「うん、判るー。現場不在証明のことー」

「そ、そう、それだ」

そうか、アリバイって『現場不在証明』のことなのか。ひとつ賢くなった俺は、何食わぬ顔で有紗にいった。「俺があの事件に巻き込まれた話、詳しく聞きたいか？」

俺の投げた餌《えさ》に、ツインテールの小さな探偵は飛びついた。「うん、聞かせて聞かせてー」

眸をキラキラさせながら話をせがむ少女。俺は頭の中で話の順序を考える。やはり最初はあの出来事から語らざるを得ないか。そう考えた俺は、おもむろに口を開いた。

「話せば長いが、そもそも事の発端は、俺がオイルサーディンの缶詰を大量に……」


脇道に逸《そ》れることが多い俺の長話を、有紗は絨毯にしゃがんだ恰好で、最後までおとなしく聞いていた。孝三郎のいった『行儀が良い』という評価は、必ずしも親馬鹿ではなかったようだ。もっとも、本当にお行儀の良い女の子は、大人の顔面を蹴ったりはしないのだが。

ともかく、ひと通りの話を終えた俺は、「何か質問は？」と有紗に尋ねる。すると少女は首を傾げながら、「オイルサーディンって何？　事件と関係あるの？」と聞いてきた。俺はオイルサーディンについては「鰯のオイル漬け」と答え、事件との関連性については「たぶんない」と答えた。有紗は素直に「判った」と頷いた。

「要するに、被害者の息子の龍也って人が、おじさんのアリバイの証人なんだね」

「そうだ」と一度頷いてから「いや、違う」と俺は有紗の言葉を否定した。「『おじさんのアリバイ』じゃない。『お兄さんのアリバイ』だ。いまの世の中、三十一歳はおじさんなんかじゃない」

「うーん、でも『お兄さん』って呼ぶのは、いくらなんでも無理だから、いっそのこと『ワトソン君』っていうのは、どうかしら？」

「なんだよ、その『いっそのこと』って。なんで俺が助手扱いなんだ」俺は口をへの字に曲げて、自分の胸に手を当てた。「俺はワトソン君じゃなくて橘良太だ。橘さんと呼べ」

「判った。じゃあ、良太だね」

と有紗は完全に大人をおちょくった態度で、俺を呼び捨てにした。「良太のアリバイを証明するのは、篠宮龍也。でも、その龍也って人、信用できるの？　そいつ、嘘《うそ》つきかも。良太を庇《かば》っているのかも。そういうことだってあり得るでしょ」

「…………」たった十年生きただけで、なぜこの子はこんなにも疑《うたぐ》り深くなったんだ？

やれやれ、と首を振りながら、俺はこの子に自分の潔白を信じさせる手段を探した。

すると、俺の脳裏にひとつのアイデアが生まれた。要するに有紗は『探偵』なのだ。ならば俺の潔白は、彼女自身に調べさせればいいわけだ。きっと、この探偵少女もそれを望んでいるはず。そう考えた俺は、再び有紗に餌を投げた。

「これから篠宮さんの家にいってみるか？　上手くすれば、篠宮龍也に会えるかもしれないぞ。奴に聞きたいことがあるなら、おまえが直接、本人から聞けばいいだろ」

俺の投げた餌に、有紗はたちまち食いついた。「うん、いくいく。連れてってー」

7

「じゃあ、長谷川さん、あたし、図書館でお勉強してくるねー」

有紗が、邪気のない笑顔で邪悪な嘘をつく。

その傍らで、俺は自分の胸をドンと拳で叩いた。

「僕がしっかり見守っていますから、どうぞご安心ください。長谷川さん」

家政婦の長谷川さんは疑う素振りもなく、「では、お気をつけて」と俺たちを送り出した。

こうして、俺と有紗は揃って綾羅木邸を出た。図書館の方角とは縁もゆかりもない道を進み、溝ノ口の繁華街を横切る。青いロリータ服の小学生女子がトコトコと歩く姿を見て、道行く女子高生たちが「ねえ、見て見て、あの子！」「アリスだ、アリスだ！」と嬉しそうに囁き合う。

なぜ俺は屋敷を出るとき、この子に着替えさせなかったのだろうか？　自分の迂闊《うかつ》さを呪いながら、俺は有紗と一緒に晒《さら》し者になるしかなかった。

そうこうするうちに、俺たちは溝口二丁目にある篠宮邸に到着。門前には一台のパトカーが停車中で、ひとりの私服刑事が乗り込もうとするところだった。刑事にしてはスーツ姿がスマートな眼鏡の男。咄嗟《とっさ》に俺は声を掛けた。「――よお、長嶺」

「ん!?」気付いた長嶺は軽く手を挙げながら、「よお、裸族。どうしたんだ、今日は服着て」

「！」俺はダッシュで駆け寄り、彼の口を両手で塞《ふさ》ぐ。「黙れ！　誰が、裸族だ、誰が！」

「ねえ、ラゾクって何のことー？　食べられるのー？　ラスクみたいなー？」

ほら見ろ。子供の好奇心は、かくも旺盛でトンチンカンだ。

「いいの、子供は知らなくて！」有紗の疑問を必死にかわした俺は、長嶺を鋭く睨《にら》みつけていった。「おまえも、子供の前で変なことをいうんじゃない。それより、事件はあれからどうなったんだ？　最近じゃニュースでもあまり報じていないし、進展はないのか？」

俺が水を向けると、長嶺は首を振りながら声を潜めた。

「ああ、ないな。捜査はまだ五里霧中だ。怪しいというだけなら、篠宮家の人間は全員怪しい。妻の花代、息子の一郎と龍也、この三人は栄作氏が死ねば、遺産を手にできる立場にある。ここだけの話だが、栄作氏は高名な画家だが、家庭人としてはあまり褒《ほ》められた御仁ではなかったらしい。浮気が絶えず奥さんは苦労したようだし、一郎とは折り合いが悪かった。一郎が絵描きの道に進まなかったからだ」

「じゃあ、龍也とは上手くいってたのか。彼はいちおう父親の後を継いでいるが」

「いや、あまり良好な関係ではなかったようだ。同じ道を進んだら進んだで、いろいろ軋轢《あつれき》があるだろ。作風の違いとか、才能の差とか、世間の評価とか。栄作氏は龍也の絵については、いっさいまるで小指の先ほども認めていなかったらしいな。そのことを恨みに思った龍也の中に、父親への殺意が生まれたとしても不思議はない。もともと父親といっても、二人の間に血の繋がりはないわけだし」

「そうか。だが、家政婦の村上可南子には動機がないだろ。栄作氏が死んでも、彼女が何かを貰《もら》えるということはないはずだ」

「ところが、そうでもないんだな。というのも、実は可南子は一郎とねんごろでな――あ、お嬢ちゃん、『ねんごろ』っていうのはね、要するに『デキてる』って意味だよ」

「うん、知ってるー」

「妙な言葉を子供に教えんな！」俺は有紗と長嶺の間に慌てて割って入る。それから彼女のほうを向きながら、「有紗も、そういう言葉は知らなくていいの！」

「うん、判ったー」と素直に頷く有紗。

俺は再び長嶺に向き直り、話を事件に戻した。「要するに、栄作氏が死んで一郎に遺産が入れば、可南子も潤うって関係なんだな」

「そういうことだ。ちなみに、花代、一郎、可南子の三人には確たるアリバイがない。だから疑うことは可能だ。だが動機があってアリバイがない、というだけでは逮捕はできない。それに、橘がこの前いったように、泥棒などの外部犯という可能性も捨てきれない。そんなわけで事件は膠着《こうちゃく》状態ってわけだ。その状況をなんとか打破しようと、こうして俺は毎日現場にやってきては、暇を潰《つぶ》しているんだが、サッパリ埒《らち》が明かん」

「暇を潰すだけじゃ、埒は明かねーだろ。当然だ、当然」

溝ノ口署の実力を目の当たりにして、俺は心底呆れた表情。そんな俺の背後から小さな顔を覗かせながら、有紗が長嶺に質問を投げる。

「ねーねー、刑事さんは、この人のことは疑っていないのー？」

すると、長嶺は中腰になりながら有紗の頭をポンポンと叩いた。「橘のことかい？　もちろん、いまでも疑ってるさ。篠宮龍也と橘良太がグルなら、犯行は充分可能だからね」

コイツ、まだそんなことを考えてやがったのか。長嶺の本音を聞いて、俺は思わず落胆の溜め息。すると長嶺はいきなり俺の肩に腕を回し、有紗に背中を向けながら口を開いた。

「おい橘、いまさら聞くのもアレだが、あの子はいったい誰に産ませた子だ？」

「コラ、俺の子だという前提で話をするのは、よせ！」

「違うのか⁉」長嶺は俺の肩にやった腕を、首に回してグイッと締め上げた。「なあ、俺にだけは本当のことを話せよ。友達だろ。絶対誰にもいいふらさないから。――な！」

「――な、じゃねえ！」コイツ、絶対いいふらす気でいやがる。

俺は首に回された彼の腕を振り払う。すると長嶺は指先で眼鏡を押し上げながら、

「そうか。おまえの子じゃないなら仕方がない。どうやら俺は友人としてではなく、ひとりの警察官として、おまえに聞かなくてはならないようだな」

そういって、彼は俺の顔を正面から鋭く見据えた。「あの子は誰の子だ。なぜ、おまえが連れている。目的は何だ。いたずら目的か？　それとも営利誘拐か？　あ、お嬢ちゃん、営利誘拐っていうのはね……」

「知ってるー。身代金、奪うやつー」

「そう、正解！」長嶺は有紗の顔をビシッと指差す。そして彼は再び俺に向き直ると、「なかなか賢い子だな。確かにおまえの子ではないらしい」とリアルに失敬なことをいった。

「有紗はとある私立探偵の娘なんだ。だから、そういう専門用語に詳しいんだよ。ちなみに聞くけど、綾羅木孝三郎って有名なのか？　俺はあんまりよく知らんのだが……」

「なに、綾羅木孝三郎だって！」長嶺の声がたちまち裏返る。「有名どころの騒ぎじゃない。綾羅木孝三郎といえば、あの世界的な名探偵、ケイコ・アヤラギの旦那じゃないか！」

「そ、そうか……」有名なのは、やはり母親のほうらしい。

そのとき突然、篠宮邸の玄関扉が開いた。

姿を現したのはポロシャツにカーディガンを羽織った男性、篠宮龍也だった。自宅の門前で、刑事となんでも屋とアリスっぽいロリータ服の少女が話しこんでいるのを見て、不審に思ったのだろう。無理もない話だ。

俺はこの場面を好機と捉《とら》え、素早く片手を挙げた。「やあ、龍也さん、先日はどうも」

「ああ、この前のなんでも屋さん。今日は何の用だい——あ、そうか」龍也は唐突に手を叩いて頷いた。「先日描いた絵の完成品を、見たいというんだね」

「ち、違いますッ」俺は猛スピードで首を振った。あの絵は、もう二度と見たくない。

「おや、そうかい。では、いったい何の用で？」龍也は本気で首を傾げている。

そんな彼のもとに、俺は作り笑いで歩み寄る。そして彼だけに聞こえる小声で来訪の趣旨を伝えた。「この前、龍也さん、美少女を描きたいって、おっしゃっていたじゃありませんか。だから今日は、いい子を連れてきましたよ。——ほら、あの子」

俺が指差す方角を、龍也は手かざしで眺めた。「ほう、なかなか可愛らしい子だね。ちょっと幼すぎるが、モデルとしては逆に面白い。誰に産ませた子だい？」

「…………」なぜ、コイツまで、その前提で話すのか。憮然《ぶぜん》とした顔で、俺は首を左右に振った。「僕の子じゃありません。とにかく、お話は中でゆっくりと」

「ああ、それもそうだな。よし、判った」龍也は即断し、玄関扉を広く開け放った。「さあ橘君、さっそく中へ。そこのお嬢ちゃんも、こっちへいらっしゃい。あ、それから刑事さん、溝ノ口署はこの道を真っ直ぐいって右ですよ。迷ったら交番へ」

「余計なお世話ですよ！」

ひとり邪魔者扱いされて、長嶺刑事は不満げな表情。寂しくパトカーの運転席に乗り込むと、彼は驚くほどの急発進でその場を去っていった。

8

龍也は俺と有紗を篠宮邸の応接室に案内した。事件の夜と同じだ。しばらくすると、龍也自身がお盆を持って現れた。お盆の上には珈琲カップが二つと、オレンジジュースのコップがひとつ。龍也はそれらを素早くテーブルに並べながら説明した。

「今日は家政婦の村上さんも含めて、家の者たちが全員出払っていてね。家にいるのは僕だけなんだよ。君たちがきてくれたのは、ちょうどいい退屈しのぎだ。歓迎するよ」

龍也はソファに腰を下ろすと、自分のカップを手にして、さっそく有紗のほうを向いた。

「ところで、お嬢ちゃん、お名前は？　歳はいくつかな？」

「有紗、十歳、小学校四年生なのー」

と答えながら、少女は生意気にも珈琲カップに手を伸ばす。俺は慌てて彼女の手を叩き、珈琲を自分の手許《てもと》へ引き寄せる。有紗は舌打ちしながらジュースのコップを手にした。

しばらく雑談じみた会話があった後、有紗が唐突にソファの上で身体をねじり、背後に掛かった一枚の絵を指差した。

「ねえ、あの絵、お兄ちゃんが描いたのー？」

「ああ、そうだよ」龍也は絵のほうに顔を向けていった。「何の絵か、判るかい？」

「うんとねー」有紗は可愛らしく小首を傾げて、「判った、プラム！」

「す、素晴らしい！　よく判ったね、有紗ちゃん。なんていい子なんだ！」

こうして有紗は一瞬で龍也の心を鷲摑《わしづか》みにした。当の龍也は、自分が小学生から手玉に取られているとも知らず、感激の面持ちで少女に訴えた。「有紗ちゃん、お兄ちゃんの絵のモデルになってくれないかな？　きっといい絵が描けそうな気がするんだ」

「うんいいよ、お兄ちゃん」あどけない表情とキャンディ・ボイスで頷く有紗。

「ありがとう、有紗ちゃん」龍也はヘラヘラとした締まりのない顔で喜びを露にした。「じゃあ、ちょっとここで待っていてね。僕はアトリエの準備をしてくるから」

すぐ戻るからね、と言い残して、龍也はひとり応接室を出ていった。

部屋には俺と有紗の二人だけになった。瞬間、有紗の顔からは甘さが消え、代わって少女らしからぬ厳しい表情が浮かび上がった。有紗は鋭い視線で応接室を見渡しながら、

「ねえ良太、事件の夜、富士山の絵は、どこにあったの？　リンゴの絵の隣？」

「リンゴじゃないぞ、プラムだぞ」

「ふん、リンゴで充分だね。あんな小学生レベルの絵なんてさ」

そういうおまえこそ小学生そのものだろ。そう呟きながら、俺は彼女の質問に答えた。

「富士山の絵があったのは、おまえのすぐ真後ろあたりの壁だ。ほら、壁のその部分が、なんだかガランとして寂しい感じになってるだろ。そこに絵が掛かっていたんだよ。事件が起こる直前まではな」

有紗はソファから立ち上がり、壁を眺めた。「富士山の絵が壁のこっち側で、リンゴの絵が壁のあっち側で、そんでもって龍也はこのソファに座っている……ん？」

「なんだ。どうかしたのか、名探偵？」

「ねえ、龍也の座るソファから見れば、リンゴの絵より富士山の絵のほうが近くの壁に掛か

っていたんだよね。なのに、龍也はわざわざ遠くにあるリンゴの絵を壁から外して、良太に渡して見せた。これって不自然だよね。なぜ、龍也はそんな面倒な真似《まね》をしたの？」

「さあな。面倒っていっても、そう大したことじゃない。所詮は、同じ応接室に飾られた二枚の絵だ。遠いとか近いとか、あまり関係ないだろ。龍也はリンゴの絵のほうを見せたいと思ったから、それを手に取った。ただそれだけのことなんじゃないか？」

「うーん、そうかもしれないけど、だったら、もうひとつ変なことがあるよ。なぜ龍也は、壁に掛かった絵を外して良太に渡したの？」

「なぜって、そりゃ、近くでよく見てほしかったんだろ。自分の自慢の絵を」

「でも、そういう場合、良太のほうを絵の掛かった壁の前に立たせるのが普通だよね。それに、ほら見てよ、良太。この部屋の照明は、壁の絵を綺麗に照らすように角度を調整されてるんだよ。なのに、壁の絵を外して良太に手渡すなんて、変だよ」

「そうかな。変かな」

「変だよ、絶対、変」有紗は顎《あご》に手を当てて呟いた。「まるで手品師がお客さんにカードを渡して、『なにも細工はありませんね』って、いっているみたい――」

そのとき、応接室の扉が開き、龍也が戻ってきた。

「準備ができたよ。さっそく僕のアトリエへ――おや!?」リンゴみたいなプラムの絵の前に立つ有紗を見て、龍也は怪訝《けげん》そうな表情を浮かべた。「その絵がどうかしたのかい、お嬢ちゃん？」

「ううん、なんでもないよ」と有紗は笑顔で首を振ると、あどけない顔で大胆な質問を口にした。「ねえ、お兄ちゃん、この家で人が殺されたんでしょ。絵で頭を殴られて」

「え、ああ、うん。つい一週間ほど前にね。そうか、橘君に聞いたんだね」

「うん、橘さんは警察からすんごく胡散《うさん》臭い目で見られたんだって。ねえ、お兄ちゃんは警察から疑われたりしなかったの？」

「ははは、胡散臭いなんて言葉、よく知ってるねえ。でも、僕は疑われたりはしなかったよ。僕は事件のあった時間、橘君とずっと一緒にいたんだ。そうだよね、橘君？」

　同意を求められて、俺はありのままを口にした。

「ええ、そうでしたね。僕と龍也さんは、この応接室で初対面の挨拶を交わした。そのとき、凶器の額縁は、応接室にちゃんとあった。そして、僕たちは一緒に応接室を出て以降、栄作氏の死体が発見されるまで、ずーっと一緒でした」

　だから、俺も龍也も篠宮栄作殺しの犯人ではあり得ない。信じるか信じないかは、聞く人の勝手だが、俺の中ではこれは間違いのない事実だ。

　——だが、本当にそうか？　俺は何か重要な見落としをしているのではないか？

そんな俺の思考を邪魔するように、龍也が陽気な声で俺たち二人を促した。

「さあさあ、辛気臭い事件の話なんかやめて、僕のアトリエへいこうじゃないか」

俺と有紗は龍也に導かれて、応接室を出た。彼のアトリエへと続く長い廊下を歩きながら、ふと俺はあることを思い出した。廊下の途中で思わず足を止める俺。後ろを歩いていた有紗は、俺の背中に顔をぶつけて「――ぶッ」と豚の鳴き声のような奇声を発した。

「ちょっと、良太ぁ、いきなり立ち止まらないでよぉ」

「ああ、すまん」短く謝ってから、俺は龍也のほうを向いた。「そういえば事件のあった夜も、僕と龍也さんは、こうして応接室からアトリエまで一緒に廊下を歩きましたよね」

「ああ、そうだったな。それがどうかしたかい?」

「いま思い出したんですけど、あのとき、龍也さんは廊下の途中で立ち止まって、いったん応接室に戻りましたよね。少しの間、僕を廊下に待たせたままで」

「ほう、そうだったかな。よく覚えていないけど」

「ええ、間違いありません。龍也さんはひとりで応接室に戻り、またすぐに僕のところに引き返してきた。あのとき、龍也さんはなにをしに、応接室に戻られたんでしたっけ?」

「ああ、そうか。思い出したよ」龍也はポンと手を打ち、俺の問いに答えた。「あのとき、僕は珈琲カップを取りに応接室に戻ったんだ。飲み終わった珈琲カップと受け皿が二組、応接室のテーブルに置きっぱなしだった。せっかくだからキッチンまで運んであげよう。そのほうが家政婦さんの手を煩《わずら》わせずに済む。そう思って僕は応接室に戻った。そして、珈琲カップ二組を両手に持って、君のもとに戻った。そうじゃなかったかな？」

「そういえば、そうでしたね。確かに、あのとき龍也さんは珈琲カップを両手に持って、すぐに僕のところに戻ってきた。その二組のカップは、アトリエに向かう途中で、龍也さんが村上可南子さんとすれ違った際に、直接彼女に手渡した。そして僕と龍也さんは二人でアトリエに入っていった。そういう流れでしたね」

「うむ、そのとおりだ」

龍也は深く頷くと、疑るような視線を俺に向けた。「それが、どうかしたかい？　僕が君の前から姿を消したといっても、ほんの一分足らずのことだよ。まさか君、その僅《わず》かな時間で、僕が応接室から富士山の絵を持ち出し、地下室にいる父を殺害し、また何食わぬ顔で君のもとに戻ってきた――なんてことを、考えているんじゃないだろうね？」

図星を指された俺は、慌てふためきながら、顔の前で右手を振った。

「いえいえ、とんでもない。そんな早業、できるわけがありませんもんね」

「当たり前だよ。さあ、そんなことより、早くアトリエへいこう。あんまり時間を掛けていると、お嬢ちゃんが眠くなってしまうよ」

龍也は軽口を叩くと、再び廊下を歩きはじめた。俺は彼の背中を追いながら、後ろを歩く有紗の様子を窺《うかが》った。瞬間、俺は思わずハッと息を呑んだ。

眠くなるどころではない。廊下を進む有紗の目は、爛々《らんらん》とした輝きを放ちながら、前をいく篠宮龍也の背中を真っ直ぐに見据えているのだった。


それからの約一時間、有紗は龍也の絵のモデルとなった。今回の龍也は前回とは違い、モデルに対して「服を脱げ」とも「薔薇をくわえろ」ともいわなかった（当たり前だ）。龍也は有紗を窓辺の椅子に座らせた状態で、絵筆を動かし続けた。どうやら彼は、『椅子に座り物憂げに窓を見詰める少女』を描こうとしているらしい。

だが、これが案外難しかった。絵描きの指示どおりにポーズをとる有紗だったが、時間が経《た》つに連れて、彼女のポーズはロダンの『考える人』のようになっていく。眉間《みけん》に皺を寄せたその表情からは、彼女が何事かを必死で考えている様子がありありと見て取れた。さながら、『不思議の国のアリス』ならぬ、『哲学の国のアリサ』といった雰囲気だ。

見かねて俺は声をあげた。「あの、少し休憩を入れたほうが良いのでは？」

「ああ、そうだな」

龍也は筆を置き、立ち上がって伸びをした。「では、僕は外で一服してくるとしよう。君たち、何か飲みたかったら、そこの冷蔵庫から適当にどうぞ。それじゃ――」

そういって、龍也はひとりアトリエを出ていった。笑顔でそれを見送った有紗は、龍也がいなくなった途端、椅子から立ち上がり、「良太の嘘つき！」と抗議の声をあげた。

「良太は龍也とずーっと一緒にいたって、そういってたよね。でも、本当はずーっと一緒じゃなかったんだね。そうなんだね？」

「べつに嘘をついたわけじゃない。細かいことだから、忘れていただけだ。それに、龍也もいってたけど、彼が俺の前から姿を消したのは、ほんの一分足らずのことだ。そんな短時間じゃなにもできやしないだろ――って、おい！　何やってんだよ、有紗。それって龍也のスケッチブックだぞ。勝手に見ていいのかよ。怒られるぞ」

だが俺の忠告など、どこ吹く風。有紗はスケッチブックをパラパラ捲り終わると、それを無造作に放り出す。そして彼女は壁際に置かれた棚へと視線を移した。棚には龍也の過去の駄作、習作、失敗作などが、乱雑に仕舞いこまれている。有紗はそれらのゴミのごとき作品を片っ端から手に取ると、また棚に戻していった。

俺は呆気《あっけ》に取られながら、彼女に聞く。「――おまえ、何を捜してるんだ？」

まさか薔薇の花をくわえた、あの夜の俺の肖像画を捜してるんじゃあるまいな。だったら俺は、この子の行動を全力で阻止するぞ。そんなことを心配する俺の前で、有紗の手がふいに動きを止めた。彼女の口から小さな呟きが漏れる。「あッ、この絵……」

俺は有紗の背後から覗き込むように、その絵を見た。たぶん龍也が描いた絵なのだろう。おそらくはタカかトンビ、もしくはウズラの絵だと思われる。要するに茶色い鳥の絵だ。

奇妙なことに、その絵の端の部分には大きな穴が開いていた。拳ほどの大きさの穴だ。あまりにもヘタクソな自分の絵を見て、自己嫌悪に陥った篠宮龍也画伯が、怒りに任せて拳でカンバスをぶち抜いた――そんな感じに見える絵だ。

だが待てよ……この絵……この穴……⁉

絵の様子に違和感を覚えた俺が、カンバスに顔を近づけようとした、ちょうどそのとき！

アトリエの扉が開き、龍也が戻ってきた。「――やあ、お待たせ」

想像以上に早い帰還だ。俺はドキリとして背筋を伸ばす。有紗も心底驚いたのだろう。彼女の小さな肩がビクリと動き、手許のカンバスが床に落ちる。乾いた音が響き渡り、直後には深い静寂がアトリエを覆った。床に落ちた絵に、龍也の視線が素早く注がれる。

瞬間、穏やかだった彼の目つきが、睨みつけるような厳しいものに変わった。

「なにをしているんだい、お嬢ちゃん？」龍也は感情を押し殺したような声で、小学生の少女を問い詰める。「よその家で悪戯《いたずら》はいけないんじゃないかな？」

「いや、あの、龍也さん、この子はですね……」

「あんたは黙ってろ！」龍也は俺を一喝した。

あまりの迫力に俺は思わず一歩後退。龍也はなおも険しい表情で有紗に詰め寄った。

「さあ、自分がなにをしていたのか、正直にいってごらん、お嬢ちゃん」

「んとね、えとね、有紗はね、あのね……」

有紗は怯えたように言葉に詰まる。そんな彼女をいたぶるように龍也はいった。

「子供のくせに探偵の真似事かい？　悪いことをする子は、お仕置きだよ」

瞬間、少女のツインテールがピクリと揺れた。まるで、なにかのセンサーが反応したかのように。まるで、なにかのスイッチが入ったかのように。

そして有紗は俯《うつむ》きがちだった顔を上げると、強い意志を宿した眸で、真っ直ぐに相手を見据えた。一変した少女の様子に、今度は龍也のほうが戸惑いの色を覗かせる。そんな彼に向かって、有紗は強気な口を開いた。「――はあ？　探偵の真似事ですって？　いったい誰にいってんの？」

馬鹿馬鹿しい、というように有紗はフンと鼻を鳴らした。

「真似事だなんて、ナメないでちょうだい。あたし、正真正銘の探偵なんだから！」

そして彼女は、唖然とする龍也に対して、臆することなくこう言い放った。

「悪いことするお兄ちゃんは、お仕置きだからね！」

9

告発にも似た有紗の言葉を受けて、篠宮龍也は一瞬、たじろぐような表情を見せた。よもや小学四年生の女子から、そのような言葉を聞かされるとは、想像していなかったのだろう。少し脅かせば泣いて黙り込むものと、そう高を括《くく》っていたらしい。

だが、すぐに冷静さを取り戻した龍也は、悠然と笑みを浮かべて口を開いた。

「なにをいってるんだい、お嬢ちゃん。僕は悪いお兄ちゃんなんかじゃないよ」

「ホント？　悪いお兄ちゃんじゃない？　だったら、これからは悪いおじさんって呼ぶね」

「ふ、ふざけるな！」龍也は唾《つば》を飛ばして叫ぶ。おじさん呼ばわりに腹を立てているわけではないだろう。彼は胸に手を当てていった。「僕がいったい何をしたというんだ！」

気色ばむ龍也の顔を、有紗は真正面から指差した。「おじさんは人殺しよ。篠宮栄作さんを殺したのは、おじさんでしょ。有紗には判ってるんだからね」

「は、はは、ははは……」龍也の口から不敵な笑い声が漏れる。「なかなか、面白いことをいう子だな。探偵気取りは結構だが、しかしなぜ、そんな馬鹿なことを言い出したのやら。

――ああ、そうか。まだ子供だから、よく判っていないのか。あのね、お嬢ちゃん、僕には事件の夜のアリバイがあるんだよ。アリバイっていっても判らないかな？」

「馬鹿にしないで。現場不在証明でしょ」有紗は不満そうに口を尖《とが》らせる。「おじさんは事件の夜、良太とずっと一緒だった。だから、地下室で人を殺すことは絶対不可能だった。それが、おじさんの主張するアリバイだよね」

「そ、そうだ。よく判っているじゃないか。だったら、なぜ僕のことを犯人だと……」

「だって、おじさんのアリバイには意味がないもん」

「意味がないだと。どういうことだ⁉」

龍也の問い掛けに、有紗は真顔でこう答えた。「おじさんが良太と一緒にいたからって、それはアリバイにはならないよ。だって、おじさんは良太がこの屋敷を訪れたときには、もう栄作さんを殺していたんだもん」

「な、なんだって、有紗！」思わず声をあげたのは、俺のほうだった。「俺が龍也と初めて会ったとき、もう彼は殺人をやり終えていたっていうのか？　でも、それは無理だ。前にも話しただろ。俺と龍也が応接室で初対面の挨拶を交わしたとき、富士山の絵は、ちゃんと壁に掛かっていたって。あれがもし、犯行の直後だったなら、壁の絵はすでに持ち出されて、地下室の死体の傍《そば》に血まみれの状態で転がっていたはずじゃないか。そうだろ、有紗？」

だが俺の問い掛けに、有紗は落胆の表情で、「まだ気付かないの、良太ぁ」と首を振った。

「応接室の壁に掛かっていた富士山の絵は贋物《にせもの》だったんだよ。良太は贋物の絵を見せられて、それを本物だと思い込まされていた。そういうことだったんだよ」

「な、なに、贋物!? ってことは、富士山の絵は二つあったってのか!?」

俺は有紗の示した可能性に一瞬驚き、やがて深く頷いた。「なるほど。あの富士山の絵はもともと龍也が描いたもの。だったら、その複製画を龍也自身が描くことは、簡単なことだ。そうか、あの夜、俺が応接室で見た富士山の絵は贋物のほうだった。本物はあのときすでに血まみれの状態で地下室に転がっていたんだな。犯行は俺が屋敷を訪れる前に、すでに終わっていたわけだ。だとすれば、龍也にアリバイがあるとはいえない。龍也が玄関に姿を見せる直前、どこで何をしていたかは、誰も知らないことだ。彼が地下室で殺人に及んでいた可能性は、否定できない」

調子に乗って捲《まく》し立てる俺。だが、そんな俺の言葉を聞き終えた龍也は、「本当にそう思うかい、橘君?」と、意外にも余裕のある態度で俺を見やった。

「仮に、君がいうように、あの夜、応接室にあった富士山の絵が僕の描いた複製画だったとしよう。ならばその複製画は、いったいどこへ消えたのかな? 僕は応接室を出て以降、ずっと君と一緒だったはずだ。僕には応接室の複製画を持ち出したり隠したりすることはできなかった。にもかかわらず、警察が到着したとき、応接室に富士山の絵はなかった。それは君も見たとおりだ。では問題の複製画は、いつ誰が持ち出したのかな？」

「誰がって、それは、その……」

たちまち俺は言葉に窮した。「た、たぶん、いい感じで共犯者がいてだなあ……」

「いい感じの共犯者なんて、いるか！」

当然といえば当然だが、龍也は俺の曖昧《あいまい》な発言に激怒した。「そんな適当な話で殺人犯にされちゃたまらないね。共犯者がいたはず、と君がそういうのなら、その共犯者を僕の前に連れてきたまえ。そうすれば、僕も犯罪者の汚名を甘んじて受けようじゃないか。さあ、どうなんだ、橘君。僕の共犯者を連れてくることができるのかね？」

「え、えーと、ちょっとお待ちいただけますか……」

俺はクレームを受けたバイト君のような低姿勢で龍也に頭を下げると、すぐさま有紗に向き直った。小さな貝殻のような彼女の耳に唇を寄せ、俺はいちおう確認した。「どうなんだ、有紗。もともとはおまえが言い出したことなんだぞ。奴の共犯者を連れてこれるのか？」

祈るような思いで尋ねる俺。だが、有紗はほとんど無責任といってもいいほどの軽々しさで、「無理だね、それは無理」と断言した。たちまち、俺の頭の中が『敗北』の二文字で埋め尽くされる。土下座だ！　こうなったら土下座して許しを請うしかない！

だが、龍也の前に膝を屈しようとする俺に、有紗はさらに意外な言葉を告げた。

「共犯者を連れてくるなんて無理だよ。そもそも共犯者なんていないんだから。ていうか、共犯者なんか必要ないよ。だって、この犯行はひとりでできるもん」

挑発的な少女の言葉に対して、篠宮龍也は余裕のポーズで笑みを浮かべた。

「ははは、ますます面白いことをいうお嬢ちゃんだな。絵は贋物。だけど共犯者はいない。だったら応接室にあった贋物の絵は、なぜ消えた？　どこに消えた？　絵というものは、水みたいに蒸発して無くなったりはしないものだよ、お嬢ちゃん」

「知ってる」有紗は頷くと、ひるむことなく龍也を指差した。「応接室にあった贋物の絵は、おじさんが自分で持ち出したんだよ」

「僕が？」龍也は胸に手を当て、肩をすくめた。「おいおい、聞いていなかったのかい、お嬢ちゃん。僕にはそんなことをする機会は、まったくなかったんだよ。なにしろ応接室を出て以降、僕の傍には常に橘君がいたんだからねえ。そうだろ、橘君？」

聞かれた俺は、残念ながら頷くしかない。だが、有紗は素早く首を振った。

「ううん、それは違うよ。おじさんは良太の前から、少しの間だけ姿を消している。おじさんは応接室から廊下に出た後、また応接室に引き返した。そのとき、おじさんは応接室の中で誰にも見られずにひとりで行動できた。そうだよね？」

「確かに、そのとおりだ」と龍也が頷く。「ならば聞こう。僕はひとりで応接室に戻って、そこで何をしたというんだい？　床板を剝《は》がして、そこに絵を隠したとでも？」

「そんなことしない。おじさんは壁から外した絵を、ポケットに仕舞ったんだよ」

「ば、馬鹿なことをいうんじゃない。そんなことができるか！」

「できるよ。だって絵だもん。紙に描いた絵なら、小さく折りたたんでポケットに仕舞うのは簡単じゃない」

　俺は有紗の披露した驚くべき推理に、身体の震えが止まらなかった。

「お、おい、有紗！　待て、ちょっと待て！　おまえがいってることは、いくらなんでも無理だぞ。富士山の絵そのものは、まあ、いいとしよう。だが額縁はどうするんだ？　銅製の額縁は、折りたたんでポケットに仕舞うってわけにはいかないんだぞ」

「判ってるよ、それぐらい」有紗は意外にも涼しい表情で頷いた。「それじゃあ、逆に良太に聞くけどさ、良太はなぜ、その額縁が銅製だと思ってるわけ？」

「な、なぜって、そりゃ銅製に決まってるだろ。篠宮栄作の頭を叩き割った凶器は、銅製の額縁だったわけだから……」

「あのさあ、さっきからいってるよね。応接室に飾ってあったのは、凶器に使われた絵じゃなくて、まったく別の絵なんだよ。でもって、良太はその絵を手に持ってみたわけでもないよね。良太が手にしたのはリンゴの絵のほう――」

「プラムだ。あれはリンゴではない！」断固とした口調で龍也が訂正する。

「どっちだっていいよ」有紗は龍也の指摘を無視して続けた。「リンゴの絵の入った額縁は、確かに銅製の額縁だった。だから、良太は富士山の絵のほうも、重たい銅の額縁に入っていると思い込んだ。でも、実際はそうじゃなかったとしたら？　富士山の絵は銅製の額縁に入っていなかったとしたら？　どう思う、良太」

「どう思うって、あの額縁が銅製じゃないとしたら、いったい何だよ？」

俺の問いに、有紗は短く答えた。「額縁は紙だったのかもよ」

「紙！」俺は有紗の言葉に唸った。「額縁が紙でできていたってのか。なるほど、紙細工の額縁か。確かに紙製なら手で小さく丸めることもできる。いや、でも待てよ――」

俺は間近で見た銅製の額縁の様子を思い出して、首を振った。「やっぱ、無理だろ。あの額縁は周囲に細かい装飾が施されていた。あれを紙工作で再現するっていうのは、ちょっと不可能だ。もうちょっとシンプルな額縁なら、紙製というのもあり得る話だが」

「違うよ、良太」有紗が首を左右に振る。「あたしがいってるのは、そういうことじゃないの。額縁が紙だったっていうのはね、額縁そのものが紙に描かれた絵だったってこと」

「ん⁉　額縁そのものが……絵……⁉」

呆《ほう》けたように呟く俺に、有紗は確信を持った表情で頷いた。

「そう。富士山はもちろん、その周りを囲んだ額縁も全部、ただ一枚の絵だったんだよ」

有紗が口にした衝撃の推理に、俺は愕然《がくぜん》となった。自分がこの目で確かに見たと、そう信じ込んでいた光景が、突然揺らぎはじめるような、そんな感覚を俺は覚えた。

「あれが絵？　あの俺の目の前にあった額縁が、絵だったというのか？　まさか、嘘だろ。あれが三次元の立体物じゃなくて、二次元の平面図だったというのか、有紗？」

「サンジゲン……ニジゲン……⁉」小学四年生の少女が首を傾げた。

「ええっと、つまりだな、三次元というのは、奥行きがあるってことだ。膨らみがあるっていうか。逆に二次元ってのは奥行きがないんだな。ぺったんこって意味だ。判るか？」

有紗は、「なんとなく判る」と曖昧に頷いて、床に落ちている茶色い鳥の絵を拾い上げた。

「要するに、この絵と同じだね。これは、絵に穴が開いているように見える。でも、実際には穴が開いているわけじゃない。鳥の絵の中に穴の絵が描かれているだけ。穴の部分が凹《へこ》んで見えるように、影の描き方なんかを工夫して描いてあるんだね」

「ああ、いわゆるトリックアートってやつだ。なにかで見たことがある。人物が飛び出して見えたり、物が浮き上がって見えたりする絵画だ。そうか。あの富士山の絵の額縁も、これと同じ技法で紙の上に描かれていたってわけか」

「そういうこと」と有紗は頷き、テーブルの上に鳥の絵を置いた。「良太の目には、富士山の絵の額縁は立体的に見えていた。だから、目の前に本物の額縁があると、良太は勘違いした。重さも形もある額縁だから、応接室から簡単に持ち出すことは無理。そんなふうに良太は思い込んだ。だけど、富士山も額縁も同じ一枚の紙に描かれた絵だとしたなら、話は全然違ってくるよね」

「ああ、大違いだ。一枚の絵なら、壁から剝がして簡単にポケットに仕舞える。龍也が応接室に引き返した、一分足らずの間に、やれることだ。うーん、そうか。あのとき、まさか龍也が額縁をポケットに隠し持っていたなんて、思いもよらなかったな」

有紗の推理に唸り声をあげた俺は、青ざめた表情を浮かべる龍也に向き直った。

「篠宮龍也、あんたの得意な絵は、静物画でも風景画でも人物画でもなくて、この手のトリックアートだったんだな。実際には平面に過ぎない絵が、立体的に見えるというのが、あんたの持ち味だ。だが、あんたの父親、篠宮栄作氏は、そのようなあんたの絵を認めてはくれなかった。あんたと父親との仲は険悪になり、やがてあんたの胸に父親に対する殺意が芽生えた。父親を殺せば、膨大な遺産があんたの懐に転がり込むしな。そこで、あんたは父親が認めなかったトリックアートの技法を駆使して、富士山の絵の贋物を作り、それを自分のアリバイ作りに利用したんだ。そうとは知らない俺は、まんまとあんたの策略に乗せられて、アリバイ工作の片棒を担がされたってわけだ。どうだ、図星なんだろ！　篠宮栄作殺しの真犯人は、おまえだ！」

「こらぁ――ッ、良太ぁ――ッ」

瞬間、叫び声をあげたのは、犯人として指名された龍也ではなく、俺の隣に立つ小さな名探偵だ。なにが悔しいのか、彼女は地団太踏みながら、俺に対して猛抗議した。

「他人の台詞《せりふ》を勝手にいわないでちょうだい！　ていうか、どこの世界に名探偵の台詞を横取りするワトソン役がいるのよ。この泥棒ワトソンめえ！」

両目を吊《つ》り上げながら、不満と憤りを露にする有紗。自分の何がいけなかったのか、よく判らない俺はキョトンとするしかない。

そんな俺をよそに、有紗は怒りの表情のまま一歩前へ。それから、あらためて自分の指を真っ直ぐ目の前の男に向けると、彼女はついに念願の台詞を口にした。

「篠宮龍也、犯人はアンタよ！　もう全部判ってるんだから、おとなしく降参しなさいよね！」

渾身《こんしん》のアリバイトリックを暴かれて、篠宮龍也はついに自らの罪を認めた。

「確かに、おまえのいうとおりだ。よくぞ見破ったたな。その点は褒めてやろう」

「ふふん、アンタの小手先のトリックなど、所詮はバレる運命だったのさ」

「おまえがいうな、橘良太！」龍也は勝ち誇る俺に、思いっきり罵声《ばせい》を浴びせた。「トリックを見破ったのは、そっちの小学生の女の子じゃないか。くそ、子供だと思って甘く見たのが、どうやら間違いだったようだ。だが、まだ勝負はついていないぞ！」

叫ぶや否や、龍也は身を翻して部屋の隅へと駆け寄ると、そこにあった道具箱の中に右手を突っ込んだ。彼が振り向いたとき、その右手には鈍い輝きを放つ一本の小刀が握られていた。龍也は扉の前に立ちはだかると、両手を前に突き出しながら、俺と有紗を激しく威嚇《いかく》した。「――悪いが、君たちをここから帰すわけにはいかない」

「ま、ま、ま、待て待て。そう慌てるな。話せば判る！」

「問答無用！」小刀を構え、闇雲に突進する龍也。

俺は咄嗟に有紗の小さな身体を片手で抱きかかえて、真横に跳んだ。間一髪、龍也の小刀の先が、俺の身体を掠《かす》める。俺は有紗の身体を床に下ろし、彼女の前に立った。

「有紗、おまえは俺の背中に隠れてろ。ここは俺がなんとかする」

「なんとかするって、どうするのぉ？」

「うッ、それは……」シマッタ。特に上手い考えは浮かばない。「な、なんとかするっていったら、なんとかするんだよ。いいから、子供は黙って見てろ！」

叫ぶ俺の背中で、有紗がブウと不満げな声をあげる。だが、いまは彼女の機嫌をとっている場合ではない。俺は横目で素早く左右を確認した。右のテーブルに鳥の絵が描かれたカンバス。俺は咄嗟にテーブルに手を伸ばし、そのカンバスを摑んだ。そのまま勢いよく前方の敵に目掛けて投げつける。不意を衝かれた龍也が、手にした小刀をカンバスへと向ける。小刀の切っ先はカンバスの布地を軽々と貫通した。穴の開いたカンバスは、彼の右腕に纏《まと》わりつくように嵌《はま》り込む。一瞬、彼の表情に戸惑いの色が広がった。

チャンス到来。俺は一気に彼との間合いを詰めると、小刀を持った彼の右手を蹴り上げた。俺の爪先《つまさき》が、彼の右の手首を捉える。小刀が金属音を響かせながら床に落ちた。ここぞとばかりに、俺は一気呵成《かせい》に龍也を攻め立てる。だが龍也も手にしたカンバスを武器に応戦する。やがて俺は龍也の背後に回り、彼を羽交い締めに捉えた。彼の手にしたカンバスが床に落ちる。態勢は俺が有利。だが、相手も身体を激しく揺すって必死の抵抗を見せる。

さて困った。これから、どうする？　戸惑う俺の耳に、そのとき有紗の声が響いた。

「良太ッ、良太ッ」

俺は彼を羽交い締めにした恰好のまま、声のするほうを向いた。目の前に有紗の青いワンピース姿。彼女はテーブルの上に両足を踏ん張るようにして、堂々と真っ直ぐに立っていた。その姿に俺は一瞬ギョッとなる。だが、すぐに彼女の意図するところを汲み取った俺は、意を決して叫んだ。「――よし！　いいぞ有紗、やれ！」

　俺の声に、有紗はテーブルの上でコクンと頷く。次の瞬間、短い助走をつけて、有紗はテーブルの端を蹴った。彼女の小さな身体が一瞬、高く宙に舞い上がる。その直後、白いソックスを履いた彼女の両足が、弾丸のような勢いで龍也の顔面を正確に捉えた。小さいながらも体重の乗った蹴り。龍也と俺は、二人揃って後方へと吹っ飛ばされた。

　龍也の口から「――ぐえ！」という叫びが漏れる。俺も自分の後頭部をしたたか壁にぶつけて悶絶《もんぜつ》。有紗だけが例によって、綺麗に床へと着地した。すべては一瞬の出来事だった。

「あいてて……」俺は壁際にしゃがみこんだまま、頭を押さえて呻き声をあげる。

　龍也は脳震盪《のうしんとう》でも起こしたのか、長々と床に伸びたまま、ピクリとも動かない。

　そんな中、有紗はすっくと立ち上がり、俺のほうを向いた。青いワンピースのツインテール少女は、生意気そうな鼻をさらに高くし、「どーよ、良太？」といって両手を腰に当てた。

「子供は黙って見てろ、なんて、もう二度といわないでよね。あたし探偵なんだから！」

「……………」

　ああ、もう絶対、二度といわねーよ。俺はそう心に強く誓ったのだった。

10

それから後のことは、もはやあまり重要じゃないことだ。俺は長嶺に電話を掛けた。真犯人を捕まえてやったぞ、という俺のありがたい連絡を受けて、長嶺は篠宮邸に慌てて駆けつけた。俺は龍也の用いたトリックについて、あたかも自分で考えた推理であるかのように滔々《とうとう》と語った。俺が語る説明を聞き、長嶺は「なるほど、よく判った」と深く頷いた。

「おまえは篠宮龍也を殺人犯として告発した。切羽詰まった龍也は刃物を持って、最後の抵抗を見せた。しかしながら、おまえは刃物で襲い掛かる敵を、必殺の蹴り一発で倒したってわけだ。だが、本当か。俄《にわ》かには信じられんな。橘に、そんな優れた推理力とズバ抜けた格闘能力が備わっているなんて……」

信じられないのも無理はないが、敢えて真実は口にしなかった。優れた推理力を発揮し、必殺の蹴りを見舞ったのは、十歳の少女なのだ。長嶺はなおさら信じないだろう。

「まあ、べつにいいじゃねーか、そういうことで」俺は適当に頷き、長嶺の肩を叩く。

「そうだな。べつに、どーでもいいか」長嶺も深く追及はしなかった。

有紗も明るい笑顔で、「うん、どーだっていいよね」と、その場を誤魔化した。

篠宮龍也は溝ノ口署へと連行された。彼が取調室で刑事たちを前にして、何をどう語ったのか、俺はよく知らない。ただ、おとなしく罪を認めていることだけは、事実のようだ。

ところで、岡山へ出張中だった有紗のパパ、綾羅木孝三郎が溝ノ口に戻ってきたのは、事件解決の翌々日のことだった。予想したよりずいぶんと早い帰還だ。予定よりも早く連続殺人が実行されたのだろうか。一日あたり三、四人ペースで殺されたとか？

だが、綾羅木邸のリビングで再び俺の前に姿を現した孝三郎は、ソファにどっかと腰を下ろすと、不満そうな顔で岡山での出来事をこう語った。

「実に拍子抜けもいいところだよ。連続殺人の予告状は、地元の小学生のイタズラだったのさ。名探偵綾羅木孝三郎が、わざわざ岡山まで乗り込んでいったというのに、とんだ無駄足だった。もっとも、問題の予告状をひと目見た瞬間から、私にはこれが子供のイタズラであることが、だいたい判っていたのだがね」

「さすが、パパ」といって父親の隣に座った有紗は、憤慨したように唇を尖らせた。「それにしても、酷《ひど》いことする子がいるのね。大人をからかうような真似をしてさ」

「まったくだよ、有紗。子供たちがみんな有紗みたいに、賢くて礼儀正しくて行儀が良くて控えめでおしとやかないい子だったなら、世の中はもっと平和になるだろうに――」

相変わらずの親馬鹿っぷりを見せる孝三郎は、娘の頭を撫でながら、ようやく正面の俺に目をやった。「ところで橘君、私がいない間、何か変わったことはなかったかね？　有紗はどうだ。寂しくなかったかな。橘君は一緒に遊んでくれたかい？」

「いや、あの、そのことなんですが、実は……」

俺には、いちおう責任がある。依頼人である孝三郎には事実を報告せねばなるまい。だが、そんな俺の言葉を無理やり遮るように、有紗の陽気な声がリビングに響いた。

「うん、心配しないで、パパ。変わったことなんて、なーんにもなかったから。あたし、橘さんと一緒にお絵描きして遊んだの。とっても楽しかったのよ。ねえ、橘さん」

そういって、有紗は俺に向かって、可愛らしく片目を瞑《つぶ》ってみせた。

「え!?」俺は一瞬言葉に詰まり、「あ、ああ、そうだね、楽しかったね……はは」

苦笑いを浮かべる俺に、有紗はいかにも子供らしい無邪気な微笑みを見せるのだった。

第二話

名探偵、南武線に迷う

1

人気テレビ番組に『はじめてのおつかい』って、あるだろ。

べつに俺は熱心な視聴者ってわけじゃないけど、それがどういう番組かは、なんとなく知っている。確か、純真無垢《むく》な子供たちが、大人たちからおつかいという名の無理難題を命じられて、泣きながら悪戦苦闘した挙句に、最後にはなぜか必ずそのおつかいをやり遂げて終わる、というような摩訶《まか》不思議な番組だ。違ったかな？

といっても、あれはあくまでテレビショー。何も知らない子供たちの周囲では、すべてを知り尽くした大人たちが、カメラ片手に万全の態勢で子供たちのおつかいを見守っている。

そして、何も知らないはずの子供たちの何人かは、そんな大人たちの存在に実はしっかり気が付いているのではないか、と俺は想像するのだが、これって穿《うが》った見方だろうか？　俺、ぜってー怪しいと思うんだけどよー。いやまあ、テレビ番組のことは、ともかくとして――

今回は小学生のおつかいにまつわる、奇妙な殺人事件の話だ。まあ、聞いてくれ。

それは、大型連休も明けた、五月のとある昼下がりのことだ。川崎市高津区は溝ノ口にある小学校。その校門の前で、俺は不満を呟きながら人を待っていた。

「なんだって、待ち合わせ場所が小学校なんだよ。あのオッサンめ！」

門柱に掲げられた銅板には、『私立衿糸小学校』の文字。衿糸小学校は、その名のとおり、過去に数多くのエリートを輩出してきた名門小学校だ。溝ノ口周辺のお金持ちは、自分の家の御子息御息女を、こぞってこの学校に通わせている。もちろん、俺の母校ではない。

俺は溝ノ口の隣、武蔵新城にある公立小学校を、約二十年前に卒業したエリートじゃない普通の男。橘良太、三十一歳だ。

昨年、訳あって都心のスーパーを退職した俺は、地元の新城に舞い戻り、心機一転、『なんでも屋タチバナ』という便利屋を立ち上げた。いってみれば、いま流行の「起業家」ってやつだ。なんなら、「青年実業家」と呼んでくれてもよろしい。三十一歳は、まだまだ充分「青年」だよな？　俺は、あと十年は、この肩書きでいこうと思っている。

ところで小学校は、ちょうど低学年児童たちの下校時刻を迎えたところらしい。背中よりも大きなランドセルを背負った制服姿の子供たちが、校門からわらわらと溢れ出てくる。その光景はまるで黒っぽい小動物のラッシュアワーのようだ。

一方、校門に佇む俺はダメージジーンズに格子柄のシャツ。靴は薄汚れたバスケットシューズだ。お世辞にも立派な服装とはいいがたい。そんな俺の姿は、学校関係者の目には、さぞかし怪しく映るはず。警察関係者ならば、伝家の宝刀、職務質問を試みようとするかもだ。

「これって、確実に誘拐犯か変質者に間違われるパターンだよな……」

身の危険を感じた俺は、児童たちの群れから距離をとる。そんな俺の視線の先には、俺とは違った意味で怪しく映る黒塗りのベンツが停車中。その光景にピンときた俺は、すぐさま黒い車体に駆け寄った。車内を覗き込むと、運転席には見覚えのある丸い顔。迷うことなく俺は、そのベンツの助手席に滑り込んだ。

「やあ、オッサ——いや、孝三郎さん、お元気そうでなによりです」

俺はぎこちない笑顔を向けながら、相手のご機嫌を伺う。運転席にでっぷりとした巨体を沈めているのは、背広姿の中年男性、綾羅木孝三郎だ。なにを隠そう、彼は日本中にその名を轟《とどろ》かせる有名な私立探偵で、なぜかその自宅はここ溝ノ口にある。それは贅《ぜい》を尽くした西洋風の豪邸で、彼の有する資産が豊富であることを雄弁に物語っている。

そんな彼の依頼をうっかり引き受けた俺が、ロリータ服の少女に殺人鬼の濡《ぬ》れ衣《ぎぬ》を着せられて、あやうく蹴り殺されそうになったのは、つい先月のこと。その事件をきっかけにして、俺は度々、孝三郎から仕事を任されるようになった。いまや彼は『なんでも屋タチバナ』の最高のお得意様というわけだ。

「で、今日はいったい何の御用ですか。いきなり、こんな場所に呼び出したりして」

運転席の名探偵は横目で俺を見ながら、丸い顔を上下させた。

「うむ、実は急遽《きゅうきょ》、君に頼みたいことができてね。もちろん、有紗の件だ」

やはりそうか、と俺は頷く。有紗というのは、先月、俺を蹴り殺そうとした少女の名前だ。

綾羅木有紗。孝三郎とその妻慶子の間に生まれたひとり娘だ。衿糸小学校に通う四年生。わずか十歳にして、自らを探偵と信じる無垢で無邪気で無謀な少女だ。青いロリータ服に身を包み、親の目を盗みながら密かに探偵活動に勤《いそ》しむ『不思議の国のアリサ』は、いまごろ教室でおとなしく授業をうけている最中だろう。その姿を想像すると、なかなかに興味深い。まさか、教室でもあの恰好というわけではあるまい。衿糸小学校の女子の制服は、定番の黒いセーラー服だ。

「有紗ちゃんの件、というと、また子守り役ですか」

「それに近いが、今回は少し違う」孝三郎は首を振ると、真剣な顔でいった。「君には、有紗の『はじめてのおつかい』を見守ってやってほしい。それが今回の依頼だ」

「はじめての……おつかい……!?」

その言葉を聞いた瞬間、俺の頭の中では、あの番組の有名なテーマ曲が、ド～レミファ

〜ソ〜ラシ〜ド〜♪　と勝手に鳴りはじめた。俺はキョトンとして、彼に聞き返す。

「えーっと、『はじめてのおつかい』って、あのテレビで人気のやつ？」

「もちろん、そうだ。他にあるまい」

「だけど、『はじめてのおつかい』なんて、幼稚園児や小学校低学年の子供がやることですよね。有紗ちゃんは、もう小学四年生でしょ。おつかいなんて、とっくに経験済みでは？」

「普通の家庭は、そうなのだろう。だが、なにしろ私の有紗は、あのとおり正真正銘の箱入り娘。妻も私も、娘のことを可愛いと思うあまり、危険なことはいっさいやらせてこなかったのだよ」

「ふーん、箱入り娘ねえ……」

正直、俺の知る有紗は、箱を蹴破って飛び出てくるタイプの女の子。危険なことも結構経験済みだと思うのだが、それでも孝三郎の考えはよく判る。要するに、可愛い子には旅をさせろ、というわけだ。俺はもっともらしく頷いてから、彼に尋ねた。

「で、有紗ちゃんに、どんなおつかいをさせるつもりなんですか」

番組中では、「お醤油《しょうゆ》を買ってきて」とか「お弁当を届けて」などが、定番のおつかいだ。

「うむ、それなんだがね」といって、孝三郎は傍らから赤い包装紙に覆われた平たい包みを取り出した。「私の昔からの知り合いに、中崎浩介《なかざきこうすけ》という旅行ライターがいる。全国を旅しては、紀行ルポなどを書いて雑誌に載せているライターだ。先日、寝台特急の中で起こった密室殺人事件の際に、彼から重要なヒントをいただいてね。そのお礼状と感謝の品を、有紗に届けさせようと思うのだ。どうだ、子供にはちょうどいいおつかいだろ？」

　定番とは、ずいぶん違うな……。そんな本音の呟きを、俺はぐっと呑み込んだ。

「まあ、本来はこの私が直接彼に会って、感謝の意を表すべきなのだろう。私もそのつもりで、今日の午後三時半に分倍河原《ぶばいがわら》の喫茶店で彼に会う約束を、すでに取り付けていたのだ。だが、そんな私のもとに、急遽新たな依頼が入ってね。これから私は、すぐに江東区に出かけなくてはならない。なんでも、スカイツリーのよく見える路上で不可思議な殺人事件があったらしくてね。地元の警察関係者からぜひにと、出馬要請があったのだ」

「へえ、さすが全国的に有名な名探偵、綾羅木孝三郎先生。お忙しいんですね」俺は感嘆の声を漏らし、そしてふと気になって彼に尋ねた。「ところで、奥様はどちらに？」

「ん、慶子か？　慶子はいまアメリカに出張中だ。ニューヨークで連続殺人があってね。地元の警察関係者からぜひにと、出馬要請があったらしい。まあ、私と似たようなもんだ」

「なるほど。奥様はニューヨークで、旦那様はコォートークですか」俺はニヤリとした笑みを運転席の名探偵に向けた。「確かに似たようなもんですねぇ」

　俺の皮肉っぽい発言に、孝三郎の顔が一瞬、屈辱の色に染まる。彼の妻、綾羅木慶子は、主に海外で活躍中の世界的な名探偵なのだ。

　俺は何食わぬ顔で、話を元に戻した。「要するに、その包みを有紗ちゃんが相手にきちんと届けるのを、気付かれないように密かに見守る。それが今回の僕の役目ってことですね。依頼の内容は、よく判りました。しかし大変申し訳ないのですが、僕はこれから煙突掃除の仕事が入っていまして……」

「はあ、煙突掃除ぃ!?」孝三郎の丸い顔が四角く歪んだ。「このご時世に煙突掃除だって！　嘘だろ。昭和の便利屋じゃあるまいに。いいから君、そんな仕事は断りたまえ」

「んなこと、いきなりいわれても……」

　戸惑う俺に孝三郎はずいと顔を近づけると、「なにを迷うことがある？」といって真顔で尋ねてきた。「いったい君は私の有紗と他人の煙突と、どっちが可愛いというのかね？」

「そ、そりゃあ、どっちかっていえば……」まさか煙突と答えるわけにもいかず、俺は苦渋の選択。「……そりゃあ、やっぱりお宅のお嬢ちゃんのほうですかねえ……」

「それならば、ぜひ！」と切羽詰まった表情で孝三郎は俺の肩を摑む。「頼む。お願いだ。こんな仕事を頼めるのは、君しかおらんのだよ」

「煙突の持ち主にも同じことをいわれましたよ」

「ええい、くそ、煙突なんぞに負けてたまるか」

煙突相手に闘志を燃やす孝三郎は、俺の前に指を二本立てて訴えた。「だったら橘君、報酬は煙突掃除の二倍払おうじゃないか。それなら、君も文句はあるまい！」

孝三郎の口から飛び出した決定的なひと言。その瞬間、俺の迷いは消え去り、頭の中では再び例のテーマ曲が、ド～レミファ～ソ～ラシ～ド～♪　と響きはじめた。俺は運転席に座る依頼人の手をしっかと握り締め、これ以上ない真剣な表情で頷いた。

「その依頼、喜んでお引き受けいたします。ええ、もちろん引き受けますとも。そりゃあ、有紗ちゃんのほうが、煙突なんかより二倍可愛いですもんね！」

俺の率直な言葉に、孝三郎は複雑な表情を浮かべるのだった。

2

それから、しばらくの時間が経過したころ。衿糸小学校の校門前は、三、四年生たちの下校ラッシュを迎えていた。あたりは再び、黒っぽい小動物の群れで埋め尽くされる。

そんな中、帽子に眼鏡にマスクという三点セットで変装した俺は、ベンツの助手席から校門を見詰めていた。門柱の前では孝三郎がセーラー服の少女を前にして、何事か熱心に話しこんでいる。お人形めいた、くっきりとした目鼻立ちの少女だ。頭上に載せたえんじ色のべレー帽からは、ツインテールの柔らかそうな髪の房が、ぴょこんぴょこんと両サイドに顔を覗かせている。ロリータ服を着ていない分、普段と違う印象だが、綾羅木有紗に間違いない。

有紗の正面に立つ孝三郎は、娘の顔を見詰めながら、先ほどの赤い包みを差し出した。俺は全開になった助手席の窓から聞こえてくる声に、耳を澄ました。

「いいな、有紗。三時半に分倍河原の喫茶店『ブンバイ』だ。道草しちゃ駄目だぞ」

「うん、判った。有紗、きっと届けるからね」

有紗はしっかりと頷き、父親の手から包みを受け取った。大事な仕事を任されたという高揚感のためだろうか、少女の頬は赤く上気している。そんな有紗を励ますように、孝三郎は力強い口調でいった。

「有紗なら、きっと上手くやれる。頼りにしてるからな」

「うん、大丈夫だよ、パパ。有紗に任せといてね」

「ああ、パパは有紗のことを信じているぞ」

「うん、心配しなくていいよ、パパ」

「もし、何か起こったときは……」

「うん、必ず連絡する……」

「頑張るんだぞ、有紗！」

「ありがとう、パパ！」

「あ、それから有紗、道路を渡るときは、しっかり左右を確認してだなあ――」

「あーもう！　判ったから、早くいってよね、パパ。出発できないじゃない！」

娘に一喝された孝三郎は、目に涙を浮かべながら、ひとりベンツの運転席に戻ってきた。

「……うっうっ……見たか、橘君。ああ、私の有紗はなんて優しい子なんだ！」

いまの会話の、どこに泣くほど感動するポイントがあったのか。サッパリ理解できない俺は首を傾げる。一方、何も知らない有紗は、父親のベンツに笑顔で手を振ると、しっかりした足取りで歩道を歩きはじめた。まずはJR南武線の武蔵溝ノ口駅に向かうのだろう。

「では、ここからは君の出番だ。頼んだぞ、橘君。絶対、見つからないようにしてくれよ」

「任せといてください――それとあと、忘れないでくださいよ、報酬は二倍って話」

依頼人に念を押しながら、俺は車の助手席から歩道に降り立った。身を屈《かが》めながら、街路樹の陰にいったん身を隠す。孝三郎のベンツは名残り惜しそうなエンジン音を響かせながら、衿糸小学校の門前を走り去っていった。俺は、あらためて前方に視線を向けた。

有紗は赤い包みを黒いランドセルの中に仕舞い込み、それを背負った。そして自慢のツインテールを揺らしながら、駆け出すような勢いで、駅への道のりを急ぐ。

俺はある程度の距離を保ちながら、ランドセルの背中を追った。

が、しかし——

有紗は突然、一軒のタバコ屋の前で立ち止まると、店先の公衆電話に手を伸ばす。誰に電話する気だ？　不思議に思いながら、俺は電柱の陰から彼女の姿を見守る。

受話器を手にした有紗は、とある番号をプッシュ。一瞬の間があった後、いきなり俺の携帯が振動を始めた。まさか、と思いながら携帯を耳に押し当てると、聞こえてきたのは、ほんの数メートル先にいる少女の声だ。

『もしもし、良太ぁ？　いま、なにしてるのー』

「え、なにしてるって……」まさか、綾羅木有紗を尾行中と答えるわけにもいかず、俺は電柱の陰で声を潜める。「お、俺は、その、いまコンビニだ。——ば、馬鹿、バイト中じゃねーよ、買い物だよ、買い物！　ところで有紗のほうこそ、なんだよ。急に電話なんかしてきて。ははん、さては、また探偵ごっこか？」

『違うよ、馬鹿にしないでくれる？』数メートル先で有紗が唇を尖らせる。『実はね、良太に頼みたいことがあるの。パパから預かった品物を分倍河原まで届けてほしいんだ。良太でもできる簡単な仕事だよ。一時間ぐらいで済む仕事だから、ね、お願い！』

「…………」おつかいを便利屋に丸投げかよ。呆れた小学生だな。

『ねえ、頼むよ、良太。缶コーヒー二本で、どう？』

俺の時給は三百円未満か。ずいぶん安く見られたものだ。「んーと、悪いが、その仕事は引き受けられないな。実は、これから煙突掃除の仕事が入ってるんだ」

『はあーっ、煙突掃除ぃ!? なにそれ。酷いよ、良太』不満げな有紗は、即座に俺に聞いてきた。『良太は、有紗と煙突と、どっちが大事なのさ！』

「……うーむ」親子とは、かくも似てしまうものなのか。俺は奇妙な感慨を覚えながら、彼女の問いに対しては、ただひと言、こう答えてやった。「――煙突だな」

もういい！　という叫び声とともに、通話はいきなり途切れた。俺の視線の先には、公衆電話のフックに受話器を叩きつける有紗の姿。まさか本気で傷ついたのか？　心配しながら俺は電柱の陰から、彼女の様子を窺う。公衆電話から離れた有紗は、ガックリ肩を落としながら、とぼとぼとこちらに向かって歩いてくる。電柱を背にしながら、必死に身を隠す俺。するとが何を思ったのか、いきなり有紗は「良太の馬鹿ぁ――ッ！」と、ひと声叫んで、その電柱を思いきり蹴っ飛ばした。少女の強烈な蹴りは、僅かではあるが確実に電柱を揺らし、そして俺の心臓をヒヤリとさせた。

有紗は何事もなかったかのように、駅への道のりを再び歩きはじめた。どうやら、俺の尾行に気付いたわけではないらしい。

「なんだ……電柱に八つ当たりかよ……」

俺は胸を押さえながら、電柱の陰でホッと息を吐いた。

有紗は順調な足取りで、ＪＲ南武線の武蔵溝ノ口駅に到着。時刻は午後三時の十分前だった。有紗は両手を元気よく振りながら、なんの迷いもなく改札へと向かう。だが、そんな彼女の目の前で、いきなり自動改札機のフラップが閉まり、警告のチャイムが鳴り響く。思わぬ通せんぼを喰《く》らった有紗は、テストで零点を取った女の子のように、しょんぼりとした表情。箱入り娘か否かはともかく、彼女が世間知らずのお嬢ちゃんであることは、確かに事実であるらしい。俺は人ごみの中から彼女の様子を眺めながら、思わず舌打ちする。

「馬鹿、切符を買うんだよ、切符を。ただで電車に乗れるわけねーじゃんか……」

すると、俺の呟きが聞こえたわけでもあるまいが、有紗は駅員の助けを借りながら、なんとか切符を購入。今度こその意気込みを露にしながら、有紗は大股で自動改札を通る。フラップは閉じない。警告音も鳴らない。無事、難関を突破した喜びに、有紗は右手で小さなガッツポーズ。だが、そこは詰めの甘い小学生。案の定、有紗は自動改札機に自分の切符を残したまま、スタスタとその場を通り過ぎていく。

——こら、切符を取れ、有紗！　それじゃ分倍河原の改札で、また通せんぼだぞ！

俺はスイカをタッチしながら、同じ自動改札を抜けると、有紗の取り損なった切符を摑んだ。こうなったら仕方がない。俺は声色を使いながら、前を行く有紗を呼び止めた。

「ああ、君、そこのお嬢ちゃん！　切符を忘れているよ、ほら」

中腰で切符を差し出す俺は、帽子に眼鏡にマスクまでした重装備だから、橘良太だとバレる心配はない。事実、有紗は俺の顔を真っ直ぐ見ながら、ペコリとお辞儀をした。

「ありがとう、おじさん」

「おじさんじゃないよ。お兄さんだよ」

「？」有紗は一瞬、怪訝そうな表情を浮かべてから、「うん、ありがとう、お兄さん！」

少女は笑顔で切符を受け取ると、一目散に南武線の下り線ホームへと駆け出していった。

ホッと息を吐きながら、俺もホームへの階段を下りる。ほとんど待つことなく、立川行きの普通電車がホームに滑り込んでくる。時刻はちょうど午後三時だった。

有紗は先頭車両のいちばん前の扉から乗車した。俺も彼女と同じ車両に乗り込む。先頭車両のいちばん前は、ガラス越しに運転席と線路の様子が一望できる、電車好きにとっては絶好のポジション。その場所で、有紗は背伸びをしながらガラスを覗き込み、熱心に前方の光景に見入っている。武蔵溝ノ口を出た電車は、津田山《つだやま》、久地《くじ》、宿河原《しゅくがわら》、登戸《のぼりと》と順調に走行を続ける。

食い入るように前方を見詰める有紗は、線路上に思わぬ障害物がないか、飛び込んでくる人はいないか、懸命に注意を払っているかのようだ。その真剣味溢れる背中を見詰めながら、俺は思わず小声で呟く。「――この電車、おめーが運転してんのかよ？」

誰が運転しているのかはともかく、俺たちを乗せた電車は、まるで将棋の「歩」のような各駅停車の地道な走行を続けた。中野島《なかのしま》、稲田堤《いなだづつみ》、矢野口《やのくち》、稲城長沼《いなぎながぬま》、南多摩《みなみたま》、府中本町《ふちゆうほんまち》を経て、電車はようやく分倍河原駅に到着した。

だがバーチャルな運転体験に夢中の有紗は、分倍河原到着の事実を理解できていない様子。このまま立川駅まで『運転』を続けるかのように、ガラスの前で微動だにしない。

焦った俺は、咄嗟に大きな声を張り上げて、ワザとらしい演技。「――おおっと、もう分倍河原かあ！　おい俊夫、分倍河原だぞ、降りるぞ俊夫！」

くそ、俊夫って誰だよ！　どう見たって、俺、ひとりじゃんか！

突然のひとり芝居にザワつく車内。赤面する俺。だが、懸命の演技は確かに効果があったようだ。左右を見回しながらハッとした表情を浮かべた有紗は、いちばん前の扉から駅のホームへと無事に降り立った。

ホッと胸を撫で下ろしつつ俺も俊夫と――いや、違う――俺はひとりでホームに降りた。

時刻は午後三時二十六分。武蔵溝ノ口から分倍河原まで、二十六分間の短い電車の旅だった。目的地まで、あと僅か。有紗は元気よく、駅の改札を通り抜けた。

分倍河原の喫茶店『ブンバイ』は、駅から徒歩一分の近場にあった。薄汚れたガラス窓が目印の古ぼけた店構えは、お世辞にもお洒落とはいいがたい。窓から中を覗くと、客の入りは数人程度だ。有紗は扉を開けて、店内へと足を踏み入れた。俺は一緒に入るわけにもいかず、しばらくはガラス窓の外側から、彼女の様子を観察する。

ランドセルを背負って喫茶店を訪れる客は、たぶん珍しいのだろう。有紗が店内に入ると、客たちがいっせいに彼女の姿に視線を走らせた。そんな中、春物のジャケットを羽織った身なりのいい中年男性が、「こっちだよ」というように、少女に向けて片手を挙げた。

有紗は安堵《あんど》の表情を浮かべながら、その男性のテーブルに歩み寄る。どうやら有紗は、目的とする相手、中崎浩介と無事に対面できたようだ。

ホッとひと安心の俺は、遅ればせながら、ひとりの客として喫茶店の扉を開けた。

観葉植物の陰になった薄暗い席に腰を下ろして、俺は有紗と中崎浩介の姿を見守った。中崎の前には、すでに彼の注文したアイス珈琲のグラスが置かれている。有紗はメニューを覗き込みながら、ウェイトレスにオレンジジュースを注文する。

俺もすぐさま同じウェイトレスを呼び止めて、「――同じやつを」

「はあ!?」ウェイトレスが眉を顰《ひそ》める。

「あ、いや、違う違う！」俺は慌てて手を振りながら、「こ、珈琲、ブレンド珈琲を！」

冷や汗をかく俺をよそに、有紗は中年男性を相手に初対面の挨拶を交わしていた。

「やあ、君が有紗ちゃんだね。綾羅木有紗ちゃん。孝三郎さんから聞いていたとおりの女の子だ。可愛いから、ひと目で判ったよ。このお店、すぐに判ったかい？」

「うん、大丈夫」有紗は声を潜めて、「オンボロだから、ひと目で判ったわ」

「そ、そうかい、それはよかった」男は苦笑しながら、目の前の小さな使者に名乗った。

「僕の名前は中崎浩介。有紗ちゃんのパパとは古い友達でね。そうそう、有紗ちゃんが、まだ小さな赤ん坊だったころに、僕が抱っこしてあげたこともあるんだよ」

「ふーん、おじさんがパパを抱っこしたんだ」

「違うよ。おじさんが君を抱っこしたんだよ」

会話が嚙《か》み合わないのは、二人の年齢差のせいだろうか。はたまた有紗の会話のセンスが特殊なせいか。ともかく中崎は、これ以上子供相手の雑談に付き合うつもりはない、とばかりにいきなり本題を切り出した。

「ところで、有紗ちゃん、孝三郎さんから何か預かったものがあるんじゃないのかい？」

「あ、そうだった」

有紗はランドセルの中から、赤い包みを取り出して、それを中崎に手渡した。

こうして有紗は与えられた使命を果たした。達成感のせいか、少女の表情はどこか誇らしげだ。中崎は感謝の言葉を口にしながら、その包みを受け取り、鞄に仕舞った。

それから自分のアイス珈琲を一気に飲み干すと、中崎はそそくさと席を立った。

「申し訳ないんだが、僕は用事があるんで、これでサヨナラするよ。有紗ちゃんはジュースでも飲みながら、ゆっくりしていくといい。溝ノ口まで、ひとりで帰れるよね？」

「うん、大丈夫。ここにくるときも、有紗、ひとりだったもん」

「そうかい、偉いんだね」と頷きながら、中崎は伝票を手にした。「じゃあね、有紗ちゃん」

「うん、おじさん、バイバイ」

こうして、有紗との短い対面を終えた中崎は、鞄を片手に早々と店を出ていった。扉が閉まり、店内にひとり残される有紗。すると次の瞬間、彼女の目が何事かを企《たくら》むかのようにニターッと細くなった。そして有紗は再びメニューを覗き込むと、ウェイトレスに対して、モンブランと苺《いちご》のショートケーキとフルーツタルトを矢継ぎ早に注文。数分後には、運ばれてきたケーキの皿とジュースのグラスで、テーブルの上はお花畑のような賑やかさとなった。有紗はフォーク片手に、さっそくモンブランの頂を攻めはじめる。

俺は啞然としながら、彼女の様子を見詰めるばかりだった。

それから約三十分後。小学生女子の旺盛な食欲は、三種のスイーツを見事、完全制覇した。満足げな有紗は再びランドセルを背負い、伝票を手に席を立つ。俺も少し遅れて席を立ち、レジへと向かう。すると俺の伝票を手にしたウェイトレスが、驚きの金額を告げた。

「合計、二千五百五円になりまーす」

「え！　に、二千五百――って！」

俺は一瞬でその金額の意味を悟った。畜生、やっぱりそうだ。何も知らないはずの少女は、それを見守る大人の存在に、実はしっかり気が付いていたわけだ。だからといって、たらふく飲み食いした挙句、勘定だけ俺に払わせるなんて――「くそ、有紗め、許せん！」

請求された金額を渋々支払った俺は、扉を突き飛ばすようにして店の外に出た。キョロキョロとあたりを見回し、ツインテールにセーラー服の小悪魔を捜す。小悪魔は喫茶店の壁にランドセルの背中を預けながら、愉快そうに身体を揺すっていた。してやったりの笑顔に、俺の怒りはたちまち行き場を失う。

「………………」

何もいえないまま歯がみする俺に、有紗は皮肉っぽい笑顔で聞いてきた。

「ねえ、良太ぁ、煙突掃除は、どうなったのー？」

こうして、有紗はおつかいの役目を果たし、俺は便利屋としての任務に失敗した。

だが、バレてしまった以上は仕方がない。それに、世間一般でよくいわれるように、おつかいは家に帰り着くまでがおつかいだ。気を取り直した俺は有紗と一緒に電車に乗り込み、溝ノ口への帰路についた。

「あのよ、俺がしくじったこと、有紗のパパには内緒にしといてくれよな」

電車の中で俺が手を合わせてお願いすると、有紗は素直に頷きながら、

「じゃあ良太も、有紗がケーキ食べたこと、パパには内緒にしといてね」

と絶妙な交換条件を提示してきた。どうやら俺が支払った三種のスイーツ代には、最初から口止め料の意味合いが含まれていたらしい。少女の明晰《めいせき》さに、俺は溜め息をつくしかなかった。

そうこうするうちに、二人を乗せた電車は無事、武蔵溝ノ口駅に到着。時刻は、すでに午後四時半を過ぎていた。だが駅を出てみると、街の様子が少しおかしい。駅前のペデストリアンデッキには、やけに警察官の姿が目立つし、野次馬らしい人だかりもできている。

「わッ、これはきっと事件だよ、良太。溝ノ口で、またしても凶悪事件が発生したんだよ」

自らを探偵と信じる有紗は、俄然《がぜん》興味を惹《ひ》かれたように眸を輝かせる。

「べつに凶悪事件とは限らないんじゃねーか」そういいながら、俺は野次馬の中にいた学生風の男に声を掛けてみる。「あのー、なんか、あったんですか？」

俺の問いに、男は興奮気味に答えた。

「ベンチで女の人が死んでたんだってさ。ひょっとして殺人かもよ――」

3

有紗にとっての『はじめてのおつかい』が無事に遂行された、その翌日。新聞には、武蔵溝ノ口の駅前で起こった女性の変死事件が、大々的に報じられていた。

記事によれば、死んでいた女性の名は塚本潤子《つかもとじゅんこ》。溝ノ口在住で年齢は三十三歳。写真で見る限りでは、かなり派手めな印象の女性だ。死体が発見されたのは、昨日の午後三時四十五分ごろのこと。場所は駅前のペデストリアンデッキに置かれたベンチ。そこに座ったまま微動だにしない女性の姿に不審を抱いた通行人が、声を掛けたところ、すでに女性は息がなかったという。女性の後頭部には棒状のもので殴打された痕跡《こんせき》があり、警察は殺人事件と見て捜査を続けている――というのが、事件の概況らしい。

いちおう地元で起きた事件だし、昨日、現場の人だかりに遭遇したという事実もある。なので、事件については俺も多少の興味を持った。とはいえ、それ以上の深い関わりを持つことなど、もちろん俺は予想もしていない。あくまで他人の事件と思っていたのだ。

予想が覆されたのは、その日の午後のことだ。

俺は不可避的な事情のゆえに、心ならずもこの日に延期せざるを得なかった大仕事のため、溝ノ口の某邸宅を訪れた。要するに例の煙突掃除だ。昼過ぎまで掛かって仕事を終え、約束の報酬を得た俺は、掃除道具を入れた袋を肩に担ぎながら、意気揚々と帰宅の途についた。

ふと気が付くと、周りの景色に見覚えがある。いつの間にか俺は、衿糸小学校のすぐ傍の道を歩いていた。そういえば、そろそろ有紗たちの下校する時間帯だな――

そんなことを思う俺の前方に突然現れたのは、ランドセルを背負ったセーラー服の少女だ。少女は二つ結びの髪を振り乱しながら、こちらに向かって猛然と駆けてくる。その正体が、まさしく綾羅木有紗だと気付くのとほぼ同時に、彼女もまた俺の姿を認めたようだった。

「あッ、良太、ちょうどよかった！」

有紗は俺の背後に身を隠しながら、泣きそうな顔で俺に訴えた。

「助けてよ、良太ぁ！　怖い人に追われてるのぉ！」

「――え！」と驚きながら俺は、慌てて前方を見やる。

すると、そこには確かに悪人顔をした背広の男。鬼気迫る表情で駆けてくるその姿は、良くてヤクザか、悪けりゃ殺し屋に違いない。男の背後には、もうひとり長身の痩せた男が続いていた。俺は蛮勇を振り絞って、先頭の悪人顔の男に敢然《かんぜん》と飛び掛かった。

「おいコラ、てめえ、なにしてんだ！　女の子を追い掛け回すなんて、それがまともな大人のやることか！　こら、なにすんだよ、いや、なにするんですか、やめてください！　腕を、腕を放して！　お願いだから、腕を折らないで！　ほら、このとおりですからぁ〜」

右腕をあり得ない角度でキメられた俺は、残る左手で懸命に地面をタップした。

すると、地面に這《は》いつくばる俺の頭上から、なぜか聞き覚えのある男の声。

「放してやってくれ、大島《おおしま》。こいつは俺の知り合いだ」

すると邪悪な魔法が解けたように右腕は自由になり、俺の視界に見覚えのある眼鏡の男が、その端整な顔を現した。男は冷ややかな目で俺を見下ろしながら、こう聞いてきた。

「おい橘。おまえ、俺たちのこと、なにか勘違いしてないか？」

なるほど、確かにこれは俺の勘違いらしい。彼の名前は長嶺勇作。ヤクザでも殺し屋でもない。彼は神奈川県警溝ノ口署に所属する、れっきとした刑事なのだ。


それから数分後。俺と有紗は、小学校の傍にある公園のベンチに座っていた。俺たちの前にはクールな顔立ちの長嶺刑事と強面《こわもて》の大島刑事が、好対照な顔を並べながら立ちはだかっている。俺は痛む右腕をさすりながら、さっそく長嶺に質問の矢を放った。ちなみに長嶺という男は、高校時代からよく知る昔馴染みだから、情け容赦《ようしゃ》はいっさい無用だ。

「じゃあ、とりあえず、長嶺が十歳の女子の尻を追い掛け回す、その理由から聞かせてもらおうか。まあ、おまえが幼女好きなのは薄々感づいていたから、不思議とは思わんが」

「べつに尻を追い掛けていたわけじゃない。子供の前で、わざとおかしな言い回しをするのは、よせ。あんまり妙なことをいうと、おまえの裸の絵を学校の前でばら撒《ま》くぞ」

軽いジャブの応酬の果てに、俺は本題を切り出した。裸の絵を撒かれては堪《たま》らない。

「まあ、ともかく、ちゃんと理由を話せよ。有紗を追っ掛けていた理由を」

「なに、この子に聞きたいことがあっただけだ。それで、学校の前でこの子が現れるのを大島刑事と待っていた。門を出てきたところで、声を掛けようとしたんだが、どうやら怖がらせてしまったようだな」

長嶺は有紗の前で中腰になると、真面目な顔で謝罪の言葉を述べた。「ごめんよ、お嬢ちゃん。きっと大島刑事のヤクザ顔が怖くて逃げ出したんだね」

「うん、そう！」

おい有紗、そこは頷いちゃ悪いだろ。大島刑事だって、べつに好きで悪人顔をしているわけじゃないんだし。――俺は思わず苦笑いしながら、強面刑事に向かって肩をすくめた。

「話を戻すが、有紗に聞きたいことって、何なんだよ？　幼女のスリーサイズか？」

「おまえは、どーしても、この俺を変態刑事に仕立て上げたいようだな」長嶺は眼鏡の縁を指先で押し上げて、俺を睨みつけた。「いいか、俺が聞きたいのは、昨日の殺人事件のことだ。昨日、駅前で女性が殺害された事件のことは、知ってるよな？」

「ああ、それなら新聞で読んだぜ」

俺が普通に答えると、長嶺は切れ長の目をいっぱいに広げて、驚きの表情を浮かべた。

「おいコラ、橘。本当っぽい嘘をつくなよ。おまえが新聞なんか読むわけないだろ」

「読むよ、馬鹿。読むに決まってんだろ」思わぬ指摘に、俺は思わず声を荒らげた。「俺だって、ちょっと前まで会社員だったんだぜ。新聞読む習慣ぐらい身についてるってーの！」

「そうか。それなら話は早い。そうだ。俺たちは、その事件の犯人を追っている」

「じゃあ、なんで有紗を追っ掛けてたんだ？　有紗に殺人容疑でも掛けられたのか？」

「そうじゃない。聞きたいのは、分倍河原に住む中崎という男のことだ」そういって、長嶺は優しげな笑顔を少女に向けた。「どうだい、お嬢ちゃん、心当たりがあるかな？」

「おう、あるぜ、あるある！　分倍河原の中崎って人ならよお……」

「馬鹿かよ、おまえ！　俺は有紗ちゃんに聞いてんだ。橘はおとなしく雲でも眺めてろ！」

一喝されて、俺は渋々と五月の青空を見上げた。代わって、有紗が質問に答える。

「うん、知ってるよ。中崎浩介さんって人に、昨日、分倍河原の喫茶店で会ったばっかり」

「ふーん、そうなんだ」ならば、とばかりに長嶺はポケットから一枚の写真を取り出し、少女の目の前に示した。「中崎さんというのは、この人かな？」

「おう、間違いないぜ。コイツだよ、コイツ……」

「なんで、いちいち橘が答えるんだよ！　おまえ、その場に、いたのかよ！」

「ああ、俺、その場にいた」俺が率直に答えると、

「え、マジで？　どーゆーこと？」長嶺は面白いくらいに戸惑いの表情を浮かべた。

事情が呑み込めない刑事たちに、俺は昨日の一連の経緯を大雑把に説明してやった。

「ふーん、なるほど」長嶺はようやく合点がいったように頷いた。「じゃあ、二人は同じ喫茶店にいたわけだ。なるほどなるほど。でもまあ、いちおう有紗ちゃんに聞こう。馬鹿な大人より賢い子供のほうが信用できる」

「………」おい長嶺、それだから、おまえは幼女好きと疑われるんだぞ。

憮然とした顔を友人に向ける俺。その隣では、有紗が無邪気に右手を挙げていた。

「うん、聞いて聞いて、刑事さん。有紗、なんでも答えるから」

「じゃあ聞くよ。昨日、中崎さんに会ったのは、何時ごろのことだったかな？」

「午後三時半ごろだった。正確には三時二十八分。約束の時間より二分早くお店に着いたって、ホッとしたのを憶《おぼ》えてるから間違いないよ」

「中崎さんは、そのときどこにいたかな？」

「お店の奥の椅子に座ってた」

「つまり、有紗ちゃんがお店に着いたとき、中崎さんは、もうお店の中にいたんだね？」

「うん、そうだけど……」

なぜ、そんな判りきったことを聞くの？　そう問い掛けるかのように、有紗は小首を傾げる。だが少女の疑問を無視するように、長嶺は淡々と質問を続けた。

「中崎さんは、何時ごろ、その店にやってきたんだろうね？」

「うーん、たぶん有紗がお店に入る四、五分前ぐらいかな」

「ん!?　待てよ、有紗」少女の言葉に疑問を覚えた俺は、思わず横から口を挟んだ。「なんで四、五分前だなんて決めつけられるんだ？　中崎さんがあの店に現れたのは、有紗が店に入る、ほんの一分前だったのかもしれないじゃないか」

「ううん、それはないね、良太」と、なぜか有紗は強気に断言する。「だって有紗が椅子に座ったとき、中崎さんの注文したアイス珈琲は、もうテーブルの上にあったでしょ。中崎さんがお店に入ったのが一分前なら、注文の品は、まだテーブルにきてないはずだよ」

「う……いわれてみれば、確かに……」

「でね、有紗が注文したオレンジジュースは、出てくるまで三分ぐらい掛かったの。中崎さんのアイス珈琲も同じぐらい時間が掛かったとするなら、あの人が店に入ったのは、たぶん有紗がくる四、五分前かなあ――って、有紗そう考えたの。おかしいかな？」

「い、いや、おかしくねえ。な、なかなかの理屈だな……」

少女の恐るべき観察眼に驚くあまり、俺の言葉は微《かす》かに震えていた。長嶺もまた感嘆の表情を浮かべながら、念押しするように有紗に聞いた。

「いずれにせよ、中崎が有紗ちゃんよりも、数分先にお店に着いていたことは間違いない。そうだね、有紗ちゃん」

「うん、絶対だよ。午後三時二十八分より少し前に、中崎さんはお店にきてた」

「やっぱり、そうか……」

溜め息混じりに呟くと、長嶺は隣に立つ大島刑事と落胆の表情を見合わせる。そのとき、いままで黙っていた悪人顔の刑事が、初めて言葉らしい言葉を発した。

「アリバイ成立か……」

長嶺たちの様子を興味津々に眺めていた有紗は、あどけない口調でいった。

「ねえ、アリバイって何のことー？　誰のどんなアリバイー？」

4

「おい大島、おまえはいったん署に戻って、いまの件を報告しろ」後輩刑事にそう命じてから、長嶺は俺たちへと視線を向けた。「俺はもう少し、彼らと雑談して戻るから――」

　大島刑事は長嶺の指示に従って、その場を去っていった。残った長嶺は、俺と有紗を連れて、小学校の近所にある喫茶店に場所を移した。店の奥のボックス席に腰を下ろした俺たち三人は、珈琲二杯とオレンジジュースを注文する。飲み物がテーブルに並ぶのを待ってから、「おい、橘」と長嶺が口を開いた。「さっきの有紗ちゃんの証言だがな、おまえのほうから、なにか付け加えることはないか？」

「べつに、なにもねえな。有紗がいったとおりだと思うぞ」

「そうか」長嶺は表情を曇らせながら、「だが、それでは辻褄《つじつま》が合わんのだ」

「辻褄が合わないって、なんだよ。そういや、さっきアリバイがどうこうっていってたな。あれって中崎って人のアリバイか？　てことは、中崎浩介に容疑が掛けられてんのか？」

「まあな」と長嶺は無表情に頷いた。「お察しのとおり、俺たちは中崎のことを疑っている。俺たちは殺された塚本潤子の身辺を調査したんだが……」

　長嶺の説明を要約すると、事件の被害者、塚本潤子は溝ノ口在住の独身女性。駅前の繁華街のバーで働いていたそうだ。それだけの情報を伝えてから、長嶺は声を潜めて最も重要な事実を口にした。「実は、塚本潤子は中崎浩介の情婦だ。――あ、ごめんよ、お嬢ちゃん、『情婦』っていうのはね、簡単にいうと浮気……」

「簡単にいわなくていいんだよ、この変態刑事！　子供に変な言葉を教えんなってーの！」

「ねえ、『ジョーフ』ってなあに？　浮き輪がどうかしたのー？」

ほらみろ。どう説明するんだよ。浮気と浮き輪を勘違いしてるぞ。俺は有紗に向かって、

「子供は知らなくていいの！」と一方的に言い放ち、再び長嶺に向き直った。

「要するに、中崎は奥さんがありながら、塚本潤子と深い関係があった。その関係がこじれた結果、彼女は殺害された。手を下したのは中崎だ。警察は、そう睨んでいるわけだな。なるほど、ありがちな話じゃないか。それのなにが問題なんだ？」

まあ、焦るなよ、というように、長嶺は珈琲をひと口啜って話を続けた。

「問題は犯行時刻と犯行現場だ。塚本潤子は頭を殴打されて脳内出血を起こし、駅前のベンチで死んでいた。だが、犯行そのものが駅前のベンチでおこなわれたとは、ちょっと考えにくい。駅の周辺は人通りが多いからな。あんな場所で棒状の凶器を振るったら、その場で大騒ぎになるはずだ。ということは、どういうことか、判るか、橘？」

俺は首を傾げながら、思い浮かぶ考えを口にした。「つまり、あれか。犯人はどこか別の場所で被害者を殴り殺して、その死体を駅前に運んだってことか？」

「ううん、それ、違うと思う」俺の仮説をすぐさま否定したのは、有紗だった。「そんなことしたって、犯人にとって危険なだけで意味ないよ。たぶん被害者は、実際の犯行現場から

駅前のベンチまで、自分の足で歩いてきたんだと思う」

「自分の足で歩いた!?　馬鹿いうな。塚本潤子は死ぬほど頭を殴られたんだぞ」

「でも、すぐに死んだとは限らないでしょ。脳内出血を起こしながらも、彼女は駅前まで歩き、そこで力尽きてベンチの上で死んだ。そういうことって、あり得るんじゃないかな?」

「凄いね。お嬢ちゃんのいうとおりだよ」驚いたとばかりに、長嶺は指先で眼鏡を押し上げた。「実際、駅前を夢遊病者のように歩く塚本潤子の姿を、何人かの通行人が目撃している。確かに彼女は殴られた後も、しばらくは動くことができた。ベンチまで自分の足で歩いてきたことは、ほぼ間違いない。となると問題になるのは、彼女がいつどこで殴られたのかだ」

「なるほど」と納得する俺。「で、なにか手掛かりはあるのか?」

「うむ。死亡推定時刻は、あまり意味がない。被害者の死亡した時刻と実際の犯行時刻に、どれほどのズレがあるか、誰にも判らないからな。だが、ひとつ重要な手掛かりがある」

「なんだ?」

「塚本潤子は、溝ノ口のとある一軒家で暮らしていたんだが、彼女はその家に同じバーで働く若い女を同居させていた。女のひとり暮らしは物騒だから、用心の意味もあったんだろうな。その同居している女から得られた証言だ。それによると、塚本潤子は事件の日の午後三時に、その同居人に電話を掛けている。二人は電話で短い会話を交わしたそうだ」

「へえ、どんな会話だ？」

「内容自体は他愛もないものだ。『いま溝ノ口にいるの、これから帰るねー』みたいな感じだったらしい。このとき、電話の向こうの塚本潤子の様子に普段と変わったところは、なかったそうだ。呂律《ろれつ》が回らないとか、痛みを我慢しているような話し振りではなかった。つまり彼女が被害にあったのは、その午後三時の電話の後のことだと考えられる。それが三時一分か、三時三十分かはともかく、犯行が午後三時以降であることは間違いない」

「なるほど、確かにそうなるな」

俺は頷き、そして若干イライラする素振りを見せながら彼に聞いた。「そんで、いったいいつ中崎のアリバイの話になるんだよ。さっきから中崎のナの字も出てこねーじゃんか」

すると、ストローでオレンジジュースを飲んでいた有紗が、突然顔を上げて横目で俺を見る。そして彼女は小馬鹿にするような口調で、意外な言葉を口にした。

「なにいってんの、良太？　もう中崎さんのアリバイは完全に証明されちゃったよ」

シンとした沈黙が俺たちのテーブルに舞い降りた。俺は有紗の発言の意味が判らず、キョトンとする。一方、有紗は余裕を見せつけるように、またひと口ジュースを啜る。

そんな俺たちを眺めながら、長嶺は満足そうに頷いた。「お嬢ちゃんのいうとおりだ」

「え、嘘だろ？　いつアリバイが証明されたんだよ？」

状況がまるで飲み込めない俺に、有紗が簡潔にして最も重要な質問を放った。

「ねえ、良太。昨日、あたしたちは分倍河原にいくのに、何時の電車に乗ったんだっけ？」

「ん!?　あれは確か、午後三時ちょうどの電車――あ、そっか！」

目の前の濃い霧がさあっと晴れたように、一瞬で話が見えた。

昨日、俺と有紗は武蔵溝ノ口の駅を午後三時の電車で出発した。電車が分倍河原駅に到着したのは午後三時二十六分。途中になんのトラブルもない、定刻どおりの到着だ。有紗は駅の改札を出て、そのまま歩いて喫茶店『ブンバイ』に向かった。店に着いたのは、午後三時二十八分。そのとき店の奥のテーブル席に、すでに中崎浩介の姿があった。すなわち、これが彼のアリバイというわけだ。

「ね、判るでしょ」と有紗が俺の顔を覗き込む。「仮に、中崎さんが溝ノ口で午後三時以降に塚本潤子を殴ったとする。その場合、当然だけど彼は三時以降の電車にしか乗れないよね。つまり有紗たちのより、後にくる電車。だけどそれじゃ、中崎さんが有紗より先に分倍河原に到着することは、絶対不可能なはずだよ」

「そうだ」と長嶺が後を引き取った。「にもかかわらず、中崎は有紗ちゃんよりも先に、喫茶店に着いていた。彼が犯人なら、あり得ないことだ。判るな、橘」

「ああ、判る。確かに、中崎浩介は犯人ではあり得ないな。――けど、待てよ」

俺は妙な胸騒ぎを感じながら、心に渦巻く疑惑を口にした。「なんか、騙《だま》されてねえか、俺たち。実際には、塚本潤子を殴ったのは、やっぱり中崎浩介かもしれねえじゃんか。俺の見る限りでは、昨日の喫茶店での奴の様子は、少し変だったぜ。遠くからやってきた有紗を、喫茶店にひとり残して、自分だけさっさと帰っていきやがった。大人なら普通、もうちょっと余裕のある態度を見せるだろ」

漠然とした印象を語る俺に対して、長嶺は意外にも大きく頷いた。

「うむ。実をいうと、俺もやっぱり中崎浩介が疑わしいと、いまでも思っている。だが、さっきもいったように、それでは辻褄が合わんのだ。彼が犯人なら、どうやって彼は分倍河原の喫茶店に、おまえたちより先に到着できたんだ？」

「そりゃあ、なにか上手いやり方があるんだろう。分倍河原まで先回りする方法がよ」

「ほう、どういうやり方だ？　具体的に聞かせてくれないか」

挑発するような彼の口調に、俺はぐっと言葉に詰まる。

「そ、そりゃあ、あれだ、その、速い電車に乗るとか……」と適当なことを口にした瞬間、俺の頭にひとつの閃《ひらめ》きが舞い降りた。「そ、そうだ、速い電車！　快速だぁ――ッ！」

「おいおい、なに馬鹿なこといってんだ、橘。おまえも知ってのとおり、南武線に快速電車なんてあるわけ、いや、あるな！　そういや、快速電車があるじゃないかぁ――ッ！」

俺と長嶺は歓喜の表情を浮かべながら、テーブル越しに互いの右手を突き出すと、ヒップホップダンサー同士がやるような超複雑な握手を交わし、拳と拳をぶつけ合った。

そうなのだ！　遅いの古いの本数が少ないのと、沿線住民から散々に不評を買ってきたJR南武線。だが、そんな南武線にも確実に新時代は到来している。なんと、つい数年前から快速電車が走るようになったのだ。これによって南武線の利便性が飛躍的に向上したとか、沿線の地価が上昇したとかいう評判は、正直あまり聞いたことがないが、それでも以前より多少スピードアップしたことは確かだ。

「有紗の乗った電車より少し後の電車でも、それが快速電車なら！」

「前を行く電車を、途中の駅で追い越すことができるってわけだ！」

これで中崎のアリバイは一気に崩壊。事件は無事に解決だ。

都合のいい展開を思い描いて、すっかり上機嫌の俺と長嶺。そんな浮かれた大人たちに、大量の冷や水を浴びせるかのように、小学生の少女が鋭く質問した。

「ねえ、良太。昨日、有紗たちが乗った電車って、途中どこかの駅で快速電車の待ち合わせをしたかしら？　有紗、そんな記憶、全然ないんだけどなぁ」

「……う……」いわれてみれば、俺もない。

沈黙する俺の前で、長嶺は肩を落として溜め息を漏らした。「やはり駄目か……」

だが諦めるのは、まだ早い。逆に闘志を掻き立てられた俺は、この謎について、より真剣に思考を巡らせた。

午後三時の電車より後の電車に乗って、前を行く電車を追い越すことは不可能だ。かといって、午後三時よりも前の電車に乗ったのでは、犯人は塚本潤子を殴打することができない。

となると、残る可能性は何だ？

「おい、長嶺」俺はふとあることを思いつき、彼に確認した。「塚本潤子と同居する女の話だけどよ。彼女は午後三時に塚本潤子と電話で話をしたんだよな。でも、それは午後三時から一分一秒たがわぬ、正真正銘の午後三時ってわけじゃないよな。ひょっとしたら、午後二時五十九分や五十八分だったかもしれない。その可能性はあるよな」

「そりゃまあ、一分二分は誤差のうちだが――なにがいいたいんだ、橘？」

「つまり、こういうことだ。中崎は午後三時の一、二分前に、武蔵溝ノ口の駅の近くで、塚本潤子を殴った。そして全速力で武蔵溝ノ口の改札を通り、ホームに停車中の立川行き普通電車に駆け込んだ。そして、この電車は午後三時にホームを出ていった」

「ん!?　それって、つまり中崎はおまえたちが乗っていたのと、同じ電車に乗っていたってことか。それだと分倍河原の駅には、おまえたちと同時に着くことになるが……」

「そうだ。だが、電車を降りてからが違う。こっちは子供の歩くスピードだ。一方の中崎は全力疾走で喫茶店へと駆け込む。これなら、中崎は有紗よりも先に喫茶店に到着できる」

「なるほど、確かに。だがその場合、先ほど有紗ちゃんが語った推理が、俄然意味を持ってくるな。有紗ちゃんが店に着いたとき、中崎はもう注文を終えていて、しかもその注文したアイス珈琲は、すでにテーブルの上に出ていた。中崎は、おそらくは四、五分前には、店に到着していたはずだ――そうだよね、お嬢ちゃん？」

「うん、そのとおりー」

頷く有紗に、長嶺はあらためて確認した。「仮に、橘がいうようなやり方で、中崎が喫茶店に駆け込んだとしようか。その少し後に、有紗ちゃんが店にやってきた。その場合、有紗ちゃんの前に座る中崎の息は上がり、顔からは汗が滴り落ちていたはずだよね。――どうかな？　昨日、有紗ちゃんが見た中崎は、そういう状態だったかい？」

「ううん、中崎さん、汗かいてなかったー。息も普通だったー」

そういわれると、確かに有紗のいうとおり、と認めざるを得ない。中崎の振る舞いには確かに余裕のない様子が見て取れたが、発汗や荒い息遣いなどの異状はなかった。その意味で、中崎は普通の状態を保っていたのだ。

こうして仮説を打ち砕かれた俺は、大島刑事の悪人顔を思い出しながら、結局、彼と同じ台詞を呟くしかなかった。

「うーむ、アリバイ成立か……」

だが、有紗は強い意志を宿す双眸《そうぼう》をキラキラ輝かせながら、力強くいった。

「いや、まだ判らないよ。諦めちゃ駄目。この事件、きっとなにかある気がする！」

5

翌日は土曜日で、大抵の会社や学校は休みの日。だが『なんでも屋タチバナ』は年中無休、毎日二十四時間、お客様のご来店を心からお待ちしている零細企業なので、土曜日も日曜日も親の葬式の日だって休んだりはしない（そもそも俺の両親、まだ死んでない）。

今日もいきなり朝から、仕事の依頼が電話で飛び込んできた。綾羅木孝三郎からだ。電話の向こうで孝三郎は、絞り出すような声で俺にこう告げた。

『実は、江東区の殺人事件の捜査が意外に難航してね。当分、溝ノ口に戻れそうにない。毎度申し訳ないが、この週末だけでもいいから、有紗の面倒を見てやってくれ』

「ああ、そういうことですか」俺は歩きながら携帯片手に頷いた。「ええ、構いません……はい、はい……大丈夫です……お嬢ちゃんのことはお任せください……では」

通話を終えた俺は、俺の前をてくてく歩く少女の背中に声を掛けた。「おい、おまえのパパから依頼があったぞ。『有紗の傍にいてやってくれ』だとよ」

「もう傍にいるのにね」有紗は後ろを振り向くことなく、目的地を目指して迷わず歩を進める。「でも、ちょうどよかった。これで良太を探偵助手として堂々とコキ使えるから」

「べつに俺、探偵助手として雇われたんじゃねーんだけどな」

時刻は午前十時。俺たちは今回の事件の被害者、塚本潤子の自宅を訪ねるところだった。もちろん、自らを探偵と信じる有紗が言い出したことだ。俺は好奇心旺盛な彼女の探偵活動に無理やり駆り出された、ただの付き添いに過ぎない。

とはいえ、この俺の存在がなければ、有紗が事件の関係者と直接会うことは難しいだろう。大人並みに賢いとはいえ、見た目上、有紗は普通の小学生なのだ。――いや、違うな。前言撤回。膝丈の青いワンピースに、フリルのいっぱい付いた白いエプロンドレス、光沢のある赤い靴を履いて、街中を闊歩《かっぽ》するツインテールの少女の姿は、見た目上、普通の小学生には全然見えない。

事実、有紗が溝ノ口の繁華街『ポレポレ通り』を歩くと、道行くギャル風の二人連れが、彼女のロリータ服を指差しながら、

「凄《すげ》え！　なにあれ、超ヤバくね⁉」

「アリスじゃん、ノクチのアリス！　超かっけー」

　と揃って歓声をあげた。ちなみに『ノクチ』というのは、『溝ノ口』を示す俗称だ。有紗は彼女たちの賞賛の声をしっかり耳で拾いながら、澄ました顔で歩道を進む。

　繁華街を抜けて、しばらく進むと、そこは閑静な住宅街。その一角に塚本潤子の自宅がある。そのことは、武蔵新城で葬儀屋を営む俺の友人からの情報で、すでに判っていた。新城及び溝ノ口周辺で亡くなった人物については、この友人に聞くのがいちばんだ。実際、教えられたとおりの場所に、その家はあった。

　二階建ての平凡な民家だ。塚本潤子は、この家で女性の同居人と一緒に暮らしていたという。塚本潤子がこの世を去ったいま、その同居人は、この家にひとりで住んでいるはず。俺と有紗は、その同居人に会うために、ここを訪れたのだ。

　俺たちは門の前で、数分間の打ち合わせ。それから、俺はおもむろに玄関の呼び鈴を鳴らした。間もなく扉を開けて顔を覗かせたのは、三十前後と思われる女性だった。髑髏《どくろ》のTシャツにオレンジ色のジャージを羽織った、細身のパンツ姿。髪は茶色く染めてある。顔立ちはなかなかの美形だが、肌の艶はあまりよろしくない。漠然と水商売の雰囲気を漂わせる彼女に、俺は愛想の良い笑顔を向けた。

　――誰？　と首を傾げる女性に対して、俺はあらかじめ用意していた台詞を口にする。

「あの、わたくし、有紗の兄でして、その節はどうも」

俺が一礼すると、釣られるように相手の女も小さく頭を下げた。

「塚本さんでいらっしゃいますね。どうも、先日は有紗がお世話になりました。それで近くを通りましたついでに、ひと言、お礼をと思いまして、伺った次第でございます。いやあ、その節は、ありがとうございました」

いったい『その節』とは『どの節』ですか？　そう問い返されたならば、たちまち返事に窮するところだが、幸い彼女はそのような質問をしてこなかった。彼女は、ただ困惑の表情を浮かべながら、「え、塚本さんに、お礼⁉」と目を白黒させた。「あの、すみません。私は塚本さんじゃないんです。彼女は、つい先日、亡くなりました」

「え！　な、亡くなったあぁ！　な、なんでまた、急に？」

「はあ、ご存知ありませんか。一昨日、駅前で起こった殺人事件のこと……」

「な、なんですってぇ！　そ、それじゃあ、あ、あの事件の被害者が……」

ひょっとして、俺の芝居は臭すぎるのではあるまいか。驚きと悲しみの表情を顔いっぱいに装いながら、内心俺は不安を覚える。だが相手の女性は、思ったほど俺に対して不信感を抱いていない様子。その理由は俺の背後に立つ有紗にあるのだろう。『子供を連れた大人は、基本、善人として認識される』。その黄金律は、ここでも確かに威力を発揮していた。

俺の懸命な演技を後押しするように、今度は有紗が、あどけない口調で問い掛けた。

「ねえ、潤子おばさん、死んじゃったのー？」

するとと塚本潤子の同居人は、答える代わりに有紗へと歩み寄り、中腰の体勢をとった。

「君、有紗ちゃんっていうのかい。へえ、可愛いじゃん。歳は、いくつだい？」

気さくな口調で尋ねる彼女に、少女はたどたどしく答えた。

「んとねえ、有紗はねぇ――八歳」

コラ有紗！　その歳で二歳もサバを読むんじゃない。将来、大変なことになるぞ！

「ふーん、八歳かー、じゃあ、結構おっきいほうじゃんかー」

いや、有紗はむしろ小さいほうだ。十歳でありながら八歳のフリができる程度に、彼女は小さい。そんな有紗は、十歳の頭脳から実に的確な質問を繰り出した。

「ねえ、おばさん、名前なんていうのー？」

「あたし、水沢夏希《みずさわなつき》ってんだ」と彼女は聞かれるままに名を名乗り、「だけど、おばさんじゃねえし。二十九だから、まだお姉さんだし」とちょっぴり不満げに付け加えた。俺は彼女に親近感を覚えた。

「ねえ、潤子おばさんは、なんで死んじゃったのー？」

「さあ、なんでだろーなー。お姉さんも知りてえーなー、そこんとこ」

水沢夏希は腰を伸ばして立つと、俺のほうを向いた。俺はここぞとばかり彼女に尋ねた。

「水沢さんは、亡くなられた塚本さんと、どういうご関係だったのですか？」

「私は潤子さんの、いわば後輩です。同じお店に私が後から入ったんです」

そういって、水沢夏希は繁華街にある一軒のバーの名前を挙げた。「住むところに困っていた私を見かねて、この家に一緒に住むように勧めてくれたのも、潤子さんでした。それ以来、私は潤子さんの同居人として、一年以上の間、一緒に暮らしてきたんです」

彼女の話によると、塚本潤子は離婚経験者で、この家は財産分与で得たものらしい。だが所有者が亡くなった以上、自分も近々、この家を出ていかなくてはならない――そんなことを説明した後、水沢夏希は遠い日の思い出でも語るように、事件の日の出来事を口にした。

「一昨日の昼、潤子さんは行き先も告げずに、ふらりと家を出ていきました。ええ、夜の仕事ですから、昼間はわりと自由に時間が使えるんです。潤子さんから最後の連絡があったのは、午後三時ちょうどです。『いま溝ノ口の駅前にいる。これから帰るけど、なにか買って帰るものない？』って、普段と変わらない口調でした。それがまさか、潤子さんとの最後の会話になるなんて、そのときの私は夢にも思いませんでした」

「そうですか。お気持ち、お察しいたします」と同情する素振りを見せながら、俺は僅かに気になった点を確認した。「塚本さんは、ふらりと家を出ていったそうですが、何の用でどちらにいかれたんでしょうねえ。友達にでも会いにいかれたんでしょうか」

「さあ、判りません。同居しているといっても、お互いの生活には干渉しない約束です。だから彼女がどこへ出かけようと、私は気にも留めませんでした。――ああ、でも」

「でも――なんです？」

「出かけるときの服装で、なんとなく思ったんです。男に会いにいくのかなって」

「ははあ、男ねえ――ん、むむ」俺は無理やりのように眉間に皺を寄せ、ほとんど事件解決間際の名探偵のような雰囲気を醸《かも》し出しながら、彼女にいった。「ひょっとして、その相手の男が、塚本さんを殴り殺した真犯人、そうは考えられませんか、水沢さん」

「ああ、確かに、そうかもしれませんね」水沢夏希はポンと手を叩き、「でも……」といってがっくり肩を落とした。「さっきもいいましたが、私と潤子さんは互いの生活には干渉しない約束。彼女がどんな男性と付き合っていたのか、私は全然知らないのです」

「そうですか。それは残念ですね」

　いっそ、ここで中崎浩介の名前を彼女にぶつけてみようか。そんな思いに駆られたが、不自然に思われそうな気がして自重した。代わりに、俺はこんなことを聞いてみた。

「ところで、その電話の際に塚本さんがおっしゃった『ミゾノクチ』というのは、どっちの意味なんでしょうね。ほら、溝ノ口には駅が二つあるじゃありませんか。ＪＲ南武線の『武蔵溝ノ口駅』と東急田園都市線の『溝の口駅』。塚本さんは、どちらの駅前から電話していたのでしょう。お判りになりますか？」

「はあ、それって重要ですか」水沢夏希は、なぜそんなことを聞くのか、という顔をした。「どうせ二つの駅は隣接しているのですから、どっちだって同じじゃありませんか」

「いや、まあ、それは、確かに……いや、なんとなく、気になったものですから……」

そう呟きながら、俺は誤魔化すようにボリボリと頭を掻く。

水沢夏希は胸の前で腕を組み、いまさらのように俺の顔を不審そうに睨みつけた。

「さっきから、やけに事件のことに関心をお持ちみたいですけど、あなた、いったい何者ですか？　とてもじゃないけど刑事さんには見えないし、ひょっとして私立探偵とか？」

「――は、探偵⁉」

とんでもない、とばかりに俺は顔の前で激しく手を振った。「違いますよ、探偵だなんて。私は有紗の兄です。ただ近所で起きた殺人事件の話に、野次馬的な好奇心が湧いただけでして……。ははは、僕なんか、まだいいほうですよ。ここにいる有紗なんて、好奇心がロリータ服を着て歩いているみたいなもんなんですから。――ほら、有紗、この際だから、お姉さんに聞いておくことはないか。こんな機会は滅多にないんだからな」

俺が促すと、有紗は「んとねー、じゃあ、念のため聞くけどー」といって、水沢夏希にいきなり質問。「あのねー、お姉さんは一昨日の午後三時ごろ、どこでなにをしてたのー？」

「…………」こら有紗！　いくら幼い口調を装っても、その質問は失礼だぞ！

「一昨日の午後三時ごろかい？　それなら、あたしはこの家でゴロゴロしてたっけなー」

「…………」普通に答える、アンタもアンタだな！

俺は呆気に取られながら、水沢夏希の横顔を見詰めるばかりだった。

6

その日の午後、俺と有紗は立川行きの南武線普通電車に乗っていた。先頭車両は適度な込み具合。有紗は手すりを摑んで立っている。俺は進行方向を指差しながら彼女に聞いた。

「ほら、一昨日みたいに、前のガラスにへばりついて、『運転』しなくていいのかよ？」

「う、運転ってなによ！　有紗、べつにそれほど電車好きじゃないし……」

おや、そうなのか？　首を傾げる俺は、それならば、とばかりに自ら車両のいちばん前に歩み寄り、ガラス越しに前方を眺める。制服姿の運転士の動きと、その向こうに広がるパノラマビューを堪能していると、有紗はいつの間にか俺の真横にいて、やはり運転士目線で流れる景色を見詰めていた。

コイツ、相当好きなんだな、南武線が……

呆れながらも、俺は有紗と並んだまま、分倍河原までの車窓風景を楽しんだ。

分倍河原の駅のホームに到着したのは、武蔵溝ノ口の駅を出て二十六分後のこと。一昨日とまったく同じだ。仮に武蔵溝ノ口駅を午後三時の電車で出たとするなら、いまは三時二十六分ということになる。ホームに降り立った俺は、有紗にいった。

「さあ、有紗。一昨日と同じように、喫茶店まで歩いてみろよ」

「――うん」短く答えて、有紗はホームを歩き出す。

俺はロリータ服の背中を見守りながら、彼女の後に続く。有紗の歩く速度は、小学四年生女子としては結構速いほうだが、大人よりはもちろん遅い。そんな有紗はホームから階段を上がり、自動改札を抜け、そして駅舎の外にたどり着いた。ここまでで約一分が経過。そこからさらに人通りの多い路上を歩く。やがて有紗は喫茶店『ブンバイ』に到着。時計の針は、また一分ほど進んでいた。

俺と有紗は、扉を開けて中に入り、カウンター席の端っこに二人並んで腰掛けた。

ブレンド珈琲とメロンソーダを注文してから、俺は先ほどの『実験結果』を纏める。

「要するに、分倍河原のホームに降りてから、この喫茶店まで、子供の足でもたった二分しか掛からないってことだ。武蔵溝ノ口駅からのトータルでも二十八分だ。これより四、五分も早く、二つの地点を移動する手段があるか。――いや、たぶん無理だな」

仮に、俺たちと同じ電車に中崎が乗っていたとする。分倍河原駅に同時に降り立った中崎が、全速力で喫茶店までの道を急いだとしても、それで稼げる時間は一分前後に過ぎないだろう。四分も五分も時間を短縮できるわけじゃない。

もし、中崎が俺たちより後の電車に乗ったのなら、その到着は有紗より遅くなる。

もし、中崎が俺たちより前の電車に乗ったのなら、そもそも犯行自体が不可能だ。

無言で首を捻る俺に、隣の有紗が真剣な顔で尋ねた。

「ねえ、車じゃ駄目なのかな？」

「ああ、溝ノ口と分倍河原の間を真っ直ぐ結ぶ高速道路でもあれば、話は別なんだが……」

実際には、溝ノ口から分倍河原へは、一般道をうねうね曲がりながらいくしかない。南武線の電車は超遅いことで超有名だが、それでもやはり二つの駅を真っ直ぐ結んでいる分、車よりは確実に早いはずだ。

「判んねえな。やはり、中崎は犯人ではないのかも……」

呟く俺の前に、カウンターの中のウェイトレスが注文の品を並べた。ブレンド珈琲とメロンソーダ。注文してから出てくるまで三分程度が経過していることを、俺は確認する。

一方の有紗は、メロンソーダのグラスを受け取りながら、あどけない口調でウェイトレスに話しかけた。「ねえー、お姉さーん、ちょっと聞いてもいーい？」

この子は俺以外の大人に話しかけるときだけ、幼い口調になる。詐欺師の素質充分だ。

一方、若いウェイトレスは、「あら、なあに、お嬢ちゃん？」と油断した調子で聞き返す。詐欺師にカモられる素質充分だ。そんな彼女に、有紗はズバリと質問した。

「あのね、中崎さんっていうお客さん、この店によくくるのかなー？」

「ええ、よくくるわよ。確か一昨日の昼にも、お嬢ちゃんと一緒にきてたわね」

「ううん、一緒じゃないよ。中崎さんが先にお店にきて、後から有紗がひとりできたの」

「ああ、そうだったわね。ええ、よく憶えているわ。お嬢ちゃんがくるだいぶ前に、中崎さんはきてたわね。その後で、制服姿のお嬢ちゃんがひとりでやってきた――」

「む！」俺は口にした珈琲を危うく吹きそうになった。「ちょ、ちょっと待って。いま『だいぶ前』っていいました⁉　それ、何分ぐらい前ですか。四、五分前ってこと？　それとも、もっと前に、中崎さんはこの店に着いていたってこと？」

「さあ、具体的に何分といわれても、時計を見ていたわけではないので……とにかく印象としては、結構長い時間が経ってから、お嬢ちゃんがやってきた。そんな記憶があります。四、五分というよりは七、八分ってところかしら」

「七、八分……⁉」

俺と有紗は、思わず困惑した顔を見合わせた。四、五分早く到着するだけでも、相当困難だというのに、中崎はもっと早くこの店に到着していたかもしれないのだ。

訳が判らなくなった俺は、とりあえず目の前のウェイトレスに漠然と聞いてみた。

「一昨日の中崎さんの様子に、普段と違うところなど、ありませんでしたか。あるいは、他になにか気付いた点があれば、教えてくれませんか。なんでもいいですから」

「さあ、中崎さんの様子は、べつに変じゃなかったけど……あ、でも変っていえば！」

「え、なにかありましたか！」

勢い込んで聞く俺に、ウェイトレスは真剣な顔を近づけて、声を潜めた。

「実は、このお嬢ちゃんが店にやってきた直後に、すっごく変なお客さんが入ってきたの！帽子と眼鏡、おまけにマスクまでして、ほら、そこの観葉植物の陰になってる席あるでしょ、あそこからジトーッとしたいやらしい目で、お嬢ちゃんのことを見詰めていたの。きっと変質者だわ……」

「…………」

違うよ。俺だよ、俺！　それは誰よりも温かい目で有紗を見守る俺の姿だ。《いやらしい目》だなんて、とんでもない。

俺は憮然として黙り込む。すると有紗が、いきなり尋ねた。

「ねー、まさかと思うけど、中崎さんに双子の兄弟とか、いないよねー？」

なかなか突飛な質問だが、なるほど確かに、その可能性はゼロではない。

俺は興味を持ってウェイトレスの答えを待った。だが、彼女が口を開くより先に、少女の質問に答える男の声。それはカウンターに座る俺たちの背後から、いきなり聞こえてきた。

「――もちろん、双子の兄弟なんていないさ。僕はひとりっ子だからね」

ハッとしながら、慌てて後ろを振り返る俺と有紗。

そこに立つのは、話題の主、中崎浩介その人だった。中崎はカウンター席に座る有紗の姿を見下ろすようにしながら、冷たい笑みを浮かべていた。

「いったい何を嗅《か》ぎ回っているんだい、有紗ちゃん？　いや、答えなくても判っているよ。溝ノ口で女性が殺された事件だね。僕のところにも警察がきたよ。だけど、僕はあの事件とは無関係だ。そのことは、他ならぬ有紗ちゃん自身が、証明してくれたはずだよね」

「……う」有紗は悔しげに唇を噛んだ。

「それなのに、なぜ君はコソコソと僕のことを嗅ぎ回るんだい？　悪い子はパパに言いつけて、お尻をぺんぺんしてもらうよ。――いや、待てよ。それとも、これはパパの指図なのかな？　ひょっとして、これもパパからいわれた、おつかいの一種なのかい？」

揶揄《やゆ》するようにいわれて、有紗はキッと眉尻を吊り上げた。そしてカウンターの椅子から飛び降りると、少女は相手の顔を鋭く睨み返し、「違うもん！」と勇敢な叫び声をあげた。

「有紗、パパにいわれて、ここまできたんじゃない。これはパパのおつかいじゃないもん
……こ、これは有紗の事件だもん……んッ……だ、だか、だから、有紗が解決するんだもん
……んくッんくッ……パパの力なんか借りないもん……えッく、えッく！」

なんだよ有紗、もう泣いてんじゃねーか！　威勢がいいわりに、だらしねーな！

俺は慌てて席を立つと、泣き顔の有紗を背中に隠しながら、中崎のほうを向いた。

「ははは、すみませんね。この子は、ただ事件に興味があるだけなんですよ。子供がよくやる、ごっこ遊びですよ。そう、探偵ごっこってやつ。大目に見てやってください」

俺が必死で言い訳する間、有紗は抗議するかのように、小さな拳でずーっと俺の背中を殴り続けていた。探偵ごっこ、と呼ばれたことが気に障《さわ》ったようだ。

「ふむ、まあ、僕も少し大人げないところを見せてしまったようだ。すまなかった。ところで、君は誰だね。――ん!?　もしかして孝三郎さんの部下、いや、お弟子さんか!?」

「………」部下やら弟子やら、とんでもない。全然間違っているが、この際なので俺は彼の勘違いに敢えて乗っかることにした。「ええ、まあ、そんなところですかねえ」

俺の言葉を聞いて、中崎の表情に僅かながら動揺の色が浮かぶ。そんな中崎に向かい、「では僕らはこれで」と素早く一礼した俺は、慌《あわ》ただしくレジで代金を払うと、「ほら、帰るぞ、

有紗」といって、ぐずる探偵少女の腕を取りながら店を後にした。

分倍河原の駅へと向かう道の途中、有紗は悔しさに満ちた声で叫んだ。

「ぐぞー、ぜっだい、あいづのドリッグを見破ってでやどぅー」

「はいはい、判った判った判った」

判ったから、《ドリッグ》を見破る前に鼻水拭《ふ》けよ……


そのまま俺と有紗は分倍河原駅から川崎行き普通電車に乗り、武蔵溝ノ口へ向けて帰宅の途についた。

中崎浩介から受けた屈辱が尾を引いているのか、帰りの電車の中で有紗は言葉少なだった。大好きな先頭車両からの景色にさえ目もくれず、腕組みしながらシートに座るロリータ服の少女。その光景は、なかなかシュールなもので、彼女の存在は車内でひと際、異彩を放っていた。しかし、少女の頭の中がフル回転で稼動中であることは、彼女の醸し出す気配で、なんとなく判る。俺は彼女を刺激しないように、若干の距離を取りながら、吊り革に摑まっていた。

稲城長沼、矢野口、稲田堤、中野島、そして登戸……。到着駅を告げるアナウンスを聞きながら、俺は電車に揺られ続ける。

やがて、こぶしの利いた「次はぁ〜武蔵ぃ溝ノ口ぃ〜」のアナウンスが車内に流れるころ、俺はシートに座る有紗へと視線を向け、その顔にギョッとなった。

有紗は異様なほど険しい表情を浮かべていた。《打撃不振の四番打者》《路頭に迷う哲学者》、あるいは《解決篇が間近に迫りながら考えが纏まらない名探偵》、そんな感じの顔だ。

俺は心配になって、彼女のもとに歩み寄った。

「どうした、有紗。頭の使いすぎで、電車に酔ったのか？」

「ううん、そんなんじゃない。ただ、さっきなにかを摑みかけた気がしたの。事件を解く鍵みたいなものを……でも、それがなんだったのか、判んなくなっちゃった……」

溜め息混じりに答える有紗。俺は励ますように彼女の肩を叩いた。

「まあ、そんなに根を詰めるなよ。おまえの顔見て、乗客全員ドン引きだぞ」

「ド、ドン引きって、なによ！　んもお、良太の馬鹿！」

有紗が拳を振り上げるのと同時に、電車は武蔵溝ノ口のホームへと滑り込んでいった。

電車を降りた俺たちは、ノクチが誇る商業施設『ノクティ』を適当に冷やかしてから、綾羅木邸へと帰還した。住み込み家政婦の長谷川さんに、有紗の身柄を引き渡す。これにて綾羅木有紗の本日の探偵活動は終了。俺が依頼を受けた子守り業務も、ひとまず完了だ。

と、このときは、確かにそう思われたのだが……

7

綾羅木邸を辞去して、数時間後の午後七時ごろ。俺は武蔵新城のホルモン焼きの店で、仕事終わりの最初のホッピーを口にするところだった。これぞまさしく至福の一杯。だが、俺の唇がグラスに触れようとする直前、ポケットの中の携帯が突然、無粋な着信音を奏でた。

「畜生、誰だよ、俺のゴールデンタイムを邪魔する奴は?」

俺はスマートじゃない携帯を開き、不機嫌な口調で名乗った。「はぁい、橘っす」

次の瞬間、俺の耳に飛び込んできたのは、意外にも有紗の声だった。

『良太、お願い! いますぐ家にきて。車できて!』

懇願と命令がひとつになったような彼女の口調に、俺はただならぬ気配を感じた。

「な、なんだ、どうした。なにかあったのか⁉」

『説明は後で! いいから早く、急いで!』

「よ、よし、よく判らんが、すぐいく」

答えながら、焦って席を立とうとする俺に対して、『あ、待って、良太』と有紗は意外に冷静な忠告。『飲酒運転は絶対、駄目だからね』

大丈夫、まだ飲んでねえ——と携帯越しに告げて、俺は店を飛び出した。

新城から溝ノ口までの夜の道を、俺は自慢の愛車を飛ばして駆け抜けた。スピードとパワーと居住性を兼ね備える俺の車をもってすれば、溝ノ口まではアッという間だ。

綾羅木邸に到着してみると、屋敷の門前には青いロリータ服の少女の姿。不安そうに佇むその姿は、暗い森の中で迷子になったアリスのようだ。俺は彼女の傍に、愛車を急停止させる。有紗はドアを開け、小さな身体で助手席へとよじ登ってきた。

「なによ、これ、良太の車？」

「そうだ。スピードとパワーと居住性を兼ね備えた、俺の頼れる相棒——」

「どこが？　軽のワゴン車じゃないの。しかもかなりオンボロの」有紗はシートベルトを締めながら、「ま、いっか。とにかく急いで！」

「急いでって、どこへ？」

「塚本潤子の家よ。いまは水沢夏希さんがひとりで住んでいる——」

有紗の言葉を皆まで聞かずに、俺はフライング気味に車をスタートさせた。塚本潤子の家は、綾羅木邸から歩いてもいける距離だが、確かに車のほうが早い。有紗の様子から見て、一分一秒を争う状況であることは、なんとなく想像できる。俺は軽のワゴン車を懸命に励ましながら、土曜の夜の街を突っ切るようにして、目的の家を目指した。

やがて、見覚えのある景色が目の前に広がった。今日の午前に訪れた住宅街の一角だ。俺は一軒の民家の小さな門の前に愛車を横付けした。殺された塚本潤子の家だ。

「家に明かりが点《つ》いてる。よかった。間に合ったみたい……」

ホッと息を吐きながら、有紗はシートベルトを外して、車の外に飛び降りる。

俺も運転席から外に出た。「なんだよ、なにも変わりねーじゃんか――ん⁉」

瞬間、俺の耳に飛び込んできたのは、絹を裂くような女性の悲鳴。それは有紗の耳にも聞こえたらしい。少女は身体を硬直させながら、恐怖に目を見開いた。

「いまの、水沢さんの悲鳴だよね！」

「ああ、家の中から聞こえた！」

いいながら俺は駆け出した。小さな門を抜け、玄関に駆け寄る。扉に鍵は掛かっていなかった。迷わず玄関扉を開けた俺は、「水沢さんッ、なにかありましたかッ」と、いちおう家の奥に呼びかけ、そして返事を待たずに靴を脱ぐと、他人の家に堂々と上がりこんだ。

真っ直ぐ廊下を進み、明かりの漏れる一枚の扉を開ける。瞬間、目に飛び込んできた光景に、俺は絶句した。そこは、いかにも女性好みの快適なリビング。そのほぼ中央で、黒い服を着た男が、水沢夏希の首に両手を掛けていた。彼女の顔は苦しみと恐怖に引き攣っている。男は血走った目で、それを見詰めていた。

中崎浩介だった。

彼の両腕は、彼女の首をへし折ろうとするかのように、小刻みに震えている。俺は驚きのあまり恐怖も忘れて、中崎に向かって一直線に飛び掛かっていった。

「おいコラ、てめえ、なにやってんだ！　その手を離しやがれ！」

すると、中崎は水沢夏希の身体をソファに放り投げたかと思うと、攻撃対象をすぐさま俺へと切り替えた。彼は俺の右腕を取り、巧みな技でその腕を捻り上げる。一方の俺には、武道の心得などあるはずもない。為《な》す術《すべ》なく、徐々に劣勢に立たされる俺。

「やめろ！　畜生、なにしやがんだ、コラ！　てめえ、やめろって、やめなさい！　やめてください――ね、お願いです！　わ――お願いだから、腕を、腕を折らないで！　折るならせめて左腕にして！　俺、右利きなんだってば――」

いつしか、俺はフローリングの床の上に組み伏せられていた。右腕を背中でガッチリ決められて、まるで身動きができない。俺は顔だけで後ろを振り向いた。

中崎浩介の鬼気迫る表情が目の前だ。俺は苦しい息の間から、彼に問い掛けた。

「くそ、なぜ、おまえが水沢さんを……」

「うるさい！　おまえこそ、なぜ僕の邪魔をするんだ。綾羅木孝三郎の指図か！」

「ち、違うッ……」

「じゃあ、いったい誰だ。おまえは誰にいわれて、ここにきた！」

俺に向けられた中崎の懸命な問い。だが、それに答えたのは、可憐《かれん》な少女の声だった。

「あたしよ、あたしが良太にいったの」

中崎にとっては思いがけない反応だったはずだ。ハッとしたように強張《こわば》った顔を上げる中崎。その視線の先にはツインテールの黒髪をなびかせる青いロリータ服の少女の姿があった。

瞬間、中崎の顔に驚愕の表情が広がる。と同時に、俺の右腕を決めていた彼の力が一瞬緩んだ。隙《すき》を衝いて俺は彼の腕を振り解くと、体勢を入れ替えて相手の腰に抱きついた。だが俺にも、これ以上の攻め手はない。がむしゃらに相手の腰に喰らいつくしかない俺に、そのとき少女の叫び声が鋭く響いた。

「良太、そのまま、押さえてて！」

いわれるまま、俺は両の腕に力を込める。中崎は俺の腕から逃れようと必死で手足をバタつかせる。そして有紗は、中崎から距離を取ったところで、虎視眈々《こしたんたん》となにかを狙う素振り。

そして中崎がなんとか立ち上がりかけた、次の瞬間――「いくよ、良太！」

鋭く叫んだ有紗は、猛然とした勢いで駆け出すと、右足を懸命に振り上げる。彼女の小さな足は、中腰になった中崎の顔に正面から深く突き刺さった。顔面が変形するのではないかと思えるほどの、容赦ない蹴り。カエルが潰れたような呻き声を発した中崎は、腰にしがみつく俺と一緒にリビングの端まで転がっていき、そして——ゴツン！　壁にしたたか頭を打ち付けて、そのままピクリとも動かなくなった。すべては一瞬の出来事だった。一昨日、電柱を揺らした有紗の蹴りは、今日は中崎を失神に追い込んだのだ。

俺は、ふらつく足で立ち上がり、壁際で伸びている中崎の顔を恐る恐る覗き見た。その顔面には、小さな靴底の跡が、刻印のように鮮明に残っている。俺は少女の足許《あしもと》に目をやり、そして彼女に一点だけ注意を与えた。

「おい有紗、他人の家に上がるときは、靴ぐらい脱げよ……」

すると、少女はむしろ得意げな表情を浮かべながら、赤い靴の踵《かかと》を鳴らした。

「いいのッ、これはあたしの武器なんだから！」

8

床に倒れた水沢夏希は、意識を失っているだけだった。中崎も壁際で伸びたまま、起き上がってくる気配はない。俺はとりあえず携帯で一一九に掛けて、救急車を呼んだ。失神者二名と聞いて、向こうは何と思っただろうか。連絡を終えた俺は、いったん携帯を閉じた。傍らに立つ有紗が不思議そうな顔で、俺のほうを見る。「——警察は、呼ばないの？」

「呼ぶことは呼ぶが、その前に聞かせろよ。なぜ中崎浩介は水沢さんを襲ったのか。そして、なぜ有紗はそれを前もって予測できたのか」

　尋ねる俺の前で、有紗は生意気そうな鼻をさらに高くした。

「それはね、中崎のアリバイの謎が解けたからだよ。有紗がそれを解いたんだけどね」

「アリバイの謎が解けた⁉　あの『南武線二十六分間の壁』が破れたっていうのか。じゃあ、やっぱり塚本潤子を殺した犯人は、中崎で間違いなかったんだな。でも、いったいどうやって？　中崎が犯人なら、彼はどうやって俺たちよりも先に分倍河原の喫茶店にたどり着けたんだ？　それが不可能なことは、すでに検証したはずだろ」

「うん、不可能だよ。午後三時以降に溝ノ口で中崎が事件を起こしたなら、彼は有紗たちより先に分倍河原に到着することはできない。犯行現場が溝ノ口なら、そうなるよね」

「溝ノ口ならって、どういう意味だよ？　現場は溝ノ口にきまってるだろ」

「ううん、そうとは限らないよ。よく考えてみて。塚本潤子が頭を殴られたのは、午後三時以降で、場所は溝ノ口のどこか。警察も有紗たちも、そう信じ込んだ上で、この事件を考えてきたよね。でも、それをあたしたちに信じ込ませている根拠は何？　それは塚本潤子が水沢さんに掛けたという、一本の電話。ただそれだけなんだよ」

「ああ、そういや、そうだったっけ……」

「事件の日の午後三時、塚本潤子は『いま溝ノ口にいる』という内容の電話を水沢さんに掛けた。水沢さんはそう証言している。そして、塚本潤子は溝ノ口の駅前で死体となって発見された。この二つを併《あわ》せて考えれば、事件は午後三時以降の溝ノ口で起こった、と誰だってそう思う。でもね、ひょっとすると、それは間違いだったのかもしれないよ。水沢さんの証言自体が事実とは違っていた。その可能性はあるでしょ？」

「水沢さんの証言が、間違いだったっていうのか……あ、ってことは、つまり！」

突然の閃きを得て、俺は思わず両手を叩いた。

「そうか！　水沢夏希は嘘をついていたんだな。塚本潤子からの電話なんて、本当はなかったんだ。水沢夏希は中崎浩介のアリバイを作るために、敢えて中崎にとって都合のいい証言をした。そうだ、間違いない。二人は塚本潤子殺しにおける共犯関係にあったんだ。つまり、たったいま俺たちが見た光景は、共犯者同士の仲間割れの場面ってことだ。そう考えれば、すべて辻褄が合う。――そうだな、有紗！」

勢い込んで尋ねる俺に対して、少女は哀れむように、ゆっくりと首を振った。

「全然違うよ、良太。だって、水沢さんが犯人のひとりなら、犯行のあった昼間は誰かと一緒にいて、自分のアリバイもちゃんと確保しておくはずでしょ。でも、水沢さんは有紗にアリバイを聞かれたとき、なんて答えた？」

「えーと、そういや『家でゴロゴロしていた』とか、なんとか……」

「ね、殺人事件の共犯者としては、いくらなんでも呑気《のんき》すぎるよ」

「そ、それも、そうか」確かに、水沢夏希の話し振りからは、嘘をついているという印象はなかった。「てことは、どういうことだ？　水沢さんが無実なら、その証言は信用できる。だが、それだと中崎の犯行は不可能ってことになる。じゃあ、どう考えればいいんだ？」

堂々巡りに陥った俺に、有紗がさらに謎めいた言葉を投げかけた。

「あのね、水沢さんは嘘をついてるわけじゃないけど、だからといって、事実をありのままに語っているわけでもないんだよ。この意味判る？　まあ、良太には、判んないよね」

馬鹿にするな、といいたいところだが、実際、意味が判らないので、俺は目の前の少女に教えを請うように尋ねるしかない。「えーっと、それって、どういうことなんでしょーか？」

するると、なにを思ったのか有紗は、いきなり別次元の話を始めた。

「ねえ、良太、水沢さんってさ、ちょっとヤンキーっぽいと思わない？　だって、良太と喋《しゃべ》るときには、まあまあ普通の大人らしく敬語なんかも使っていたけど、有紗と喋るときには、なんだか男みたいに乱暴な感じの、ちょっと崩れた喋り方してたでしょ。絶対、ヤンキーっぽいよ。それともギャルっぽいって、いうべきなのかな？」

「…………」いや、ヤンキーともギャルともいうべきではない。水沢夏希は、ちゃんとした大人の女性だ。俺は眉を顰めて有紗を見詰めた。「要するに、なにがいいたいんだ？」

「例の午後三時に掛かってきた電話のこと」

「判んねーな。電話とヤンキーと、なんの関係があるっていうんだ？」

「あのね、午後三時の電話で塚本潤子は、『いま溝ノ口にいる』っていってた。水沢さんは、そう証言しているでしょ。でも、水沢さんが実際に聞いた言葉は、そうじゃなかったんじゃないかな？」

「じゃあ、何なんだよ？　水沢さんが聞いた実際の言葉って？」

聞かれて有紗は、自信ありげにその言葉を口にした。「――『ノクチ』だよ」

「はあ、『ノクチ』⁉」

「そう。水沢さんはね、塚本潤子との電話で『いまノクチにいる』っていう言葉を聞いたんだよ。だから、水沢さんは警察の前で、こう証言した。――午後三時に塚本潤子から電話がありました。彼女は『いま溝ノ口にいる』っていっていました――ってね」

「あん⁉　仮にそうだとして、それのどこが問題なんだよ。ちょっと言い換えただけじゃないか。そもそも『ノクチ』っていうのは、地元のスラングっていうか、いわば俗称だからな。警察の前で話すときは、『溝ノ口』って正式な名前に言い換えたとしても、それぐらいは当然のことだ。べつに問題ねえじゃんか。『ノクチ』と呼ぼうが、『溝ノ口』と呼ぼうが、どうせ同じ場所なんだから」

「違うんだよ、同じ場所じゃないの。だって『ノクチ』って、二箇所あるでしょ」

「はあ、『ノクチ』が二箇所!? それって、アレか。溝ノ口には、南武線の『武蔵溝ノ口駅』と東急田園都市線の『溝の口駅』。二つの『ミゾノクチ駅』があるって意味か?」

「もう、違うよぉ!」有紗は、焦《じ》れったいというように足踏みした。「有紗がいってるのは南武線のこと。南武線には『武蔵溝ノ口』の他に、もうひとつ『ノクチ』があるじゃない。ほら、南武線の駅名、順にいってみてよ。沿線に住んでるんだから、全部いえるでしょ」

「いやいや、全部は無理だって。俺、おまえみたいな鉄道オタクじゃないから」

「いいからいってみてよ。――はい、それじゃあ最初は『武蔵溝ノ口』から」

「え、なに!? 駅名をいえばいいのかよ。――えと、じゃあ、『武蔵新城』」

「地元の駅を真っ先にいうなんて単純ね。――『登戸』」

「そういうおまえも結構、メジャーな駅じゃねえか。――『稲城長沼』」

有紗の答えは、『府中本町』『宿河原』『久地』と続き、俺の答えは、『武蔵小杉』『南多摩』『稲田堤』と続いた。当然のように、俺の口からは素朴な疑問の声があがる。

「なんだよ、これって、山手線ゲームか?」

「違うでしょ、これは、南武線ゲームよ!」

俺と有紗のゲームは犯人も被害者もそっちのけにしたまま、もうしばらく続いた。

「――ええい、『川崎』だ」

「――じゃあ、『立川』ね」

南武線の始発駅と終着駅が出揃った。山手線ゲームよりも十倍難しく、かといって十倍楽しいわけでもない俺たちの南武線ゲームは、いよいよ佳境に入ったようだ。

『中野島』『武蔵中原』『矢向《やこう》』『鹿島田《かしまだ》』『津田山』……と、日本人の誰もが知らない超ローカルな駅名が続いた後、ついに俺の口から、その駅名が飛び出した。

「ええい、残りは何だ？　ええっと、そう、『矢野口』でどうだ！」

瞬間、有紗は俺の答えを串刺しにするように、人差し指を突き出した。

「そう、それだよ、良太！」

「は!?」いきなりいわれて、俺は一瞬キョトンだ。「それって、なにがだよ？」

「馬鹿ね。まだ判らないの？　良太、いま自分でいったじゃない」

「え、いま俺、なんていった!?　え、『矢野口』……『矢野口』がどうした……『矢野口』……『ヤノクチ』……『ヤ、ノクチ』……うッ、まさか！」

俺は思わず素《す》っ頓狂《とんきょう》な叫び声を発した。「もうひとつの『ノクチ』って、『矢野口』のことか！　えッ、ということは、例の電話！　塚本潤子は『いま溝ノ口にいる』っていったんじやなくて、本当は……」

目を見開きながら尋ねる俺の前で、少女は確信を持った表情で力強く頷いた。

「そう。塚本潤子は『いま矢野口にいる』っていったんだよ」


それから、しばらくの後――。塚本潤子の自宅には、すでに救急車と警察の両方が駆けつけていた。大勢の救急隊員や制服巡査で、現場は大混乱に陥っている。そんな中、気絶したままの水沢夏希と中崎浩介が、担架で運び出されていく。その様子を横目で気にしながら、溝ノ口署の刑事、長嶺勇作は俺の話に耳を傾けていた。俺は、もうひとつの『ノクチ』について、彼に説明してやったところだ。事件についての俺の解説は、さらに続いた。

「要するに、これはありがちな勘違いだったんだな。事件のあった日の午後三時、塚本潤子は実際には矢野口の駅前にいたんだ。そこから彼女は水沢さんに電話を掛けて、『いま矢野口にいる』といった。だが、彼女の発音が悪かったのか、それとも携帯の電波状況のせいなのか、いずれにしても彼女が『矢野口』といったはずの最初の『ヤ』の音は、水沢さんの耳には聞き取れなかったんだ。塚本潤子の言葉は、水沢さんの耳には『いま、ノクチにいる』と聞こえてしまった。『ノクチ』といえば、当然『溝ノ口』のことだ。少なくとも、溝ノ口在住の元ヤンキーなら、誰だってそう思うよな。だから、水沢さんは警察の質問に、こう答えたんだ。——午後三時に塚本潤子から電話がありました。彼女は『いま溝ノ口にいる』っていっていました——ってな」

見事な説明を披露する俺。その背後では、有紗の小さな拳がずーっと俺の背中を殴り続けていた。小さな名探偵は、自分の推理を奪われたと感じて、大いに不満を募らせているらしい。「この、推理泥棒めぇ……」という小さな恨み節が、背後から漏れ聞こえてくる。

だが、他にどんなやり方がある？　ロリータ服の少女を壇上に立たせて、刑事たちの目の前で、堂々と謎解きを披露させるか？　彼女はそれを望むかもしれないが、やはりそれは無理だ。ならばここは、彼女に厳しい現実を思い知らせてやるべきだろう。

そう思った俺は、いきなり後ろを振り返ると、膨れっ面の少女に向かって、「こら、邪魔するな、有紗！」と強い口調で一喝。だが、少女の可憐な眸が次第にウルウルしはじめるのを見て、俺は慌てて彼女の耳元に甘言を囁いた。「な、頼むから、ここは俺に花を持たせてくれよ。後で、好きなもの買ってあげるからさ」

すると、たちまち有紗は笑顔で頷いた。「うん、判ったー、きっと買ってねー」

「…………」くそ、まさかの嘘泣きかよ！

どうやら厳しい現実を思い知らされたのは、俺のほうだったようだ。歯がみをしながら、俺はあらためて長嶺のほうを向いた。「塚本潤子は矢野口にいて、そこから水沢さんに電話を掛けた。彼女が頭を殴打されたのは、その直後のことだ。犯行の詳しい状況は、正直よく判らないが、こんな感じじゃないか――」

俺はひとつのあり得る場面を思い描いた。これは有紗の推理ではなくて、俺の想像だ。

「たぶん、塚本潤子と中崎浩介は、矢野口のどこかで密会を果たしたんだろう。そして帰り際に、なんらかの原因で二人の間に諍《いさか》いが起こった。別れ話の縺《もつ》れか、あるいは妻のある中崎に、塚本潤子が結婚を迫ったのかもしれない。険悪な雰囲気のまま塚本潤子はいったん中崎と別れ、水沢さんに電話をする。だが、電話を終えて駅に向かおうとする塚本潤子の前に、再び中崎が現れる。二人の間で、争いが再燃する。場所は駅前のどこか、人けのない場所だったはずだ――」

「ふむ、実際、矢野口の駅前は、だいたいどこも人けがないな」

と、長嶺は矢野口の住民たちが聞いたら激怒しそうなことを、クールな顔でさらりといってのけた。俺は彼の発言には取り合わず、自分の想像を語り続けた。

「争いの中、カッとなった中崎は、塚本潤子の後頭部を棒状の凶器で殴った。あるいは、こういうことも考えられる。カッとなった中崎は、彼女の身体を強く突き飛ばした。すると彼女は丸い柱のような棒状の物体に激突し、運悪く後頭部を強打した」

「なるほど。どちらも、あり得る話だ。――それから？」

「中崎はびっくりして、その場をひとり立ち去った。だが彼女はその時点では、まだ死ななかった。脳内出血を起こしながらも、彼女はまだ動くことができた。彼女はその足で矢野口駅から川崎行きの電車に乗り、武蔵溝ノ口駅まで戻ってきたんだ。ひょっとすると、それは無意識の行動だったかもしれない。だが駅を出たところで、彼女はベンチに座りこみ、そこでついに息絶えた。おかげで、塚本潤子殺害事件は、溝ノ口で起こった事件のように思われた。被害者からの電話を水沢さんが聞き間違えたことで、なおさら、そう思える状況ができあがった」

「ふむ、そしてそのことが、中崎浩介のアリバイを勝手に作り上げてしまったわけか」

「結果的には、そうだ。中崎のアリバイは本人が意図したものではなかった。彼は塚本潤子に頭部打撲を負わせた後、矢野口駅から立川行きの電車に乗って、ひとり分倍河原に戻った。そして、彼は約束の喫茶店で、有紗からおつかいの品物を受け取った。彼がやったのは、それだけだ。何の作為もない。にもかかわらず、塚本潤子殺害が溝ノ口の事件だと判断されたことで、彼には完璧なアリバイができてしまった。だが、いまとなっては、そのアリバイにはなんの意味もない。——判るだろ、長嶺」

「ふむ。武蔵溝ノ口から分倍河原までは、普通電車で二十六分程度。だが、矢野口から分倍河原までなら、もっと短い時間で着く。たぶん十分程度だろう。仮に犯行時刻が午後三時五分だとして、それから中崎が電車に乗ったとしても、分倍河原の喫茶店には、橘たちよりかなり先に到着できる。――なるほど。確かに中崎のアリバイは崩れるな！」

「そういうことだ。中崎は南武線の途中で俺たちを追い越したんじゃない。もともと俺たちよりも分倍河原に近い駅から出発していたわけだ。彼が先に喫茶店に着くのは、当然のことだったのさ。――な、そうだよな、有紗？」

念のため小さな名探偵にお伺いを立てると、有紗は大きく「うん」と頷いて、「良太お兄ちゃん、凄ぉーい！　なんだか、急に賢くなったみたぁーい！」と無邪気さを装った賞賛の声。俺は自分がこの少女から完璧に小馬鹿にされていると感じた。

一方、長嶺は俺を賞賛するのが嫌だったのだろう。代わりに精一杯の負け惜しみの言葉を口にした。

「我々警察だって駅の防犯カメラを確認して、不審者を割り出そうとする最中だったんだ。橘の推理がなくても、やがて近いうちには防犯カメラに映る被害者の姿を見つけて、おまえと同じ結論にたどり着いていたさ」

「そりゃ結構。だが、そのころには水沢さんは、もうとっくに中崎の手に掛かっていただろうな」

「ああ、なるほど確かに……」長嶺は敗北を認めるように小さく頷いた。「中崎のアリバイは、水沢夏希の勘違いでできあがった、偶然のアリバイに過ぎなかった。だから中崎は、水沢夏希を殺そうとした。彼女が自分の勘違いに気付いて、余計なことを喋らないうちに、いっそ彼女の口を封じてしまおうと、彼はそう考えたわけだ。いや、ひょっとすると水沢夏希を殺した後、その死体を隠して、彼女に罪をなすりつける——そんなことまで考えていたのかもしれないな」

なるほど、そんなことまで考えるのか、と俺は現職刑事の底意地の悪さに感嘆する。まあ、彼のいうような可能性も考えられなくはない。だが、これ以上は、もはや俺が推理すべき事柄ではない。いや、そもそも俺は推理なんかしていない。俺の語った推理らしきものは、すべては探偵少女の慧眼《けいがん》によって与えられたものだ。俺は有紗に成り代わって、事件の説明をしただけ。どうやら、その役割も、ひと通りは済んだようだ。

だが長嶺は、ひとつどうしても納得のいかないことがあるらしい。彼は最後に、そのことを俺に尋ねた。

「気絶した犯人の顔に、子供の足跡が残っていた。あれって、有紗ちゃんの足跡だよな。なあ、橘、おまえ、なんでこんな危険な場面に、有紗ちゃんを巻き込んだんだ？　常識がないのか？」

それは誤解だ。俺が有紗を巻き込んだんじゃない。有紗が俺を巻き込んだのだ。

だが、常識しかない現職刑事には、いくら真実を口にしたところで理解できまい。では、なんと言い逃れるべきか。考えに耽《ふけ》る俺は、思わず言葉に詰まる。すると、傍らから助け舟を出すように、有紗が俺のシャツの袖を引っ張った。そして彼女は、まるで名探偵らしからぬ、論理の欠片《かけら》もない、しかしそれでいて実に効果的な幕引きの言葉を、幼い口調で俺たちに告げた。

「ねえ、まだ終わんないのぉー、有紗、もう眠いよぉー」

9

それから、小一時間ほどの後、俺と有紗は無事に綾羅木邸への帰還を果たした。

出かけるときには手ぶらだったはずの有紗の両腕に、いまはしっかりと黒いクマのぬいぐるみが抱えられている。帰宅途中に、ポレポレ通りのドンキで買わされたものだ。推理泥棒の代償として、これが適正か否かは、支払った俺にもよく判らない。だが成長過程にある女の子にとって、教育上好ましくない行為であることは、まず間違いのないところだろう。

屋敷に戻ると、家政婦の長谷川さんが冷たい顔で俺たちを待ち構えていた。

「旦那様が、お待ちでございますよ」

「え、もうお帰りなんですか。へえ、コォートークの殺人事件は、解決したのかな？」

有紗とともに恐る恐るリビングに足を踏み入れると、そこにはポロシャツ姿でくつろぐ綾羅木孝三郎の姿。俺は激しい叱責《しっせき》を覚悟したが、孝三郎は俺の姿などには目もくれず、一目散に有紗に駆け寄り、その小柄で華奢《きゃしゃ》な身体を、「むぎゅ〜ッ」と中からアンコが飛び出すほどに力強く抱きしめた。「おお、心配したよ、マイ・エンジェル！　こんな夜遅くまで、どこでなにをしていたんだい？」

するとと有紗は、酸欠の鯉《こい》のように口をパクパクさせながら、「ごめん、パパ、気色悪――ううん、息が苦しいから、ちょっと離してよ」と気色悪い父親に精一杯の気遣いを見せた。

そして、ようやく父親の腕から解放された有紗は、今度は理想の娘となって、目をキラキラさせながら父親の話をおねだりした。

「それより、ねえ、パパ、江東区の事件はどうだったの？　解決したの？」

「ああ、もちろんだとも。なに、終わってみれば、簡単な話さ。被害者と思われた男性は、スカイツリーを見上げながら、そのあまりの高さにバランスを崩し、あお向けに転倒。たまたま転がっていたビール瓶に頭をぶつけて、血を流しているところを発見された。ただ、それだけの事件だったのだよ。え、犯人⁉　ははは、馬鹿な。まさかスカイツリーに手錠をかけるわけにもいかないじゃないか」

得意げに語る孝三郎を前に、有紗は一瞬戸惑いの表情。だが、すぐに天使のような笑みを浮かべると、彼女は父親に抱きつきながら、「――やっぱり、パパは名探偵だね」

「ありがとう、有紗」孝三郎は娘の肩に手をやり、そして、いまさらのように彼女が手にしたクマのぬいぐるみに注意を向けた。「おや、そのクマさんは、どうしたんだい？　ははあ、パパがいない間、そのクマさんで遊んでいたのかな？」

「ううん、違うよ。有紗ねえ、橘さんと一緒にゲームをして遊んでたの。ぬいぐるみはゲームの賞品よ。――ね、橘さん！」

いきなり話を振られて、俺は思わず口ごもる。すると孝三郎が不思議そうに尋ねてきた。

「橘君、なんのことかね、ゲームとは？」

俺はゴホンと咳払いをしてから、「南武線ゲームですよ。おや、ご存知ありませんか？」

「………」知らない、というように孝三郎は肩をすくめる。

俺は真顔で彼に説明した。「溝ノ口で流行《はや》っている、最新の電車ごっこですよ」

俺の答えに、孝三郎はますますキョトンだ。

そんな父親の顔を眺めながら、有紗は嬉しそうにゲームの賞品を抱きしめるのだった。

第三話

名探偵、お屋敷で張り込む

1

知ってる人は知ってると思うけど、武蔵新城といえば武蔵溝ノ口のお隣の駅だ。

川崎駅から電車で約十五分。ＪＲ南武線沿いとしては、まあまあ賑やかな地域といっていい。仮に『南武線沿線の住みたい街ランキング』があるとしたなら、川崎、立川、登戸、武蔵溝ノ口、府中本町ときて、だいたい六番目か七番目ぐらいに名前が挙がる街だろう。もっとも南武線沿線そのものが、それほど人気のないエリアだから、こんなランキングを有り難がる人はいないと思うけどよ。――え、いま話題の武蔵小杉の名前が抜けてるって？　ああ、あれはもはや南武線沿線じゃなくて、東横線沿線のイメージだから。どうせ、みんなだってそう思ってんだろ。ま、それはともかく――

武蔵新城の駅を出て、まず目に飛び込んでくるのは、いまどき貴重なアーケード街だ。結構長い。雨の日でも百メートル競走が楽しめそうだ。もっとも、一円でも安い食材をゲットしようとする近所のおばちゃんたちが、貪欲《どんよく》な鮫《さめ》みたいに通りを回遊しているので、実際のところ天候に関係なく百メートル競走は無理だ。敢えてやるなら、おばちゃんたちを避けながら走る障害物競走だな。ただし、良い子は絶対やらないように！

一方、狭い路地に足を踏み入れたなら、そこは古い呑み屋や焼肉店が軒を連ねる飲食店街。働く男たちの憩いの空間だ。

日が暮れるころになると、背広姿のサラリーマンや工場帰りの労働者が、蜜《みつ》を求める蜂《はち》のごとく、この一帯に吸い寄せられていく。ほのかに漂う昭和の薫《かお》りと濃密なタレの匂《にお》い。ビールやワインよりもチューハイや発泡酒、特にホッピーがよく似合う。それが武蔵新城駅前の変わらぬ日常だ。

そんな雑然とした一角を抜けると、そこに広がるのは、ありふれた住宅街。

ずらりと立ち並ぶのは、どれも似たり寄ったりの二階建て住宅。その隙間を埋めるように、単身者向けの低層アパートが目に付く。どの建物も総じて新しい。俺が子供のころには、まだ古い木造住宅もチラホラ見られたものだが、多くはここ十数年で建て替えられてしまった。おかげで、いまの住宅街はとても閑静で小綺麗で、ちょっと退屈な印象。

そんな中に、一棟だけ妙に古い木造モルタルの二階建てアパートが建っていたら、当然目立つよな。なんだ、このアパート？　どういう奴が住んでるんだ？　誰だってそう思うよな。

もし、どうしても気になるというのなら、階段を上って二階の一号室の扉を眺めてみるといい。手書きの看板が掛かってるはずだ。なんて書いてある？

そう、『なんでも屋タチバナ』だ。よく読めたな。まあ、『屋』の字さえ知ってりゃ当然読めるか。他は平仮名とカタカナだもんな。

ちなみにタチバナっていうのは、この俺、橘良太のことだ。武蔵新城ではちょっとは名を知られた便利屋稼業の三十一歳。二〇一号室は、俺が平凡な日常を送る自宅であると同時に、周辺住民からの平凡ではない依頼が舞い込む俺のオフィスというわけだ。

そんなオフィスの扉を叩き、今日もまた、ひとりの変わり者が俺を訪ねてやってきた。

季節は六月。梅雨入りが間近に迫った、とある平日の昼下がりのことだ。

訪れたのは、服装も化粧も派手な印象を与える中年女性。鮮やかなブルーのスーツに白いパンプス。そんな彼女が玄関先に現れたときには、この女、いったいどんな保険を勧める気なんだ、と俺は密かに身構えた。そういう職業の女性だと思ったのだ。だが、彼女は俺の姿を認めるなり、保険のホの字も口にせずに、いきなりこう捲し立てた。

「こちら、便利屋の橘さんのお宅ですわね。なんでも引き受けていただけるという評判を知人から聞きつけて伺いましたの。どうか、わたくしのお願いを聞いてくださいな」

なんだ依頼人か。ならば身構える必要はない。俺は一転して愛想の良い笑顔を浮かべた。

「もちろん歓迎いたしますとも。さあさあ、どうぞこちらへ」

俺は彼女を八畳程度の広さの一室に案内した。一室といっても狭いアパートだ。ここ以外に部屋と呼べるものは、トイレと風呂場しかない。つまり、この一室が俺にとってはオフィスでありリビングでありダイニングでもあるというわけだ。もちろん布団を敷けば寝室にもなるし、依頼人がくれば応接室にもなる。これで家賃三万八千円（管理費込み）は、この界《かい》隈《わい》では超優良物件だ。

俺は彼女にソファを勧めると、自ら二杯の麦茶を注《つ》いでテーブルに並べた。『なんでも屋タチバナ』は個人営業の便利屋なので、お茶汲みから切れた電球の交換まで、雑用と名の付くものはすべて俺ひとりの努力によって賄《まかな》われている。だから時折、「ああ、この手の雑用を纏めて面倒見てくれる商売があれば利用するのになあ……」と思ったりするのだが、考えてみればいま俺がやってる便利屋稼業というのが、まさしくそれに当たるわけで、やっぱり便利屋が便利屋を雇うのは違う気がする。——ちぇ、便利屋って便利じゃねえな！

心の中で愚痴りながら、俺は依頼人の正面の椅子に座った。

「で、本日はどういったご用件で——いや、その前にお名前をお聞かせ願えませんか」

中年女性は、ためらうことなく「須崎瑛子《すざきえいこ》、五十一歳」と名乗った。

べつに歳は聞いてませんよ、と俺は内心でツッコミを入れながら、それでも聞かされた以上は、それなりのリアクションが必要だろうと考え、椅子の上で大袈裟《おおげさ》にのけぞった。

「ご、五十一歳！　お若いですねえ」

「あら、そんなことないですわ。お上手ですこと！」

まあ、いわれてみれば確かにそんなに若くはない。歳相応の顔だ。目尻に笑い皺を浮かべる須崎瑛子を眺めながら、俺はあらためて問い直した。「――で、ご用件は？」

「ええ、実は」と、瑛子は重たい口を開いた。「わたくしの主人のことなんですが、どうも最近、様子がおかしくって……その、なんと申しましょうか……う、うわ、うわ」

「浮気ですね」時間短縮を目指す俺は、単刀直入にその言葉を口にした。「あなたのご主人には浮気の兆候がある。思い悩んだあなたは、『なんでも屋タチバナ』の評判を聞きつけ、僕に浮気調査を頼みたいと考えた。早い話、浮気相手の女性を突き止めて、密会現場の証拠写真を一枚パチリと撮ってほしいと、そういうことなんじゃありませんか、奥様？」

「そう、それよ！」瑛子夫人は手を叩いて、指先を俺に向けた。「まさしく、それですわ。さすが評判の便利屋さんだけあって、話が早いんですのね」

「まあ、ときどき舞い込みますからね、そういう依頼は」

俺は照れくさい思いで前髪を掻き上げた。

実際、浮気調査の依頼は初めてではない。だが正直なところ、その手の調査ならプロの私立探偵のほうが経験も技能も豊富だろう。なにゆえ、本職とは呼べない便利屋にそれを依頼するのか。そのへんの心理がよく判らない俺は、夫人にそれとなく聞いてみた。

　彼女の答えは明快だった。

「だって私立探偵って、なんだかコワイじゃありませんか」

　私立探偵とは、胸に拳銃を忍ばせた輩《やから》のことだと、本気で信じ込んでいるかのような口ぶりだ。劇画の中の探偵じゃあるまいに、と心の中で呟く俺。だが確かに、便利屋のほうが探偵より身近で安全で、そのぶん敷居が低いというイメージはあるのだろう。少なくとも胸に拳銃を忍ばせた便利屋は、劇画の中にだって出てこない。

　彼女の答えに納得した俺は、依頼人に質問を投げかけ、彼女の夫の人物像を探った。

　依頼人の夫の名前は須崎建夫《たけお》。年齢は六十歳。『須崎興業』という会社の社長だという。須崎興業という社名には聞き覚えがあった。確かパチンコやゲームセンターなどの遊技場を運営している会社だ。俺は皮肉を込めて、社長夫人にいってやった。

「僕もお宅の会社の業績にはずいぶんと貢献してきましたよ。いや、礼には及びませんが」

「――パチンコですね」

「いえ、スロットです」

　間の抜けた空気の中、俺はさらに質問を繰り返し、必要な情報を得た。

須崎家は五人家族。だが、その成り立ちは少し複雑だ。そもそも須崎家は資産家で、瑛子はそのひとり娘。須崎興業の先代社長だった父親と優しい母親のもと、なに不自由なく暮らしていた。一方、建夫は須崎興業で将来を嘱望されたエリート社員だった。建夫には離婚歴があり、前妻との間に息子がひとり。だが、建夫こそは自分の後継者と見込んだ父親の強い希望で、瑛子は建夫を夫に迎えることになった。結果、建夫は幼い男の子を連れて瑛子と再婚、須崎の姓を名乗ることになる。その後、瑛子と建夫の間にも女の子が生まれた。

それから約二十年。予定どおり建夫は社長の座につき、瑛子の父親はすでに他界している。そんなわけで現在の須崎家は建夫と瑛子の夫婦の他に、成人した息子と娘と、瑛子の年老いた母親がひとり。合計五人の家族というわけだ。

「それ以外に住み込みの家政婦がひとりいますので、実際に家にいるのは六人ですが」

瑛子夫人がさりげなく付け加えた情報に、俺は思わず身を乗り出した。

家政婦！　しかも住み込み！　もはや、須崎家が豪邸に暮らすお金持ちの一族であることは、まったく疑いようがない。——となれば、この依頼、けっして逃すわけにはいかない！

気合を入れ直した俺は、夫人の顔を正面から見据えた。

「で、具体的に僕はなにをすればよいのでしょうね。ご主人を四六時中、尾行しろとおっしゃるのですか？」

「いいえ、尾行しろなんて申しませんわ。無闇に後をつけたところで、夫が尻尾《しっぽ》を出す可能性は低いでしょう。それで、わたくし考えましたの。主人にひと晩だけ羽を伸ばせる状況を与えてあげるのです。この週末、わたくし自宅を出て、どこかに一泊いたしますわ。適当に嘘の理由をでっち上げて。――そうですわね、例えば、女友達の家に遊びにいくとでもいって、この部屋で一晩過ごすというのは、どうかしら？」

「え⁉　奥様が僕の部屋に一泊するんですか」

「べつに構わないでしょ。橘さんは、どうせ主人を見張っていて留守なんですから。留守番代わりですわ。いい考えだと思われませんこと？」

「なるほど。奥様がいないのを幸いとばかりに、ご主人は浮気相手と密会する可能性が高い。そこで僕がご主人を密かに見張って、彼の密会現場を押さえる。そういう作戦ですね」

素晴らしい。見事なまでに卑怯な手口だ。まったく、そんな汚い手を使われちゃ男は立つ瀬がねーな！

「お引き受けいただけますか？」

「はい、喜んで！」卑怯な仕事だが、俺はアッサリ引き受けた。

夫人の策略は確かに汚いが、所詮、相手は不倫男だ。遠慮することはない。むしろ、これは社会正義の一種である、と俺は自分を納得させた。「ですが奥様、少しだけ問題が。仮にご主人が週末に浮気をするとして、それはどういう感じなのでしょうか。ご主人が自宅をこっそり抜け出して、女に会いにいくパターン？　それとも奥様のいない自宅に、こっそり女を招き入れるパターン？　通常は前者でしょうけど、話を聞く限りでは、須崎邸は広い家のようですから、後者の場合もあり得るような気がするのですが」

「確かに両方あり得ますわ。というのも、わたくしたち夫婦は、母屋の隣にある離れで寝起きしておりますの。わたくしが外泊すれば、離れには主人がひとりだけ。誰か別の女をこっそり招き入れることは、充分に考えられます。というか、むしろそうする可能性のほうが高いと、わたくしは睨んでおりますの」

「では、その離れを見張っていればいいってことですか。だけど、そう決め付けることもできませんよね。ご主人が密かに自宅を抜け出す可能性もゼロではないし……」

いったい、どこにどう網を張ればいいのだろうか。思い悩む俺に対して、瑛子夫人は突然、奇妙な質問を投げた。「橘さん、あなた女性のお友達はいらっしゃいませんの？」

「女性のお友達ですか⁉　いや、いらっしゃらないと思いますけど、それがなにか？」

アホみたいに問い返す俺に、夫人は自らの考えを語った。

「こうするのはいかがでしょうか。今度の土曜日、橘さんには、母の知り合いという設定で、我が家に堂々とお客様としてきていただくんです。もちろん主人や息子たちにも、母からちゃんと紹介してもらいます。橘さんは客人のフリをしながら主人の様子を見張ることができますわ。わたくしは留守ですけど、母には話をつけておきます。母は常にわたくしの味方になってくれる人だから、きっと協力してくれるはずですわ」

なるほど、と頷きそうになりながらも、俺は素朴な疑問を抱いた。「だったら、そのお母様がご主人を見張ればいいってことじゃありませんかね？」

「それは無理ですわ。母はもう八十近いんですもの。探偵の真似事なんて任せられません」

「では、僕がお母様の代わりに見張り番をするってわけですね。なるほど、確かに面白いやり方です。しかし、その計画になぜ女友達が必要なんです？」

「だって、橘さんひとりを自宅に招待したら、いくらなんでも不自然ですもの。主人もきっと警戒するでしょう。橘さんと女性のお友達の二人組なら怪しまれずに済みますわ」

「ふむ、確かに。しかし、そういわれても、いないものはいないですしねえ」と俺は申し訳ない思いで頭を掻く。「女性の友達かぁ、いたらいいなぁ、とは思っているんですけどねえ」

「そうですか」瑛子夫人は落胆の溜め息を漏らした。「まあ、橘さんがおモテにならないのは仕方がありませんわね。いい歳してマトモな会社にも就職できず、その日暮らしの便利屋稼業では、ろくにガールフレンドもできませんわよねえ。納得ですわ」

おいおい、なに納得してんだ！　親しき仲にも礼儀ありだぞ——っていうか、そもそも俺とアンタは、まだそんなに親しくないだろ！　今日が初対面ですよ、初・対・面！

怒りに震える俺をよそに、夫人は顎に指を当てながら、ひとり考え込む仕草。

「困りましたわねえ。なにか上手い手はないかしら……」

と、そのとき『なんでも屋タチバナ』の扉がノックもなしに突然開かれた。次の瞬間、廊下を踏み鳴らす足音とともに、「――良太ぁ、ねえ、良太ってば！」と、俺の名前を繰り返す幼い声。「ねえ、この前、『殺戮《さつりく》の館』のＤＶＤ貸してくれるって、いってたよね。暇だから借りにきてやったよ。――あれ!?」

俺と依頼人がいる『応接室』に飛び込んできたのは、夏服の白いセーラー服に黒いランドセルを背負った女の子。つぶらな眸に色白の肌。艶のある黒髪を小さな顔の両側で二つ結びにしている。頭上には、白い円盤型の帽子がちょこんと載っている。地元の人間なら、ひと目で私立衿糸小学校の児童だと判る制服姿だ。そんな彼女は、向き合って座る俺と依頼人を前にして、足がすくんだようにその場に静止した。「あ、あの……えっと、その……」

先ほどの元気は、どこへやら。人見知りするように少女は急にモジモジしはじめる。

そんな少女の姿を見るなり、瑛子夫人が聞いてきた。「橘さん、こちらのお嬢さんは？」

「あ、気にしないでください。この子は単なる僕の知り合いで――いま、追い払いますね」

「待って。知り合いですって。じゃあ、彼女はあなたのお友達ってことね」

「お友達!?　んーっと……」少し違う気もするが、「まあ、そんなようなもんです」と、うっかり頷いたときには、もう遅かった。瑛子夫人は嬉しそうに手を叩き、彼女にとっての決定事項を一方的に俺に告げた。「じゃあ決まりですわね。橘さん、あなた今度の土曜日、この子と一緒にうちにいらっしゃい。歓迎いたしますわよ」

え、いや、ちょっと、それは……と困惑する俺をよそに、夫人はソファから立ち上がり、少女のもとに歩み寄った。「可愛らしい子ね。お名前は、なんというの?」

少女は『可愛らしい』の言葉に気を良くしたのか、はにかむような笑みを浮かべると、白い帽子を取って元気よく挨拶した。

「初めまして。綾羅木有紗です。小学四年生の十歳です」

「ん、綾羅木ですって!?」その珍しい名字に思い当たる節があったのだろう。瑛子夫人は少女に尋ねた。「ひょっとしてあなた、ミセス・ケイコ・アヤラギの娘さん?」

「わあッ、おばさま、ママのことを知ってるの!」少女は嬉しそうに眸をキラキラさせる。

「ええ、お会いしたことはないけれど、評判は常々伺っているわ。だって、ケイコ・アヤラギといえば溝ノ口在住の世界的名探偵ですもの。このあたりで彼女の名前を知らない人なんていないわ」

「うふ、そうかなぁ」

大好きなママの評判を聞き、少女は照れくさそうに「えへへ」と頭を掻く。だが、そこでやめておけばいいものを、調子に乗った少女は誇らしげに胸を張ると、「ねえ、おばさま、知ってる？　実はパパも名探偵なのよ。綾羅木孝三郎っていうんだけど……」

「えッ、綾羅木孝三郎！」瑛子夫人は一瞬、驚いたように目を見張り、そしてキッパリと首を左右に振った。「ゴメンなさい。そっちは知らないわ」

「あ、ああ、そうなんだ……」

落胆を誘う夫人の言葉に、少女のツインテールが萎《しお》れたようにシュンとなる。そして有紗は、いきなり不満げな顔を俺に向けて聞いてきた。

「ねえ、良太ぁ、このオバサン、誰なの？」

瞬間、俺の顔面がサーッと青ざめる。

——こら有紗！　俺の依頼人をオバサンって呼ぶなよ！

2

そうして迎えた土曜日の夕刻。俺は有紗を連れて、住宅街の外れに建つ須崎家を訪れた。聳え立つ巨大な門柱。その向こうに広がる広大な庭と二階建ての豪邸を眺めながら、「おおッ」と俺は心から感嘆の声を発した。「庶民の街、武蔵新城に突然こんな西洋風の豪邸が現れるなんて。まるでイリュージョンだな！」

「良太が、ぼんやりしてて気付かなかっただけじゃないの？　前からあるよ、この家」

有紗は大きな鞄を手にしながら門の前に立ち、冷ややかな目で俺を見やった。今日の彼女は小学校のセーラー服姿ではない。かといって、普段着ているような『不思議の国のアリス』を思わせる青いロリータ服とも違う。フリルとレースで飾られたピンクのワンピース姿だ。靴の色もピンク。白いニーハイソックスが、本日のお洒落ポイントらしい。自慢のツインテールは、二匹の蝶を思わせる赤いリボンで結ばれていた。

「おまえ、そういう服も持っていたのか。知らなかったぞ」と俺が彼女を冷やかすと、

「良太も、そういう服を持っていたのね。知らなかったわ」と子供から冷やかされた。

なるほど、今日の俺は洗い立てのデニムパンツにストライプのシャツ。その上に黒い細身のジャケットなど着て、精一杯、洒落た服装を心がけたつもり。確かに、普段の俺とは一味違うファッションだ。だが、それも当然のこと。なにしろ今日の俺は、須崎瑛子の母親の友人として、この屋敷を訪れているのだ。いつも着ているような汚れたパーカーや穴の開いたジーンズ、ましてや髑髏のTシャツなど、着ていけるわけがない。

「ところで良太ぁ、このお屋敷に潜入する目的は、やっぱり教えてもらえないの？　有紗だ

って協力してあげてるんだし、教えてくれてもいいと思うんだけど」

「悪いが、それだけは勘弁してくれ」俺は少女の前で両手を合わせた。小学生の女子に対して、実はこれは浮気調査なんですよ、と伝えるわけにはいかない。「頼む。理由は聞かずに協力してくれ。おとなしくおしとやかな女の子として振る舞ってくれれば、それでいいから。

――な！」

「判った。要するに、普段どおりの有紗でいればいいってことね」

「…………」コイツ全然、判ってない気がするけど、まあ、いいか。

俺は溜め息をつきながら、門の中へと足を踏み入れた。お金持ちというのは、あるレベルを超えると逆に無警戒になるものらしい。須崎邸の門は開きっぱなしで、誰でもウェルカムな状態だった。誰でも、ということは泥棒でも浮気相手でも、ということだ。

ちなみに、依頼人の瑛子夫人はすでに俺のアパートの一室に入っており、あとは朗報（？）を待つばかりの状態にある。金持ちなんだから適当なホテルに泊まればいいだろうに、と思うのだが、無駄ガネは一円も使わないのが彼女の流儀らしい。まあ、好きにしてもらえばいいだけの話だ。そんなことより――

薄暗くなりはじめた庭を進みながら、俺はいまさらのように有紗に尋ねた。

「それにしても孝三郎パパは、よく許可したな。有紗がよその家にお泊まりすることを」

「だって、須崎家はこの近所じゃ有名なお金持ちだもの。だからパパも許したんだよ。それに、どっちみちパパは岡山県警から依頼を受けて、瀬戸内海の孤島で起こった三姉妹連続殺人事件の捜査に出かけているから、ちょうど良かったんだと思う」

その点は孝三郎本人からも電話で連絡があった。『出張するから、また有紗をよろしく』とずいぶん雑な依頼だ。どうやら孝三郎は俺のことを、電話一本でどこからでも駆けつける万能の子守り役だと思い込んでいるらしい。

「ちなみに有紗のママは、どうしてるんだ？」

「ママはね、イギリスのロンドン警視庁から依頼を受けて、爬虫類《はちゅうるい》のたくさんいる館で起こった密室殺人事件の捜査に当たっているの。パパと同じね」

いや、同じじゃないだろ。岡山県警とロンドン警視庁では全然スケールが違うと思うぞ。

俺は心の中でそう呟きながら、やがて須崎邸の玄関へとたどり着いた。

玄関扉には、「マジか……」と目を疑うような、ライオンの顔をかたどったノッカーが備わっていた。有紗は珍しいおもちゃを試すように、自ら背伸びをしてノッカーを三度叩いた。

すると待ち構えていたように扉が開き、ひとりの女性が満面の笑みで俺たちを迎えた。上品なブルーのカーディガンを羽織ったおばあさんだ。深く皺の刻まれた顔は瑛子夫人の数十年後を思わせる。彼女こそは依頼人の母親、須崎光代《みつよ》に違いなかった。

ということは、俺と彼女は親しい仲。少なくとも、いまはそういう設定だ。さっそく俺は表情を崩し、親しげに両手を広げた。

「やあ、光代さん！　今日はお招きにあずかりまして、どうもどうも！」

「あら、橘さんこそ、よくおいでいただきました。家族一同、歓迎いたしますわ！」

白々しくも大袈裟な抱擁を交わす俺と光代。それから俺は周囲に他の家族がいないことを確認すると、光代に小声で囁いた。「事情は瑛子さんからお聞きになられていますよね？」

「ええ、もちろん。上手くおやりになってくださいませね。ご協力いたしますわ」

感謝します、と小声で伝えて、俺は光代から身体を離した。

ちょうどそのとき、光代の後方の廊下から、ひとりの小柄な男性が姿を現した。茶色いズボンに青いポロシャツ姿の痩せた男性。年齢や雰囲気などから察するに、彼こそは須崎興業社長、須崎建夫に違いない。今回のミッションのターゲットとなる男だ。

だが、なにも知らない建夫は、訪れた小さな客人を前にして歓声をあげた。

「おやおや、可愛らしいお客様じゃないか。ねえ、お義母《かあ》さん」

「ええ、そうね」光代は建夫の言葉に調子を合わせた。「よくきてくれたわね、お嬢ちゃん」

光代と建夫の注目を一身に浴びて、気を良くしたのだろう。有紗はステージに立つ主演女

優のようにワンピースの裾をちょっと摘み、軽く膝を折りながら、

「綾羅木有紗です。本日はお招きいただきまして、ありがとうございます」

と優雅に挨拶した。このような芝居がかった仕草がサマになるのは、さすが名探偵の娘と思わざるを得ない。一方の俺は、須崎興業の社長を前にして緊張してしまい、「こ、このたびは、どうも……」と無意味な言葉を口の中で転がすばかりだった。

だが、確かに瑛子夫人の目論見《もくろみ》は当たったらしい。建夫はこちらの様子になんの疑いも抱いていない。なるほど、小学生の女の子を連れてきた効果は絶大だ。俺ひとりだったら、さぞかし胡散臭い客人に見られたに違いない。

とにもかくにも、こうして俺と有紗は無事に須崎家への潜入を果たしたのだった。


それからしばらくの後。俺と有紗は須崎邸の食堂にて、夕食の席に臨んだ。

食卓に並ぶのは、和食から洋食、中華まで取り揃えた豪勢な料理の数々。給仕に当たるのは、瑛子夫人の話に出ていた住み込みの家政婦、奥野《おくの》智美《ともみ》だ。年齢は二十代半ばぐらいか。女性としては平均的な体形に、裾の長いクラシックなメイド服がよく似合っている。氷のように冷たい表情のまま、彼女は出来立ての料理をテーブルに並べ、空いた皿を片付けていく。無駄のない動きは、まるで正確な機械のようだ。

その家政婦を除けば、この夜の食卓を囲んだメンバーは六名だ。俺と有紗、光代と建夫の四人の他に、彼の息子と娘が新たに加わった。

ひとりは須崎敏夫《としお》、三十三歳。建夫と前妻の間に生まれた息子だ。須崎興業では若くして重役の地位に名を連ねているらしい。こういうのを親の七光りという。それが証拠に、敏夫は知性の欠片も感じさせない緩んだ顔を十歳の少女に向けると、いやらしい目つきで有紗に尋ねた。

「あ、あ、有紗ちゃんは小学四年生なんだってね。き、き、君ぐらいの女の子は、なにが好きなのかな。お勉強？　スポーツ？　それともマンガやゲーム……」

「ううん、探偵小説」有紗は率直に好きなものを答えた。「血しぶきが飛ぶようなやつ」

少女は見事な答えで、馬鹿息子のアホな問い掛けを一蹴《いっしゅう》した。敏夫は毒気を抜かれたように黙り込む。代わって口を開いたのは、その隣に座る若い女性だ。こちらは敏夫よりは遥かに利発そうな顔立ち。須崎理絵《りえ》、二十歳だ。理絵は瑛子と建夫の間に生まれた娘で、現在は都心の国立大学に通っている。清楚な純白のブラウスとベージュのプリーツスカート。肩のラインで切り揃えた髪が、いかにも上品でお嬢様っぽい印象を与える。

そんな理絵は俺に向かって、興味深そうな眸で問い掛けた。

「橘さんは有紗ちゃんの叔父に当たる方だそうですね」

「はい、そうです。有紗は僕の姪《めい》っ子です」

少なくとも、いまはそういう設定です、と俺は心の中で舌を出す。

「有紗ちゃんのお母様は、世界中を股にかけて活躍する、あの名探偵ケイコ・アヤラギだと聞きましたが、本当なんですか」

「本当ですよ。ちなみに、有紗の父親も日本中を股にかけて活躍する名探偵なんですがね」

「ゴメンなさい。そっちは知りません」理絵はキッパリ首を振る。

瞬間、有紗の箸《はし》からウズラの玉子が小鳥のようにピョンと飛び跳ね、俺のビールのグラスの中にポチャンと落ちた。理絵はそれに気付かず、有紗は素知らぬ顔だ。奇妙な沈黙があった後、理絵は俺に対して意外な質問を投げた。

「では、ひょっとして橘さんも探偵なのですか？」

え⁉　と思わず息を呑む俺。すると、光代が助け舟を出すように、横から口を挟んだ。

「違いますよ、理絵さん。橘さんは、こう見えても立派な起業家ですよ。ベンチャー企業の経営に携わっていらっしゃるんです。――ねえ、橘さん」

「え、ええ、そうですそうです。アドベンチャー企業の経営に携わってて……」

冷や汗を掻きながら答えると、俺と同じく会社を経営する立場にある建夫が興味深げに聞いてきた。「ほう、いったいどんな会社なのかな？　詳しい事業内容は？」

建夫、敏夫、理絵。三人の好奇の視線が、俺ひとりに熱く注がれる。

「ぼ、僕の会社は、その――」

俺は意を決して真実を伝えた。「じ、人材派遣業です！」

嘘ではない。自分で自分を派遣しているのだ。これも一種の人材派遣業に違いない。

そう自分に言い聞かせながら、俺はグラスのビールをウズラの玉子とともに勢いよく飲み干す。たちまち息が詰まりそうになった俺は、喉《のど》の奥で「んぐッ」と呻き声をあげる。

隣の席では、有紗が「ハーッ」と深い溜め息をついていた。

3

「夜も遅いですし、どうぞ今夜は泊まっていってくださいな……」「いえいえ、そんな泊めていただくなんて……」「そうおっしゃらずに……」「いや、しかし……どうする、有紗？」

俺の問いに、有紗は光代の腕を取りながら、「有紗、おばあちゃんと一緒に寝るー」と無邪気そうに答える。こうして俺と有紗は光代の好意に甘える形で、須崎邸に一泊することとなった。もちろん、すべては事前の打ち合わせどおりの展開だ。

有紗は理絵と一緒にお風呂に入り、パジャマに着替えて寝支度を整えた。

「いいな有紗、いい子でおねんねするんだぞ」

俺は光代の部屋の前で有紗に念を押す。有紗は普段のツインテールではなく、風呂上がりの髪を乾かしただけの姿。俺の言葉に素直に頷くと、眠そうな目をゴシゴシと手でこする。

俺は隣に立つ光代に有紗のことを任せた。「では、よろしくお願いしますね」

「ええ、大丈夫ですよ。有紗ちゃんは、わたしがちゃんと寝かしつけますから」

そして光代は、頑張ってくださいね、というように俺に向かって小さく頷いた。有紗が光代の部屋でひと晩過ごす間、俺はひとりで離れの建夫を見張るのだ。

俺は自分にあてがわれた客間に、いったん入った。だが数分後には、一台のカメラを服の下に隠し持ちながら密かに部屋を出た。階段で一階に下り、とある一室へと素早く身体を滑り込ませる。

そこは狭い物置部屋。積み上げられた段ボール箱、埃《ほこり》をかぶった骨董品、使わなくなった家具などが空間の大半を占拠している。俺は電気を点けないまま、窓際へと歩み寄る。分厚いカーテンを僅かに開けると、離れのシルエットがほぼ正面に見えた。

離れは部屋が二つ並んだ縦長の建物だ。間取りでいうなら1LDKだと、瑛子夫人がいっていた。玄関はひとつだけ。二つの部屋には、それぞれに大きなサッシ窓がある。それらは、いずれも母屋の側を向いている。一方、建物の裏側には人の出入りできる窓はない。すなわち、この物置部屋の窓から見えている玄関と二つの窓を見張っていれば、離れの人の出入りは完璧に把握できるというわけだ。

「張り込みの環境としては、おあつらえ向きだな……」

俺は古びた椅子を窓際に引き寄せ、そこに腰を落ち着けた。手にしたカメラは暗闇でも撮影可能な赤外線カメラだ。念のためにいっておくが、このカメラは俺の私物ではない。友人が自分の趣味のために持っていた赤外線カメラを、この日のために借りたのだ。

だが待てよ。俺の友人はいったいどんな趣味のために、このカメラを所有しているんだ？

「盗撮以外に使い道のないカメラだよな、これって……」

ま、この際だから、どうでもいいか。大事なことは、標的から目を離さないこと。そう思ってカメラを構える俺の視線の先に、まさしく標的となる人物の小柄なシルエットが現れた。須崎建夫だ。建夫はその背後にメイド服姿の奥野智美を従えながら、離れへと歩を進めている。俺は暗がりの中で息を殺しながら、窓の向こうに見える建夫の姿を見詰めた。

建夫は俺がいる物置部屋には目もくれず、真っ直ぐに離れの玄関へ向かう。奥野智美がご主人様のために玄関の扉を開ける。そのとき、建夫の顔が一瞬こちらを向いた気がして、俺は思わず「——ヒッ」と小さな悲鳴をあげた。だが、俺の姿は彼の目には映らなかったのだろう。建夫は何事もなかった様子で、そのまま室内へと足を踏み入れる。ご主人様に続いて、奥野智美も離れの中へと消えていった。

　間もなく、離れの二つの部屋に立て続けに明かりが灯《とも》る。玄関から見て奥の部屋の窓はカーテンがきっちりと引かれていて、中の様子はまったく見えない。だが、手前の部屋のカーテンは合わせ目のところに数十センチの隙間がある。いわば半開きの状態だ。俺はそのカーテンの隙間にジッと目を凝らした。すると、室内にいる人の姿が垣間《かいま》見えた。建夫の青いポロシャツ姿と奥野智美のメイド服が、カーテンの向こうを行き来している。

　離れからは距離もあるし、窓も閉まっているので、二人の声が俺の耳に届くことはない。いったい二人は、どんな会話を交わしているのだろうか。その点が、俺は気になった。

「仕事の話？　それとも、まさか家政婦を口説いてる？」

　そう呟いた次の瞬間、離れの玄関扉がいきなり開いた。中から現れたのは、奥野智美のメイド服だ。彼女は扉の向こうに深く一礼。丁寧に扉を閉めると、長いスカートを翻しながら、母屋の勝手口のほうへ向かって一目散に駆け出していった。

　彼女の背中が暗闇に消えるのを見届けた俺は、落胆の溜め息をついた。

「なんだ。なにか起こるのかと期待したのに……つまんねえ」

　不満を呟きながら、時刻を確認。腕時計の針は午後十一時の少し手前だった。

　大人が寝入るには、まだ早い時刻だ。事実、離れのカーテンの隙間からは、映像を映すテレビ画面らしきものが垣間見えている。建夫はテレビを見はじめたようだ。あるいはＤＶＤで海外ドラマなどを観ているのかもしれない。もうしばらく寝る気はないようだ。

「家族たちが寝静まってから動き出すのかもな……」

俺は油断なく離れに視線をやりながら、その一方で、ポケットから携帯を取り出した。登録済みの番号に掛けて待つこと数秒。依頼人、瑛子夫人の声が俺の耳に届く。今宵《こよい》、彼女は俺のアパートの部屋でひとりの夜を過ごしているのだ。

『もしもし、橘さんね。首尾はどう？　張り込みは上手くいってる？』

「問題ありません。つい先ほどご主人は離れに入りました。現在は、ひとりでテレビを見ているようです。監視されていることには気付きもせずに」

『そう。それで、動きはありそうかしら？』

「まだ、なんともいえません。動くとすれば、これからでしょう。幸い、この物置部屋は張り込みにうってつけですから、上手くいくような気がしますよ」

『そう、頼んだわよ。あ、それと橘さん、お風呂の操作が判らないんだけど……え、給湯のボタンを押すだけ？　湯船に水を張らなくていいの？　へえ、便利なのねえ』

お宅のお風呂だって、そういうふうになっているはずですよ。俺は心の中で呟きながら、

「あまり僕の部屋を弄《いじ》り回さないでくださいね」

そう念を押して、夫人との通話を終えた。やれやれ、と溜め息混じりに呟きながら携帯を仕舞う。と、そのとき俺の背後から、いきなり聞き覚えのある声が響いた。

「ふーん、そっかぁ。そーゆーわけだったんだね」

ビクリとしながら、椅子の上で振り向く俺。視線の先に見えるのは少女のパジャマ姿だ。暗がりの中、少女は腕組みをしながら責めるような目で俺のことを睨みつけていた。

「あ、有紗……な、なぜ、ここに……」驚く俺は、酸欠の鯉のように口をパクパク。

その様子を冷ややかに眺めながら、有紗は窓の外を指差した。「ほらほら、ヨソ見しちゃ駄目だよ、良太。あの離れを見張ってるんでしょ？」

「え⁉　あ、ああ……いや、しかし……」

混乱する俺は、窓の外と有紗を交互に眺める。有紗は勝ち誇るような表情を浮かべた。

どうやら、俺が依頼人への電話連絡に気を取られている隙に、彼女はこの物置部屋にこっそり忍び込んだらしい。だが、なぜ俺が物置部屋にいると判ったのか。その点を尋ねると、有紗は少女らしからぬニヤリとした笑みを浮かべながらひと言。「――オンナの勘だね」

もちろん、これは彼女流の冗談だ。実際には、俺が再三にわたり物置部屋の扉に視線を送るのを見て、有紗は「なにかある……」と見当を付けていたらしい。少女の鋭い観察眼には脱帽するより他ない。

「だけど、おまえ、光代おばあちゃんと一緒に寝てたはずだろ。大丈夫なのか？」

心配する俺に、少女は「大丈夫」といって綺麗に片目を瞑ってみせた。「おばあちゃんは、有紗がしっかり寝かしつけておいたから」

コイツ、生意気いいやがって！　呆れる俺の前で、有紗は勝手にガラクタの中から一脚の椅子を持ち出し、俺の椅子の隣に並べ、その上にちょこんと座った。どうやら一緒に離れを見張ってくれるらしい。気持ちは有り難いが、お断りするしかない。俺は強い口調でいった。

「駄目だ、有紗。おばあちゃんの寝室に戻れ。これはオトナの仕事なんだからな」

「でも、これって浮気調査なんでしょ。だったら、まさしく探偵の仕事じゃない」

彼女自身の定義によれば、綾羅木有紗は『探偵になりたい女の子』ではなく、現時点ですでに『探偵』なのだとか。その定義自体、間違っていると思うのだが、百歩譲って仮に彼女が探偵だとしても、小学生を浮気調査に参加させていいはずがない。

ここは健全な大人として、バシッと良識を示す場面だ。そう考えた俺は物置部屋の扉を指差しながら、断固とした態度で言い放った。

「駄目ったら駄目だ。ここは俺に任せて、有紗は寝床に戻りなさい！」

やがて時計の針が午前一時に差しかかったころ。

「ふあぁ」とアクビを漏らす俺の隣で、小学生探偵は「キリッ」とした眸で離れを見張っていた。結局、俺の忠告を無視した有紗は、これまでの約二時間、俺の隣に座りながら俺以上の真剣さで離れの監視を続けているのだった。

離れの様子に特別な変化はない。窓の明かりは灯ったままだ。半開きのカーテンの向こうに見えるテレビ画面は、相も変わらずなんらかの映像を映し出している。時折、画面の前を横切るように、建夫の青いポロシャツ姿が垣間見える瞬間があるが、それだけだ。

ほぼ静止画を眺めるかのような二時間。にもかかわらず、有紗は飽きることなく、離れの様子に注意を払い続けている。なんという集中力。なんという粘り強さ。確かに彼女は生まれながらの探偵少女なのかもしれない。

一方、退屈極まる仕事内容とあまりの夜の長さに辟易《へきえき》した俺は、もうすっかり投げやりな気分になっていた。――へん、どーせ、なんにも起こりゃしねーって！

だが、俺の心の呟きとは裏腹に、そのときついに外の景色に変化が起こった。

「見てよ、良太」有紗がガラス窓に顔を近づけながら小さく叫ぶ。「誰かくるよ」

俺は少女の指差す方角に目をやる。すると暗い庭の向こうから、離れに向かって足早に接近する人影があった。徐々に輪郭が明らかになるにつれ、それが女性のシルエットであることに気付く。足首まで隠れるような黒いワンピース姿。髪は長いようだ。夜中だというのに、目許《めもと》は大きなサングラスで覆われていた。怪しい人物のいきなりの登場に、俺は慌てた。

「有紗、隠れろ！　絶対見つかるんじゃないぞ！　音を立てるな、静かにしろ！」

「良太のほうこそ、うるさいってば！　それより早く、カメラ、カメラッ！」

そうそう、忘れるところだった。我に返った俺は慌てて赤外線カメラを構えた。レンズを被写体の女性に向け、シャッターボタンを押す。連写モードなので、一度ボタンを押すだけで、数回のシャッター音が物置部屋に響き渡る。俺は無我夢中でシャッターを切り続けた。

自分が撮影されているとも知らず、黒い服の女は離れの玄関へと真っ直ぐ向かう。女はノックもせずに扉を開けると、建物の中に素早く姿を消した。すぐさま俺はカメラを半開きのカーテンに向けた。隙間越しに、建夫と女のツーショットを撮れないかと思ったのだ。

すると期待して待つこと数分——「きたッ」

俺の視界に飛び込んできたのは、期待以上の光景だった。離れの窓の向こう側で、建夫と黒い服の女が熱烈な抱擁を繰り広げている。いまにも互いの服を剝ぎ取りそうな勢いだ。俺は片手でシャッターボタンを押す一方、もう片方の手で隣に座る有紗を目隠しした。

「わッ、なにすんのよ、良太。見えないじゃないよ！」

「いーのッ、子供は見ちゃ駄目なやつなの！」

もう、良太の意地悪ぅ、と有紗が俺の手を払いのけたときには、すでにカーテンの隙間に人の姿はなかった。そこには明かりの消えたテレビが見えるばかりだ。建夫と黒い服の女は隣の部屋に移動して、やるべきことを始めたのだろう。隣の部屋の窓はカーテンがピッタリ閉じられているので、二人の行為を覗き見ることは叶《かな》わなかった。

「うーむ、残念というべきか、ホッとしたというべきか……ま、いいや」

複雑な思いを抱きながら、俺はとりあえず撮影した写真を液晶画面でチェックする。

「なんだ。全然ボンヤリじゃないの」横から覗き込みながら有紗が呟く。

「赤外線写真だから仕方ないさ。でも、これで充分だ。要は、離れにいる建夫のもとを夜中に女性が密かに訪れる、その状況が撮れていればいいんだ。この写真を突きつけられれば、建夫はグウの音も出ないだろうよ」

「じゃあ、今夜の仕事はおしまいってこと？」

「いいや、まだだ。女が帰っていくところの写真も撮りたい。といっても、いま入っていったばかりだしな。出てくるのは、だいたい二時間後か、それよりもっと後だな」

「ふーん。じゃあまたしばらく待つんだね。でも、なんで二時間後なの？」

「え!?」意表を衝く問いに、俺は言葉に詰まる。「な、なんでって、そりゃあ……」

そりゃあ、ラブホテルの『ご休憩』だって二時間が相場なんだから、それぐらいは時間を掛けるのが普通なんだろうと考えただけで――って、こんな説明、小学生相手にできるか！

俺は脳ミソを振り絞り、適切かつマイルドな表現を模索した。「だから、ほら、あれだ……つまり、その、なんていうか……要するにだ……」

すると、必死で言葉を探す俺の隣から、「……すぅぅ……すぅぅ……」

聞こえてきたのは、いかにも子供らしい穏やかな寝息だ。

見ると、有紗は目を瞑り、椅子からずり落ちそうな体勢で安らかな眠りに落ちていた。

小さな名探偵は大事なひと仕事を終えて、ついつい安心してしまったらしい。

「なんだ、寝ちまったのか」俺はホッと胸を撫で下ろす。「……やっぱ、子供だな」

呟きながら俺はひとり、外の光景へと視線を戻すのだった。

それからしばらくは変化に乏しい退屈な時間が続いた。俺は相変わらず窓の外に視線を送る。だが離れの様子に動きはない。有紗は椅子の上で眠ったままだ。

「このまま朝まで、ずっとこうなのかな……」

うんざりしながら呟いた、ちょうどそのとき、離れの窓に再び人影が浮かび上がった。

僅かに開いたカーテンの向こうを、黒い服の女が一瞬横切る。やがて、玄関の扉が開いたかと思うと、黒い服の女が単独で姿を現した。どうやら密会の時間は終了したらしい。

時計を見ると午前三時。予想したとおり、二人のご休憩時間は約二時間だったわけだ。

「ほら見ろ、ほら見ろ！　俺の『ラブホ理論』は正しいじゃんか」

思わずそう叫びながら俺はカメラを構え直し、離れの玄関へと向ける。女は訪れたときと同様、黒いワンピースに大きなサングラス。人目を憚るように左右を見回すと、きちんと扉を閉めて、小走りに庭へと駆け出していった。その背中はたちまち暗闇に紛れて、俺の視界から消えた。俺は女の姿が見えなくなるまで、何度もシャッターボタンを押し続けた。

すると、そんな俺の横から、「なーんだ、意外と呆気なかったね」と唐突に聞こえてきたのは、少女の落胆の声だ。「お別れのチューとか、見られるのかと思ったのにー」

俺は「わ！」と間抜けな声をあげて真横を見た。「な、なんだ、起きてたのか、有紗……」

「寝てたけど、目が覚めちゃった。良太が騒がしくするから」

責めるような目で俺を見ながら、椅子の上で小さく伸びをする有紗。その身体に掛けられた布地が、彼女の膝の上からするりと床に落ちる。有紗はその布を指先で摘み上げると、キョトンとした顔で聞いてきた。「——なに、これ？」

「なにって、見りゃ判るだろ。毛布だよ、毛布。ガラクタの中にあったのを引っ張り出したんだ。ま、俺のせめてもの優しさだと思って、感謝するんだな」

「毛布ぅ⁉」と少女は怪訝な顔つきで、俺の優しさのこもった布地を撫で回す。「違うよ、良太。これ毛布じゃない。使い古しのテーブルクロスだよ」

え、そうなのか⁉　俺は暗がりで密かに赤面しながら、「そ、それがどうした。似たようなもんじゃねえか。風邪ひくよりはマシだろ」

俺の言葉に、有紗はいつになく素直に頷いた。「うん、ありがと、良太」

「なーに、礼には及ばねーよ」

照れくさい思いで俺は窓の外に目をやる。そんな俺に有紗は素直な眸を向けると、「ところで良太」と、いきなり別の質問。「さっきいってた『ラブホ理論』って、なんのこと？」

俺は座っていた椅子からズルリと床に滑り落ちた。

「馬鹿、忘れろよ、そんな言葉！　知ってても意味ねえから！」

俺は少女の問い掛けを無視すると、一方的に今夜の仕事の終了を宣言した。

「とにかく、お目当ての写真は撮れた。もうこれで充分だ。有紗は光代おばあちゃんのところに戻れ。おまえがいないと、おばあちゃん、びっくりするからな」

「うん、判った。良太は、どうするの？」

「俺も自分の部屋に戻って寝るよ。依頼人も『朝まで見張れ』とは、いってなかったしな」

ふわあ、とアクビをしながら椅子を立つ俺。その視線の先に見えるのは、いまだ明かりの灯る離れの窓だ。密会を終えた建夫は、まだしばらく起きているつもりなのか。それとも、明かりを点けたまま、疲れ果てて寝てしまったのだろうか。

まあ、どっちだっていいや。そう呟きながら俺は再び大きなアクビを放った。

4

翌朝、須崎邸の食堂に足を踏み入れると、そこには須崎家の長男、敏夫の姿があった。敏夫は俺の顔を見るなり、いちおうといった感じで朝の挨拶を口にした。

「おはようございます、橘さん。昨夜はよく眠れましたか？」

「ええ、そりゃあもう、おかげさまでぐっすりと……」

俺は、おかげさま、という言葉を若干の皮肉とともに口にした。俺はアンタの父親の不倫現場を撮影するため、午前三時過ぎまで張り込んだのだ。おかげさまで、寝不足なのだ。したがって気分が優れない。悪いが話しかけないでもらいたい——

だが、俺の心の呟きが敏夫に届くはずもない。彼は俺の背後を覗き見るようにしながら、

「あ、あ、有紗ちゃんは、まだ起きてこないんですかね？」

「そうみたいですね。まあ、そのうち現れるでしょう」

気になりますか。やけに有紗にご執心ですね。ひょっとして幼い少女にご興味がおありで

すか？　心の中でニヤリとしながら、俺は何食わぬ顔で食卓の椅子に腰を下ろす。

　やがて光代に連れられて、ピンクのワンピースを着た有紗が食堂に現れた。

　卵のような艶のある肌。人形のようにパッチリした目許。自慢のツインテールは朝の光を受けてキラキラと輝いている。寝不足の朝だというのに子供はなんて元気なんだ、と三十一歳の俺は感心するばかりだ。

「あ、あ、有紗ちゃん、おはよう。昨夜はちゃんと眠れたかい？」

　敏夫が聞くと、有紗はどこまでも澄み切った眸で、こう答えた。

「うん、おばあちゃんと一緒に朝までぐっすり」

　ここまで無邪気に嘘をつける女の子って、将来的にどうなんだ？　ふと俺は心配になる。

　やがて理絵も食堂に姿を現した。家政婦奥野智美の手で、朝食の品々が食卓に並べられる。

　そんな中、有紗が幼い口調で素朴な疑問を口にした。

「ねえ、おばあちゃん、おじさんがいないよー。まだ寝てるのかなー」

「あら、そうね。普段だったら、建夫さん、とっくに起き出しているはずなのに」

　これはチャンス、と咄嗟にそう判断した俺は、素早く席を立った。「きっと奥さんがいないから朝寝坊しているんですよ。僕が離れにいって起こしてきましょう」

「あら、橘さんがいくことはありませんわ。お客様なんだから」

「なに、構いませんよ。実は、ここにきたときから、あの離れの中を見てみたいと思っていたんです」

これは本心だった。俺はまだ一度も離れの中を、ちゃんとした形で見たことがない。

「じゃあ、有紗もいくー」と元気よく椅子を飛び降りる探偵少女。

じゃ、じゃ、じゃあ、ぼ、僕も——と慌てて席を立とうとする敏夫を、光代は鋭いひと言で制止した。「あなたは、ここにいなさい、敏夫さん」

こうして、俺と有紗はキッチンの勝手口から二人で外に出た。庭に建つ離れへと小走りに進む。やがて、離れの玄関の手前で立ち止まった俺は、小声で有紗に注文をつけた。

「いいか、有紗。建夫が現れたら、思いっきり可愛らしく、『お部屋の中を見せて』っていうんだ。できるよな？　おまえ得意だろ、こういうの」

「えー、上手くできるかなあ」そういって有紗は上目遣いに俺を見ると、得意のキャンディ・ボイスで、「『ねぇ、おじさぁん、有紗、お部屋の中を見てみたいなぁ』——って、こんな感じでいい？」

「…………」有紗、おそろしい子！

一瞬、白目を剝《む》いた俺は「ああ、それでいい」と親指を立てて離れの玄関に歩み寄った。

重厚な木の扉を拳でノックして反応を待つ。だが中からは、なんの返事もない。再び強めのノック。結果は同じことだった。若干の胸騒ぎを覚えながら、俺は首を傾げた。

「変だな。まるで人の気配がないぞ。ひょっとして誰もいないのか」

ノブに手を掛けて、そっと回してみる。鍵は掛かっていないようだった。だからといって、勝手に入るわけにもいかない。迷っていると、有紗が機転を利かせた。

「ねえ、良太。カーテンの隙間から中が見えるんじゃないの？」

なるほど、その手があった。さっそく俺たちは問題の窓へと駆け寄った。昨晩、カーテンが半開きになっていた窓だ。俺はカーテンの隙間に顔を寄せて、室内の様子を覗き見た。

目の前に見えるのは、ごく普通のリビングだった。白いテーブルがあり、二人掛けのソファがあり、洒落た飾り棚がある。壁際に置かれた大画面テレビは昨夜もカーテンの隙間から見えていたものだ。だが、リビングに人の姿はなかった。

「隣の部屋にいるのかもな。たぶん、そっちが寝室だろうから」

俺は隣の部屋の窓へと移動した。こちらの窓はカーテンがピッタリと閉まっている。だが、隙間がゼロというわけではない。カーテンの合わせ目には、ほんの数センチの隙間があった。俺は片目を閉じながら、その隙間から部屋の中を覗いた。

思ったとおり、その部屋は夫婦の寝室だった。シングルベッドが二つ並んでいる。瑛子夫人のベッドは、当然ながら空っぽ。だが、もう片方のベッドには男の姿があった。男はベッドの上で大の字になって横たわっていた。その光景に俺の視線は釘《くぎ》付けになった。

「うッ……」俺は思わず息を呑む。

隣では、窓の向こうを覗き見ようとして、有紗が懸命に背伸びを繰り返している。俺は慌てて少女の頭を押さえつけた。「よせ！　有紗は見なくていい」

鋭くいうと、俺は腰を低くして少女のつぶらな眸を正面から見詰めた。

「光代おばあちゃん――いや、敏夫がいい。敏夫をここに呼んできてくれ。おまえは食堂にいろ。判ったな？」

俺の口調にただならぬものを感じたのだろう。有紗は理由も聞かずに、「うん、判った、呼んでくる」と素直に頷くと、二つ結びの髪を激しく揺らしながら庭を駆け出していった。

少女のワンピース姿が充分に遠ざかるのを待って、俺は再び窓を覗き込む。

白い掛け布団に覆われたベッドの上。そこには下着を身につけただけの恰好で男が横たわっていた。須崎建夫だ。まるで、昼寝でもしているかのような無防備な寝姿。だが、その身体は微動だにしない。その枕元には真っ赤な色彩が、男の頭部を中心にして円を描くように広がっている。

何度見返しても、その光景に間違いはなかった。

須崎建夫は頭から血を流して、死んでいるのだった。

5

「……ふむふむ、なるほど、そういうことですか」

　警官の姿で溢れかえる須崎邸の庭先にて。神奈川県警溝ノ口署の若手刑事、長嶺勇作は青ざめた顔の須崎敏夫を前にして、手帳を広げていた。

「食堂にいたあなたは綾羅木有紗ちゃんに呼ばれて、この離れに駆けつけた。あなたは離れの中に入りベッドで倒れている建夫氏の死亡を確認した。間違いありませんね？」

「ええ、おっしゃるとおりです。息がないことは、ひと目で判りました。そりゃそうでしょう。頭を銃で撃たれているんですから、ほぼ即死だったはずです」

「ふむ、驚いたあなたは、その場ですぐに一一〇番通報した。そういう流れですね。よく判りましたが、しかし……」といって、長嶺は指先で眼鏡を押し上げると、敏夫の傍らに立つ俺のことを顎で示した。「判らんのは、コイツのことです」

　なにが判らんというのか。俺は腰に手を当てて、ただボンヤリと六月の空を見上げた。

「俺のことなら、よく判ってるだろ。俺たち、同じ高校に通った仲じゃないか」

「そういう意味じゃないんだよ」友人はキッパリ首を左右に振ると、疑惑の視線を真っ直ぐ俺に向けた。「なぜ、橘が須崎邸にいるのかと聞いている。しかも有紗ちゃんまで一緒とは、どういうことなんだ？」

　そういって、長嶺は人差し指を離れた花壇へと向けた。そこではピンクのワンピースを着た有紗が花壇の縁にしゃがみこみ、咲き誇る花たちを眺めている。その姿は一見すると、いかにも花を愛《め》でる可憐な少女のよう。だが実際には、彼女は視線だけを花壇に向けながら、背中で俺たちの会話をしっかりと聞いているのだ。――まるで、ベテラン刑事だな！

　心の中でツッコミを入れる俺に、なにも知らない長嶺が激しく詰め寄る。

「どうなんだ、橘。なにか理由があるんだろ。正直にいってみろ」

　そんな長嶺の剣幕を見て、敏夫が慌てて口を挟む。「あの、刑事さん、橘さんは祖母の友人でして、それで昨夜はこの家に泊まっていただいたわけで……」

　だが、そんな説明を真に受ける長嶺ではない。彼は敏夫に作り笑顔を向けていった。

「あ、もう結構ですよ、敏夫さん。どうぞ屋敷にお戻りください。また、なにかありましたら、お話を伺いに参りますので――おい、橘、おまえは残れ！」

　敏夫と一緒に屋敷へ戻ろうとした俺は、長嶺の言葉に静止を余儀なくされた。ちぇ、と舌打ちしながら、俺は庭先に残る。長嶺はそんな俺に再び厳しい視線を投げかけた。

「便利屋稼業のおまえのことだ。どうせ誰かになにか頼まれて、ここに潜り込んだんだろ」

さすが長嶺、鋭い奴め。だが、なにをどこまで話していいものやら。

するると、説明に苦慮する俺の背後から、

「あのねー、有紗、良太お兄ちゃんと一緒に、このお屋敷でウワキチョーサしてたの」

と、いきなり響く無邪気な声。驚いて振り向くと、俺の背後に有紗の姿。少女は花を愛でる芝居に飽きて、大人たちの会話に加わりたくなったらしい。

有紗の唐突な発言に、長嶺は一瞬キョトンとした表情。どうやら彼女の口にした『ウワキチョーサ』という言葉を『浮気調査』と漢字変換するのに、数秒の時間を要したらしい。

やがて納得した様子の長嶺は、軽く腰をかがめると、少女の眸に目線を合わせながら優しい笑顔で問い掛けた。

「へえ、そうなんだー、楽しかったかい、有紗ちゃん？　そう、それは良かったねー」

有紗の頭を優しく撫でる長嶺。そして彼はくるりとこちらを向くと、「——なあ、橘」といって、親しかった高校時代のように俺の肩に腕を回す。そして、その体勢のまま数歩進むと、突然その腕に凶悪な力を込めながら、「馬鹿か、おまえ！　小学生の女子を浮気調査に巻き込むなんて、それがマトモな大人のやることか。そんなことして、いたいけな少女がやさぐれた私立探偵みたいになったら、いったい誰が責任取るんだ。こら、答えろ、橘！」

肩に回されていた彼の腕は、邪悪な蛇のように俺の首に巻きつき、完璧なスリーパーホールドの体勢になっていた。答えろ、といわれても、これでは無理だ。結局、この乱暴な友人の問い掛けに、俺はギブアップで答えるしかなかった。

そんなわけで、俺は自分の知るすべての事柄を長嶺の前で語って聞かせた。もちろん、昨夜の張り込みの首尾についても、すべて包み隠さずだ。

当然のことながら、長嶺は俺の話に深い興味を示した。「なんだって⁉　深夜、離れに出入りする怪しい女の姿を目撃しただと。おいおい、本当なのか、橘」

「ああ、間違いない。女は午前一時ごろに離れにやってきて、三時ごろにまた出ていった」

「午前一時から三時か」長嶺は疑るような表情を傍らの少女に向けた。「いま橘のいったことは、本当に間違いないのかい、有紗ちゃん？」

「うん、間違いないよ。黒いワンピースを着てサングラスをした怪しい女だった」

「そうか」長嶺は深々と頷いた。「じゃあ、間違いないな……」

──おい長嶺、おまえ、俺の証言より小学生の証言のほうを上に見てないか？

若干の不満を抱きながら、俺は話題を変えた。

「建夫氏が銃で撃たれて死んだというのは、本当なのか。庶民の街、武蔵新城はいつの間に銃社会になったんだ？」

「べつに銃社会にはなっていないさ。だが、確かに凶器は拳銃だ。被害者は拳銃で額を撃ち抜かれている。現場から凶器は見つかっていない。犯人が持ち去ったんだな」

「犯行があったのは、昨夜の何時ごろなんだ？」

「検視に当たった医者の所見によれば、被害者の死亡推定時刻は午前三時前後だそうだ」

「午前三時⁉ 謎の女が離れを立ち去った時刻じゃないか。そのころなら、俺はまだ離れを見張っていた。だけど銃声なんて聞かなかったぞ」

「べつにおかしくないさ。離れの防音はしっかりしているし、銃口に消音器を付ければ銃声は抑えられる。母屋の人間が銃声に気付かなかったとしても不思議じゃない」

「じゃあ、やっぱり、あの黒いワンピースの女が……」

「ああ、時間的に見て、その女こそが建夫氏を撃ち殺した犯人である可能性が高い」

「可能性が高いどころじゃない。他になにが考えられるっていうんだよ」

「まあ、そうだな。ところで橘、おまえが撮ったという写真を見せてくれないか。その黒い服を着た謎の女がバッチリ写ってるんだろ」

「いや、それほどバッチリでもないんだが。――まあ、いいや。カメラを持ってこよう」

俺はいったん屋敷の客間に戻り、カメラを手に再び庭へと戻った。

長嶺は期待のこもった表情で、俺の持つカメラの液晶画面を覗き見る。だが、そこに映る赤外線写真特有のぼんやりとした画像を見た途端、長嶺の顔に落胆の色が滲《にじ》んだ。

「うーむ、これじゃあ顔も年齢も判断できないな。判るのは、特別太ってるわけではなく、背丈も普通程度の女性ってことぐらいか。この写真で、犯人を特定するのは不可能だな」

「だろ」俺はカメラの電源を切った。「じゃあプリントアウトとか、しなくていいよな」

「ああ、必要ない。どうせカメラごと渡してもらうんだから」いうが早いか、長嶺は俺の手から証拠品のカメラをぶん取った。「貴重な捜査資料の提供に感謝する。悪く思うなよ」

「…………」くそ、警察は横暴だ！　俺はギリギリと歯軋《はぎし》りしながら、「な、なあに、そ、捜査のお役に立てるなら、お、俺としても本望さ」と必死に怒りを抑えた。

長嶺は後輩刑事を呼びつけ、俺から奪った戦利品をそいつに手渡した。すると、後輩刑事が長嶺に対して、なんらかの言葉を耳打ちする。たちまち、長嶺の表情が厳しさを増す。やがて、ひとりで俺のほうに向き直った長嶺は、いきなり妙なことを尋ねてきた。

「おい橘。おまえ、死体の発見後、依頼人と連絡を取ったか？」

「はあ、瑛子夫人と⁉　いいや、連絡は取っていない。朝起きてすぐに彼女の携帯に掛けたんだが、夫人は出なかった。まだ寝てたんだろう。そうこうするうちに離れで死体を発見して、大騒ぎになって、ついついそのまんま……ん⁉　でも変だな。ご主人が殺されたんだ。当然、家族の誰かが瑛子夫人の携帯に連絡したはずだよな。なんで彼女は姿を見せないんだ？」

「もちろん家族の人たちは瑛子夫人に、この緊急事態を伝えようとした。だが、おまえと同じだ。携帯に掛けても、誰も出ないらしい。つまり瑛子夫人は現在、音信不通ってわけだ」

「音信不通!? なんで、そうなるんだよ」

「それはよく判らんが……」腕組みして呟く長嶺。

するど、そのとき俺の隣で有紗が判りきったことを質問した。

「ねえ、良太。そういえば、あのオバサ——いや、あの依頼人の瑛子夫人って、特別太ってはいなかったよね？ 背丈も普通ぐらいだったよね？」

「まあ、そうだな。特別目立つ体形じゃなかった。女性としては中肉中背ってところだろう——って、おい！」質問の意図を察した俺は、思わず少女に詰め寄った。「有紗、おまえ、なに考えてるんだ。まさか、あのオバサンを疑ってるんじゃないだろうな」

「良太がオバサンっていっちゃマズイんじゃないの？」有紗は唇を尖らせながら、非難するような視線を俺に向けた。「瑛子夫人と建夫さんとは、たぶん仲が悪かったはずだよね。奥さんが旦那さんの浮気を疑って、便利屋を張り込ませるぐらいなんだからさ」

「そりゃそうだ。しかし瑛子夫人が犯人であるはずがないだろ。だって夫人は昨夜、あの離れが俺によって見張られていることを知っていたんだからな。わざわざ、目撃されることを承知の上で、殺しにくる犯人なんているわけがない」

「逆だよ、良太。犯人は良太の見張りがあることを知っていたからこそ、昨夜、建夫さんのいる離れを訪れたんだよ。彼の浮気相手を装ってね」

「それだ！」と手を叩いたのは長嶺だ。「つまり、瑛子夫人は殺人の罪を建夫氏の浮気相手になすりつけようとしたわけだ。そういうことだね、有紗ちゃん？」

「うん。そう考えれば、彼女がわざわざ便利屋を雇った目的も納得できるでしょ」

「俺を雇った目的!?」

「まだ判らないの？　良太はね、瑛子夫人が用意した駒のひとつだったんだよ。どこの誰かも判らない浮気相手こそが、建夫さん殺しの真犯人だと思わせる、そのための目撃者。それが良太に与えられた役割だったってわけ。――ね、べつにおかしくないでしょ」

　有紗の問い掛けに、俺は腕組みしながら何度も頷いた。

「なるほどなるほど。いわれてみれば確かに、あの依頼人には最初から妙なところがあった。金持ちなんだから腕利きの探偵でも雇えばいいものを、わざわざ俺みたいな半端な便利屋に見張りを頼んだりして。それに、俺の部屋にひと晩泊まるなんて変な提案をしたのも彼女だった。うーん、そうかそうか。俺はあの人に上手い具合に利用されながら、知らず知らずのうちに彼女の犯行を助けていたというわけか――って馬鹿！　んなわけあるか！」

　俺の魂の叫びが須崎邸の庭にこだまする。

「俺の依頼人が殺人犯なわけねえじゃんかッ。俺はそんな話、絶対信じねえからなーッ」

あまりの大音量に、遠くの捜査員までがザワッとする中、

「んもー、あんまり大きな声出さないでよね、良太ぁ。びっくりするじゃない」

有紗は両手で耳をふさぎながら、抗議の視線を俺に向けるのだった。


「とにかく、ここで議論していても始まらない。橘のアパートにいってみようじゃないか」

長嶺の提案に、俺と有紗は揃って頷いた。さっそく長嶺の運転するパトカーに乗り込み、俺のアパートへと向かう。すると後部座席で有紗が「ねー、サイレン鳴らそうよー」と子供っぽい駄々をこねる。「無茶なこというな」と有紗を窘《たしな》める俺。ところが長嶺は「仕方ないなあ、じゃあ、ちょっとだけだよ」とまさかの反応を示し、有紗のためだけにサイレンを鳴らすという暴挙に出た。

いきなりの騒音に晒された住民にとっては、いい迷惑だったろう。すべては幼女に甘い、この長嶺という変態刑事が悪いのだ。

だが、おかげで俺たちの乗った車は、ものの二分で目的地に到着した。古い建物の前に車を停め階段を駆け上がると、そこが俺の部屋だ。扉を開けて中を覗き込むと、そこはもぬけの殻だった。上がりこみ、風呂場やトイレを確認するが、やはり瑛子夫人の姿はない。

「畜生！　依頼人がいなくなっちまった。仕事の代金、まだ一円も貰ってないのに」

嘆きの声を発する俺の横で、長嶺はむしろ納得の表情で頷いた。

「やはり、有紗ちゃんの睨んだとおりだったな。黒い服の女の正体は須崎瑛子。彼女は変装した姿で建夫氏を殺害し、そして逃走したってわけだ」

「だけど、それも変じゃないか」俺は長嶺の発言に異議を唱えた。「瑛子夫人は建夫氏の浮気相手に罪をなすりつけようとした。そのために黒い服の女に変装し、その姿を俺に目撃させたんだよな。だったら逃亡する必要はない。むしろ俺たちの前に堂々と姿を見せるべきじゃないか」

「確かに、計画段階では瑛子もそのつもりだったんだろうな。だが、いざ犯行に及んでみると、彼女は急に怖くなった。だから逃げた。犯罪者の心理としては充分あり得る話だ」

そういわれれば、そんなものか、とも思えるので反論はしないでおく。

俺は長嶺とともに玄関を出た。すると俺の部屋から少し離れた廊下の中ほどで、有紗が若い男と何事か会話を交わしている。同じアパートに暮らす男だ。過去に何度か廊下ですれ違ったはずだが、ほとんど記憶には残っていない。男はバイトに明け暮れるあまり講義にも全然出席せずに、つい自堕落な生活に陥ってしまった大学生——みたいな雰囲気を醸し出している（あくまで見た目の印象だ。実態がどうなのか、俺は知らない）。

男の粘っこい視線は、少女の黒髪にいやらしく注がれていた。要警戒人物だ。

俺は有紗を男の邪悪な視線から解き放つべく、すぐさま二人のもとに歩み寄る。長嶺も俺の後に続く。すると有紗がくるりと俺たちのほうを向き、興奮気味の口調でいった。

「ねえ良太、この人、昨夜、怪しい女の姿を見たんだって」

「怪しい女を見た⁉」俺は犯罪者を睨みつけるような視線で、その男を見据えた。

「ほ、本当ですよ、刑事さん。う、嘘じゃありません」

と男はなにかを勘違いしたような怯えた表情。どうやらパトカーで駆けつけた俺のことを、颯爽《さっそう》と現れた若手敏腕刑事だと思い込んだらしい。いちいち訂正するのも面倒なので、俺はそのまま刑事のように振舞うことにした。「――で、それはどんな女でしたか？」

「ええっと、黒い服を着た、髪の長い女ですよ、刑事さん」

若い男は重要な事実をアッサリと口にした。「くるぶしまで隠れるような黒いワンピースでした。見るからに怪しい感じの女でしたね。え、どこで見たのかって？　この廊下のいちばん端の部屋ですよ。ほら、便利屋の看板が掛かってるでしょ。その部屋にはね、いい歳して会社の仕事からあぶれて仕方なく便利屋の看板を掲げたような、自堕落な雰囲気の男が住んでいるんですが――いや、あくまで見た目の印象で、実態がどうかは僕も知りませんがね――その男の部屋の前で、黒い服の女とすれ違ったんです」

「…………」

「本当に一瞬すれ違っただけですから、女の顔までは見ていません。廊下は薄暗いし、それに彼女、大きなサングラスを掛けていましたからね。時刻は午前零時半過ぎでした。そのとき僕はゆるキャライベントの仕事帰りで、階段を上がりながら時計を確認しましたから、間違いはありません。え、仕事はなにかって？　僕は今年、某国立大学を出て神奈川県庁の観光課に配属されたばかりですけど、それがなにか？」

「…………」

畜生、返す言葉がなんにも見つからねえ！　人知れず屈辱にまみれる俺は、隣の友人に無言で訴えた。――おい神奈川県警よ、神奈川県庁のコイツに、なにかいってやってくれ！

すると長嶺は制服巡査のような敬礼のポーズで、男に向かってこういった。

「貴重な情報に感謝いたします。ご協力、ありがとうございました！」

6

翌日の月曜日。下校時刻を迎えた小学校の校門前は、眩《まばゆ》いほどの高級車で大混雑だった。さすが、天下にその名を轟かせる名門私立衿糸小学校。ランドセルを背負ったひ弱なガキども――いや、良家の御子息御息女たちが、黒塗りのベンツやクライスラーに乗り込んでは消えていく。この学校では日常的に見られる光景ではあるが、今日は特にお迎えの車が多いようだ。

まあ、それも無理はない。なにせ近所で拳銃を用いた殺人事件が起こり、なおかつ容疑者と目されている女性は現在も逃走中なのだ。親たちが子供の身を案じて迎えの車を出すのも、当然の心理といえた。

俺もまた、そんな車の行列にまざりながら、愛車の運転席から校門へと注意を向ける。すると間もなく、白い帽子から黒髪のツインテールをなびかせた白いセーラー服姿の少女を発見。さっそく俺は車の窓から手を振って、自らの存在をアピールした。

「おーい有紗！　コッチだコッチ――」

だが、少女はなにも聞こえないかのように車の横を通り過ぎ、そのままてくてくと歩道を進む。俺は車を発進させるとノロノロ運転で彼女の背中を追い掛けた。やがて校門の賑わいから遠ざかったあたりで、ようやく有紗は俺の車に歩み寄り、ドアを開けて助手席に乗り込む。そして何事もなかったかのように、「お待たせ、良太」と無邪気な笑顔を覗かせた。

俺は小さく「ハァ」と溜め息を漏らし、横目で有紗を見やった。「そんなに嫌か？　嫌なのか？　俺の軽ワゴンの助手席に乗るのが、そんなに恥ずかしいのか？」

「んーっと、べつに嫌ってことはないんだけど……」

でも、友達に見られるのは絶対、嫌！　と見た目を気にする有紗に対して、俺は軽ワゴン車がいかに優れた発明品か、特に零細企業の人間にとって、それがどれほど重要な乗り物であるかを力説したのだが、彼女は少しも聞いちゃいなかった。

「そんなことより、良太ぁ、さっそく連れていってくれないかな、須崎邸まで」

「あー判った、判りました、はいはい」と、諦め顔でアクセルを踏んだ俺は、直後に急ブレーキで車を停めた。「――ん、須崎邸だって。おいおい、馬鹿いうなよ」

「馬鹿いってないわよ。真面目にいってんの。だって昨日は捜査員がいっぱいで、現場を全然見られなかったんだもの。有紗、もう少しあの事件のことを調べてみたいのよね」

「調べるって、なにを？　犯人は須崎瑛子なんだろ。そもそも、おまえがそう言い出したんだし、いまじゃ警察もそのつもりで彼女の足取りを追っているんだぞ」

「そうみたいね」まるで他人事《ひとごと》のように有紗はいう。「で、瑛子夫人は見つかったの？」

「いや、まだだ。俺も気になって長嶺に探りを入れてみたんだが、いまのところ捜査に目立った進展はないようだ。瑛子夫人の行方は判らないままだし、凶器の拳銃も発見されていないってよ」

「ふーん、そうなんだ」と頷きながら、少女は細い指を真っ直ぐ前に向けた。「とにかく須崎邸にいってみようよ。大丈夫だって。いけばなんとかなると思うから」

有紗は自信ありげにいうのだが、しかし本当に大丈夫か？　門前払いされるんじゃないか？　俺たち、もう光代の友人って設定は使えないんだぜ……と、そんな心配を胸に抱きながらも、結局、俺は少女の意向を聞き入れて、軽ワゴンの進路を須崎邸へと向けたのだった。


やがて軽ワゴンは須崎邸の門前に到着。車を降りた俺と有紗は、門柱に身を隠しながらこっそり中を覗き込む。昨日の様子とはうって変わり、屋敷の周囲はがらんとしている。そんな中、庭に佇むひとりの女性の姿を発見。建夫と瑛子の娘、須崎理絵だ。

理絵は門柱から顔を覗かせる怪しい二人組に目を留めると、ゆっくりとした足取りでこちらに歩を進めてきた。「そこにいるのは、橘さんと有紗ちゃんじゃありませんか？」

バレては仕方がない。門柱の陰から姿を現した俺は、曖昧な笑みを浮かべながら「どうも」と頭を掻き掻き会釈する。有紗は大きな声で理絵のことを「お姉ちゃーん」と呼び、盛んに両手を振る。無表情だった理絵の顔が、瞬間パッと明るくなった。そういえば二人は一昨日の晩、一緒にお風呂に入った仲。俺が思う以上に二人は親しい仲なのかもしれない。

「よくきてくれたわね、有紗ちゃん。さあ、そんなところに立ってないで中に入って」

理絵の言葉に有紗は嬉しそうに頷き、さっそく門の中へ。――で、俺は？　入っていいのかしらん？　戸惑う俺に理絵は優しげな笑みを向けた。「橘さんも、どうぞ」

「え、いいんですか」俺は自分の顔を指差しながら、デヘへと表情を緩める。

「ええ、構いませんわ。事情は祖母からすべて聞きました。便利屋さんだそうですね。こんな事件に巻き込まれる形になって、橘さんもご迷惑されたのではありませんか」

「いえいえ、迷惑だなんてとんでもない」

俺は弾む足取りで門の中へと足を踏み入れた。「こういう仕事をしていると、トラブルは付き物ですよ。僕のほうこそ、皆さんを騙したみたいで申し訳ありません。謝ります」

「気になさらないでください。すべては、それを依頼した母の責任なのですから」

理絵の言葉に俺はドキリとした。彼女もまた、母親の瑛子を父親殺しの犯人だと疑っているのだろうか。それとも血の繋がった娘として、母親の無実を信じているのだろうか。

そんな俺の思いをよそに、有紗は元気に手を振りながらずんずん歩いていく。俺と理絵は無言のまま少女の後に続いた。やがて俺たち三人は、問題の離れにたどり着いた。

理絵は離れと母屋を交互に眺めながら、尋ねてきた。「事件のあった深夜、橘さんは母屋の物置部屋から、離れの様子を見張っていたと聞きました。本当ですか？」

するると俺が口を開くよりも先に、有紗が答えていった。「うん、ホントだよ。有紗も一緒に見張ってたの。深夜三時ごろまで」

「あら、そうだったの」笑顔で頷いた理絵は、なにを思ったのか、いきなり俺の腕を掴む。そして、その腕を引っ張るようにして俺を有紗のもとから遠ざけると、今度は一転して厳しい口調で訴えた。「橘さん、余計なことをいうようですが、小学生の女子に浮気調査の張り込みをさせるのは感心できません。というより、常識を疑いますわ。もしも有紗ちゃんが、やさぐれた私立探偵みたいな大人になったら、いったい誰がどう責任を……」

「わ、判ってます、反省してます！　もうしません、もう絶対させません！」

俺は平身低頭、心から謝罪した。確かに《やさぐれた私立探偵》になられちゃ困る。

すると理絵は、また違う質問を投げてきた。「ところで、刑事さんから聞いたんですけど、橘さんは離れに出入りする犯人の姿をご覧になったそうですね」

「ええ、黒いワンピースを着たサングラスの女です。もっとも、そのときは殺人犯だとは思わずに、みすみす逃がしてしまいましたが。いまにして思えば惜しいことをしました」

「仕方ありませんわ。で、どうなのでしょう？　その女の正体は本当に母なのでしょうか」

「それは僕が聞きたいぐらいです。実際のところ、理絵さんはどうお考えなのですか。瑛子夫人が建夫氏を殺害するような理由が、なにか考えられますか」

「いいえ、わたしには思いつきません。こういってはナンですが、母にとって父は、ある意味、理想的な夫だったように思います」

「理想的、というと？」

「ご存知のとおり須崎興業は、須崎家の同族会社。社長は父でしたが、実権を握るのは大株主である祖母と母なのです。父は二人の意思を汲んで、それを経営に反映する忠実なしもべのような存在。いわば雇われた便利屋みたいなものです」

「――ズキッ！」俺は弾丸で心臓を貫かれた気がして、思わず手で胸を押さえる。

「あ、これは失礼なことを。申し訳ありません」

「い、いえ、気になさらないでください」俺は呼吸を整えながら、「では、そんな便利で理想的な夫を瑛子夫人が殺すはずがない、と理絵さんはそうおっしゃるのですね。ふーむ」

だが、仮にも二人は夫婦。建夫に不貞を働く気配があれば、瑛子夫人の胸に殺意が芽生えても不思議ではない。あるいは今回の事件、殺人そのものよりも、むしろ浮気相手の女性に罪を被せることのほうに重点があるのかもしれない。理絵には悪いが、やはり瑛子夫人に対する容疑は拭《ぬぐ》えそうにない。――と、そんなふうに思考を巡らせる俺の前で、理絵はふと俯き加減になり、悲しげに顔を振った。

「わたしには母が父を殺して逃げたとは、どうしても信じられません」

母を思う健気な娘。その可憐な姿に打たれた俺は、思わず彼女の両手を取りながら、

「大丈夫ですよ、理絵さん、僕がついていてます。元気を出してください！」

と励ましの言葉を口にする。すると俺の言葉に感激したのか、理絵の眸に潤んだような光が浮かぶ。――と次の瞬間、二人の間を切り裂くように振り下ろされる空手チョップ！

俺と理絵は思わず「わッ！」「きゃ！」と悲鳴をあげ、繋いでいた手を離す。恐怖におののく俺と理絵の視線の先には、夏服の小学生の姿。俺は思わず声を震わせて抗議した。

「な、なにすんだ有紗、お、おどかすなよ！」

すると少女は手刀を振り下ろした恰好のまま、鋭い視線で俺を睨みつけて、

「良太こそ、なにやってんのさ！　女といちゃついてていいわけ！」

「おいおい、人聞きの悪いことというなよ。俺はただ理絵さんを励まそうとしただけで……」

と反論を試みる俺の横で、理絵はバツの悪そうな顔で素早く頭を下げた。

「ご、ごめんなさい……そうだ、わたし、リビングにお茶をご用意いたします。お二人はゆっくりなさっていてくださいね」

といって、理絵は踵《きびす》を返して母屋へと向かう。その背中を少女の声が鋭く呼び止めた。

「待って、お姉ちゃん」そして有紗は怪訝な表情の理絵に対して唐突な質問を投げた。「お姉ちゃんは事件のあった夜、何時ごろに寝たか覚えてる？」

「え⁉」理絵は一瞬眉を顰め、そして澱《よど》みなく答えた。「あの夜なら、わたしは午前零時ご

ろにベッドに入って、そのまま朝までぐっすりだったけど、それがなにか？」

するとと有紗は「ううん、なんでもないよ」と役者顔負けの作り笑顔。それを見て理絵はホッとしたように息を吐くと、「それじゃあ、あとでリビングにきてね。美味しいケーキを用意しておくから」と言い残し、ひとり母屋へと消えていった。

理絵を見送った俺は、無念の溜め息を漏らすと、有紗に恨みがましい視線を送る。

「あーあ、なんだよ、有紗。あんなふうにごくごく自然な成り行きで美女の手を握るなんて、そう滅多にあるもんじゃないってのに。おまえのせいで、いい場面が台無しだ」

「どこが自然な成り行きよ。下心丸出しだったくせに」

「…………」いや、丸出しではなかった。下心は適度に抑えられていたと思う。「それより、なんだよ、さっきの理絵さんへの質問は？　あれってアリバイ調べか。おまえ、人を疑うにもほどがあるぞ」

「すべてのことを疑ってかかれ。探偵道の基本に従ったまでよ」

強気にうそぶく探偵少女に、俺は真顔で尋ねた。「で、どうなんだ。なにか判りそうか？」

「離れの裏側を見てみたけど、特に問題はなさそうね。窓はあるけどガッチリと鉄の柵が掛かっているから人は出入りできないみたい」

「なんだ、そんなこと気にしてたのか。人が出入りできるのは、俺たちが見張っていた二つの窓と玄関だけだ。最初からそういってただろ」

「判ってるわよ。ただ自分の目で確かめたかったの」

俺たちが離れを見張っていた深夜。何者かが建物の裏側から密かに侵入して建夫を殺害した。そんな可能性を有紗は思い描いていたらしい。これもまた、すべてのことを疑ってかかる探偵道というやつか。俺は腰に手を当てながら、有紗を見下ろした。

「結局、新たな進展はなかったみたいだな」

「そうでもないよ」と有紗は髪の毛を揺らして首を振る。そして突然くるりと後ろを振り向くと、庭に立つ一本の大木に向かって、よく響く声で叫んだ。「コソコソしてないで出てきなさいよね！　そこにいるのは判ってるんだから！」

え⁉　と思って俺は大木のほうへと視線をやる。瞬間、太い幹の陰に確かな人の気配。やがて、諦めたように姿を現したのは、ロリコン取締役の須崎敏夫——ではなくてメイド服に身を包んだ無表情な女、奥野智美だった。

意外に思う俺の隣で、当の有紗もなんだか急に焦ったような表情を浮かべながら、

「ややや、やっぱりあなただったのねぇ！　ぜぜぜ、全部お見通しだったんだからぁ！」

と必死でなにかを取り繕うような台詞。その声の震え方から察するに、彼女もまた敏夫の登場を予期していたに違いない。

戸惑う俺と有紗の前で、奥野智美は相変わらず冷たい表情のまま、丁寧に一礼した。

「大変失礼いたしました。庭の掃除をしておりましたところ、話し声が聞こえたもので、ついつい聞くともなく聞いてしまい、出るに出られずといったわけでして……」

「ふん、要するに盗み聞きしていたんでしょ！」有紗は鼻息を荒くすると、挑発するような視線を遥か年上の家政婦に向けた。「で、いったいなにが知りたいわけ？」

「べつになにが知りたいわけでもございません」

家政婦は首を振ると、能面のような顔だちに冷酷な表情を浮かべた。「お嬢さんのほうこそ、なにを詮索なさっているのでございますか。わたくしは須崎家に仕える者として、お客様には最大の敬意をもって接するべき立場、ではありますが――」家政婦は射るような視線で少女ににじり寄りながら、「しかし、お屋敷の内情を嗅ぎ回るネズミに対しましては、徹底してこれを排除せねばならない立場でございます。お判りいただけますね、お嬢さん」

家政婦の冷徹な迫力に押され、有紗はジリジリと後退。いつしか少女は大木の幹に背中をピッタリ押し付けるところまで追い詰められていた。それでも少女は懸命に顔を上げ、頑張って虚勢を張る。

「あ、有紗、ネズミじゃないもん……あ、有紗は探偵だもん……んッんッ……有紗、間違ったことしてないもん……んッく、んッく……」

泣き出すくらいなら、大人を挑発するようなこと、いわなきゃいいのに！

俺は号泣寸前の有紗を救うべく、二人の間に割って入った。「まあまあ、家政婦さん。許してやってくださいよ。所詮、子供の探偵ごっこなんですから、そう目くじら立てないで」

すると彼女も憑《つ》き物がとれたような涼しい表情になって、

「あ、ああ、そうでございますね。わたくしとしたことが、つい大人げない振る舞いをしてしまいました。お詫《わ》びいたします。――では、わたくしは、これで失礼を」

一礼してその場を立ち去ろうとする奥野智美。その背中を、咄嗟に俺は呼び止めた。

「あ、ちょっと待ってください、家政婦さん」

ピタリと足を止めて振り返る奥野智美。怪訝な顔の彼女に俺は尋ねた。「警察にも聞かれたかもしれませんが、念のため。――事件のあった深夜、あなたはどこでなにを？」

「警察にもお答えしたかもしれませんが」と皮肉な前置きをして彼女は答えた。「あの夜は自分の部屋で深夜一時ごろまで友達と電話で話しこんでおりました。ベッドに入ったのは電話を終えた直後です。そのまま朝までぐっすりでした。これでよろしいですか？」

俺は頷くしかない。「――結構です」

無表情だった家政婦の顔に、そのとき一瞬、勝ち誇るような笑みが浮かんだ気がした。

7

それから数時間が経過した夕刻。場所は溝ノ口にある綾羅木邸。ファンシーな家具やメルヘンチックな小物で彩られた子供部屋には、普段着に着替えた有紗の姿があった。もっとも彼女にとって普段着とは、『不思議の国のアリス』を思わせる青いロリータ服のことなので、着替えた後のほうがむしろ浮世離れした恰好になる。そんな有紗は、流した涙を推理の力に変えて、事件の謎に立ち向かうのだった。

「あの家政婦、絶対に怪しいよ。きっとなにか隠してる」

「確かにな。でも、黒い服の女の正体が、あの家政婦ってことはあり得ないぜ」

「判ってるよ、それぐらい」悔しげに呟きながら、少女は学習机とベッドの間を、苛立《いらだ》たしそうに何度も往復する。「良太のアパートの廊下で、県庁観光課の男が黒い服の女を目撃したのは、午前零時半。でも、そのころ家政婦は電話で友人と会話中だった」

「ああ、長嶺にも確認してみたが、奥野智美の供述に間違いはないらしい」

「つまり家政婦と黒い服の女とは別人ってことよね。でも、やっぱり怪しい。だって、事件の夜に離れを訪れた人物は、被害者を除けば、黒い服の女とあの家政婦だけなんでしょ」

「ああ、確かに奥野智美は、一度は離れを訪れている。建夫に付き添う形でな。だけど、それは午後十一時ごろのことだ」

「じゃあ、ひょっとするとその時刻、すでに家政婦の手で建夫は撃たれていたのかも……」

と、有紗は仮説を口にし、そしてその仮説を自ら否定した。「ううん、違う違う。建夫が撃たれたのは午前三時前後のはず。やっぱり家政婦は犯人じゃないのかな……」

「当然だ。そもそも家政婦が犯人なら、瑛子夫人はなんで行方をくらましているんだよ。夫人が無実なら逃げる理由はないじゃないか――ん!?」

いや待てよ。本当に瑛子夫人は逃げているのか？　彼女が夫を殺害して逃亡したというのは、俺や長嶺の勝手な思い込みではないのか？　夫人の失踪《しっそう》には、もっと別の可能性があるのかもしれない……。と、そんなふうに考えを巡らせていると、いきなり俺の携帯が着信を告げた。俺は慌てて携帯を耳に当てた。相手は長嶺だった。

「よお」と気楽な調子で俺は応答した。「どうした。なにか事件に進展でもあったのか」

『ああ、そうだ。重大な進展があった。おまえの依頼人が見つかったよ』

「瑛子夫人が！」俺の声が緊張で上擦る。「どこで見つかった。いまどうしてる？」

『発見されたのは、おまえのアパートから程近い住宅地だ。そこに空き家があってな。その庭先で倒れているのを、パトロール中の巡査が発見した。もう冷たくなっていたがな』

「つ、冷たくって……し、死んでいたのか、瑛子夫人は！」

『ああ、建夫氏と同じ銃で撃たれていた。死後約一日半が経っている。この意味、判るよな？』

「死後一日半⁉　てことは、瑛子夫人は建夫氏が殺されたのと同じ夜に、もう……」

『そう、すでに殺されていた。行方を追っても足取りが摑めないわけだ』長嶺は電話の向こうで小さく溜め息をついた。『おまえの依頼人を犯人だと決め付けたのは、どうやらとんだ見当違いだったらしい。それだけ伝えとこうと思ってな』

そういって長嶺は電話を切った。俺は携帯を手にしたまま、しばし呆然《ぼうぜん》。やがて、俺のことをジッと見上げる真剣な眼差《まなざ》しに気付いた俺は、精一杯言葉を選びながら、いまの会話の内容を有紗に伝えた。

だが俺の話に有紗は驚かなかった。そのことが、むしろ俺には驚きだった。

俺は先ほどまでの有紗がそうしたように、子供部屋をウロウロしながら考えた。

「しかし判らん。まさか瑛子夫人まで殺されていたなんて……いったい、どういうことなんだ。誰が俺の依頼人を殺したんだ……？」

興奮気味の俺の問い掛けに、そのとき、冷静な少女の声が答えた。

「きまってるじゃない。瑛子夫人を殺したのは、黒い服の女だよ」

そして有紗は確信を持った表情でいった。

「いまさら遅いけど、謎は解けたよ、良太」

8

その日の夜、俺と有紗は再び須崎邸を訪れた。玄関にあるライオンのノッカーを叩くと、間もなく扉が開かれ、家政婦の奥野智美が姿を現した。俺たちの姿を認めるなり、智美は眉ひとつ動かすことなく応じた。「これは綾羅木様と橘様、どうなさいました?」

綾羅木様のほうが橘様よりも先というのが気に食わないが、いまは細部にこだわっている場合ではない。俺は素早く頭を下げた。

「夜分に失礼ですが、実は急な用事がありましてね」

「さようでございますか。しかし生憎《あいにく》なことに須崎家の皆様は、いまは誰もおりません。それというのも、まだお二人はご存知ないでしょうが、実は瑛子奥様のご遺体が見つかったとの報《しら》せがありまして、皆様、大慌てで警察のほうに……」

「知ってる」と有紗が智美の言葉を遮っていった。「だから、今夜きたの。家政婦さんとゆっくりお話ができると思ってね」

「わたくしと!?」智美は警戒するかのように、俺と有紗を交互に見やった。「申し訳ありませんが、お話しすることはございません。お引取りいただけますか」

「まあまあ、そう邪険にしないで」俺は家政婦が閉じようとする扉を手で押さえた。「実は、この子、名探偵の娘だけあって、なかなか鋭いところがありましてね。今回の事件の犯人が判ったっていうんですよ。——どうです？　聞くだけ聞いてみませんか、この子の話」

俺は家政婦の目を正面から見据える。智美は諦めたように小さく溜め息を漏らした。

「判りました。では、わたくしの部屋でお話しいたしましょう。どうぞお入りください」

智美は俺たちを屋敷の中に通すと、そのまま真っ直ぐに自分の部屋へと案内した。

広さは俺の住処《すみか》と同じ程度。そこに簡素なベッドと書き物机、小さな鏡台や花瓶の飾られた戸棚などが配置してある。女性の部屋にしては、実に殺風景な空間だった。

智美は窓辺に立つと、くるりと振り向き、俺たちに挑戦的な視線を投げた。

「では、さっそくお話をお聞かせ願えますか。この事件の犯人がお判りだそうですね」

「ええ、判ってるわ」有紗もまた、鋭い視線を相手に向ける。

「まさか、このわたくしが犯人だなどと、おっしゃるのではないでしょうね」

家政婦はニヤリと笑って、自らの胸に手を当てた。「いっておきますけど、わたくしは誰も殺してなど……」

「うん、知ってる。あなたは誰も殺してない」

堂々と智美の無実を告げる有紗。その言葉に最も驚いたのは、他ならぬこの俺だった。

「え、えええッ」俺は素っ頓狂な叫び声をあげると、傍らの少女に確認した。「ち、違うのか、有紗。この家政婦さんが須崎建夫と瑛子夫人を殺したんじゃないのかよ」

「そうだよ、良太。だって、黒い服の女が良太のアパートの廊下で目撃された時刻、この家政婦さんは友達と電話で話していたんでしょ。同一人物なわけないじゃない」

「そ、それはそうだが」俺は混乱してしまい、すっかり訳が判らなくなった。「じゃあ、黒い服の女の正体は、いったい誰なんだ？　瑛子夫人でもなく奥野智美でもないとしたら、他に該当しそうな女性といったら――ハッ、まさか、須崎理絵さん⁉」

「ううん、全然違う」

有紗は首を振り、真実を告げた。「アパートに現れた黒い服の女の正体は、須崎建夫だよ」

「…………」

少女の口にした意外な名前に、俺は一瞬言葉を失った。「須崎建夫って被害者じゃん。ていうか、建夫は男だろ――え⁉　黒い服の女って、実際は男だったのか」

「そう。女物の黒いワンピースを着た男。須崎建夫が、この事件の犯人ってこと」

「こらこら待て待て、そんなわけあるか！」

俺は大きく首を振って、少女の説を真っ向から否定した。「事件のあった深夜、建夫はあの離れにいた。午後十一時ごろに建夫は離れに入り、テレビの点いた部屋の中で、そのまま三時ごろまでずっと起きていた。その建夫が、なんで午前零時半に俺のアパートの廊下に現れるんだよ。建夫は離れに入ったきり、一歩も外には出ていないんだぞ」

「ううん、建夫は離れから出ていったんだよ。仲の悪い奥さんを殺すためにね」

「無理だ。そもそも瑛子夫人が俺のアパートにいることを、建夫は知らなかったはず」

「そんなことは、どうとでも説明が付くでしょ。例えば、瑛子夫人の部屋や持ち物の中に盗聴器が仕込んであって、良太と夫人との会話が全部、建夫に筒抜けになっていたとしたら？」

「そ、そりゃあ、そういう可能性も否定はできないが……。しかし、仮に建夫が俺の見張りに気付いていたとしても、やっぱり無理だ。なぜなら、あの離れに人間の出入りできる場所は三箇所しかない。玄関と二つの窓だ。そして、そのすべてを俺は、あの事件の夜、片時も目を離さずに見張っていた。建夫がこっそりと出ていけたはずがない」

「うん、良太のいうとおりだよ」意外にも有紗は素直に頷いた。「こっそりと出ていくのは、絶対に無理。だったら、堂々と出ていくしかないよね」

「堂々と――って、どういう意味だ⁉」ポカンとして俺は首を傾げる。

有紗はその視線を真っ直ぐ奥野智美に向けながら答えた。「事件の夜の十一時ごろ、建夫は家政婦さんと一緒に離れに入り、そのままずっと離れにいた。でも、それは良太の目にそう見えていただけ。実際には、家政婦さんと離れに入った後、建夫はたった数分で離れを出ていったんだよ。家政婦さんの恰好に着替えてね！」

そういって、有紗は家政婦が身に纏う裾の長いメイド服をズバリと指差す。

瞬間、奥野智美はその能面のような顔に、深い諦めの表情を浮かべたのだった――

そのとき俺の脳裏に浮かんだのは、クラシックなメイド服に身を包んだ会社社長、須崎建夫の姿だった。だが建夫は確か六十歳。還暦を迎えたオッサンのメイド服姿をうっかり想像してしまった俺は、心の中で「おえー」と叫びながら、気色悪いイメージを振り払うようにブンブンと顔を左右に振った。

「んな馬鹿な！　あのとき離れから出てきたのが、女じゃなくてオヤジだったなんて」

「でも、べつにおかしくないでしょ」

有紗は確信を持った口調で続けた。「建夫は男としては小柄で痩せてるほうだよね。家政婦さんの服を借りて着ることは充分可能だったはず。二人は一緒に離れに入り、その直後に互いの服を素早く取り替えた。そして建夫は家政婦のフリをしながら、すぐに玄関から外に出た。良太は物置部屋からその光景を見ていた。けれど夜だから外は暗いよね。人の姿は見えても、顔まではよく判らない。良太は玄関から出てきたメイド服を見て、それを家政婦さんだと思い込んだ。でも、実際には奥野智美はそのままずっと離れの中にいたんだよ」

「じゃあ、俺が建夫だと思い込んでいた、あの青いポロシャツ姿は――あれは、あなただったんですね、奥野智美さん！」

ズバリと問い掛ける俺に対して、窓辺に立つ家政婦は黙って頷いた。

俺は再び有紗のほうを向いて尋ねた。「離れを出た建夫は、それからどうしたんだ？」

「たぶん駐車場の車の中で、また着替えたんだと思う。だって、さすがにメイド服じゃ街を歩けないもんね。建夫は目立たない服装に着替えてから、車で良太のアパートへと向かった。そして良太の部屋をノックした。瑛子夫人はびっくりしたはずだよね。須崎邸にいるはずの建夫が、いきなり目の前に現れたんだから。でも、まさか殺しにきたとまでは、普通思わない。そんな瑛子夫人に対して、建夫は『話がある……』とかなんとか適当なことをいって近所の空き家の庭に誘い込み、いきなり拳銃で殺害した。犯行を終えた建夫は、車に戻り再び着替えた。今度は黒いワンピースにサングラス、そして女物のカツラで女装したの」

「黒い服の女の出来上がりってわけだ。なるほど。建夫が女装したその姿を、あの県庁観光課の男が、アパートの廊下で目撃したんだな」

「目撃したっていうより、目撃させられたんだね。もちろん、これは瑛子夫人殺害の容疑を謎の女性に向けさせるための小細工だよ」

「なるほど」

「同じころ、奥野智美は離れの中で建夫のフリをする一方、自分の携帯で友達と楽しくお喋りしていたってわけ。自分が黒い服の女ではないことをアピールするために」

「そうか。友達との電話は、この部屋じゃなくて離れの中でおこなわれていたんだな」

俺の言葉に、奥野智美は再び黙ったまま頷いた。有紗はさらに自分の推理を続けた。

「瑛子夫人殺害を終えた建夫は、車で屋敷に戻る。そして午前一時に黒い服の女として離れに入っていった。つまり、黒い服の女は建夫の浮気相手ではなく、建夫本人だったってわけだね。そうやって離れに戻った建夫は、再び奥野智美と着ている服を交換した。建夫は青いポロシャツ姿に戻り、今度は奥野智美が黒い服の女になった。そして二人は、その姿を物置部屋の良太に向かって堂々と見せつけたの」

「そういや、やけに熱い抱擁を交わしていたっけ。あれも全部、芝居のうちだったんだな」

「そう。そして二人はカーテンの引かれた寝室に移動した。それから約二時間、二人がその部屋でなにをしていたか、有紗は子供だから全然判んないけど、まあ、なにかしていたかもしれないし、なにもしてなかったかもしれないよね」と、有紗は意味深な言い回し。

俺は妙な気恥ずかしさを感じて、ゴホッと変な咳払いをした。

「ま、まあ、そうだな。二人がナニしてようが、それはどうでもいい。とにかく二時間が経過した午前三時、黒い服の女、奥野智美はひとりで離れを出ていったってわけだ。そして建夫だけが離れの中に残された——あ、ということは！」

俺は必然的に導き出される結論をズバリと指摘した。「建夫を殺したのは、やはりあなただったんですね、奥野智美さん。あなたは離れを出る直前にベッドの上で建夫を銃で撃って殺害し、凶器を持って現場を立ち去った。そうなんですね」

確信に満ちた問い掛けに、さすがの奥野智美も今度こそ降参するかと思いきや——

「いいえ、それは違います」と彼女はキッパリ首を左右に振った。

アテが外れた俺は目を白黒させながら、助けを求めるように有紗を見やる。少女は腰に手を当てながら、蔑むような視線を容赦なく俺に浴びせた。

「だからぁ、何度もいってるでしょ、良太。家政婦さんは誰も殺していないんだって」

「あ、ああ、そういや、おまえ、最初からそういってたっけ。じゃあ、どういうことなんだ？　建夫を銃で撃ったのは、いったい誰——？」

するとは有紗は真剣み溢れる声で真実を告げた。

「須崎建夫は自分で自分を撃ったんだよ。——ね、そうなんでしょ、智美さん？」

有紗の問いに、奥野智美は観念したかのように深々と頷いた。

建夫を撃ったのは建夫自身。つまり自殺ということか。俺は露になった意外な事実に、しばし言葉を失った。確かに拳銃は自殺と相性の良い凶器といえる。だが今回の事件に限って、俺はそのような可能性を一度として考えたことはなかった。なぜか？　それは死体の傍に肝心の銃が見当たらなかったからだ。もし有紗がいうとおり、建夫の死が自殺だとするならば、拳銃はいったい誰が持ち去ったというのか？　そう考えたとき——「あ、そうか！」

俺は呆気ないほど単純な可能性に思い至り、奥野智美に尋ねた。

「つまり、建夫の死体を最初に発見したのは僕じゃなくて、あなただったんですね。事件の翌朝、あなたは誰よりも先に離れを訪れ、建夫の死体を見つけた。そのとき死体の傍には拳銃が転がっていた。あなたはその銃を手にして、こっそりと離れを出た。結果、銃で撃たれた死体だけが現場に残り、誰もがそれを殺人だと思い込んだ。そういうことだったんですね？」

俺の問いに、奥野智美は静かに頷いた。

「ええ、おっしゃるとおりです。わたくしが死体の傍にあった拳銃を隠しました。旦那様の遺書に従って」

「遺書⁉　建夫は遺書を残していたのですか」

「はい。ベッドの枕元に、わたくしに宛てたものが」

「それは、どういった内容のものだったのでしょうか」

「中身は簡単なものです。『屈辱に満ちた夫婦生活に終止符を打つことができた。わたしは満足した気持ちで自ら命を絶つ。悪いが銃を始末してくれ。これが最後の願いだから、ぜひ頼む』――と、そのようなことが書かれていました。もちろん、わたくしは旦那様の指示に従いました」

「なるほど。拳銃を隠しさえすれば、建夫は自殺者でも殺人者でもなく、哀れな被害者に見える。犯人は黒い服を着た謎の女。そいつが瑛子夫人と建夫を立て続けに銃で殺害して逃走した。――建夫は今回の事件をそういうふうに見せかけようとしたんですね」

「結果的には、そうです」

「結果的には……というと？」

「わたくしは旦那様が自殺なさるとは思っておりませんでした。当初の計画によれば、旦那様はごく普通に朝を迎えられるはずだったのです。やがて奥様のご遺体が空き家から発見されます。警察は旦那様の深夜のアリバイを調べることでしょう。しかし旦那様には見張りが付いていたために、完璧なアリバイが認められる。――少なくとも、わたくしはそういう計画だと聞かされておりました」

しかし――といって、智美は悲しげに目を伏せた。「どうやら、旦那様の口にした計画はわたくしの協力を得るための方便だったようです。最初から旦那様は奥様を殺した後には、自らも命を絶つお覚悟だったのでしょう」

「うーむ、そうだったんですか」奥野智美もまた俺と同様、須崎建夫に騙されたひとりというわけだ。そんな彼女に俺はひとつ気になることを尋ねた。「ならば、もし最初から建夫が死ぬ気だと知っていたなら？　その場合、あなたは彼の計画に手を貸すことはなかった？」

「もちろんですとも。判っていれば絶対に止めました！」

奥野智美は思いがけず強い口調で断言した。冷静で無表情、感情の起伏に乏しいと思われた家政婦が露にした意外な一面。それを目の当たりにして、俺はひとつのことを確信した。

「瑛子夫人は夫である建夫に別の女性の影を感じて、僕のところにやってきました。別の女性というのは、智美さん、あなただったんですね」

おそらくは真実であるはずの俺の指摘。だが、奥野智美は本来の無表情を取り戻して、ゆっくりと首を左右に振った。「残念ながら……お答えするつもりは……ございませんわ！」

というが早いか、智美はメイド服の裾を翻しながら小さな鏡台に駆け寄り、その引き出しを勢いよく開けた。一瞬の後、くるりとこちらを振り向く智美。その右手には、黒光りする一丁の拳銃が握られていた。瑛子夫人と建夫の命を奪った凶器と見て間違いない。

――てことは、これは玩具《おもちゃ》じゃなくて本物！

「シ、シマッタ！」俺はいまさらのように後悔の色を露にしながら、壁際まで後退。ピタリと壁に背中を押し当てながら、傍らの少女に声を掛ける。「し、心配するな、有紗！　だ、大丈夫だ。ここは俺がなんとかするから！」

「うん、判ってるよ、良太」有紗は部屋の片隅から、案外明るい声で俺を呼んだ。「有紗のことなら心配しないで。だって、彼女の銃口は最初から良太のほうしか向いていないもん」

「た、確かに、そうみたいだな……」

有紗の言葉どおり、智美が右手一本で構える銃はピタリと俺ひとりに狙いを定めている。俺は額に汗を浮かべながら、決死の覚悟で彼女の説得に努めた。

「おい、馬鹿な真似はよせ！　そんなことをして、いったいなんになる！　さあ、銃を下ろせ。銃を下ろしなさい……ね、銃を下ろしましょうよ……た、頼むから銃を下ろしてくださいよ、ホラ、このとおり……お願いですから、どうか僕を撃たないで……」

最終的には両手を合わせて懇願する俺。有紗がいなければ確実に土下座して、泣きながら命乞いしていたことだろう。そんな俺の姿を、有紗はガッカリしたような眸で見詰めている。

一方、智美は青ざめた表情だ。銃を構えた右手は、よく見るとブルブル震えている。いまにも弾みで引き金が引かれてしまいそうな、危うい手つき。当然、俺は生きた心地がしない。

と思った次の瞬間、智美はなぜかいきなり銃口をだらりと下に向けた。降参のポーズか、と思ったのも束《つか》の間、彼女は決然として顔を上げると、その銃口を今度は自らのこめかみに押し当てた。俺は思わず目を見開き、短く叫んだ。「――やめろ！」

「止めないで！」智美はギュッと強く目を閉じて、右腕を震わせる。

マズイ、彼女は死ぬ気だ。俺の背中に冷たい汗が浮かぶ。どうする、橘良太！

だが逡巡《しゅんじゅん》する俺よりも先に、青いロリータ服の少女が床を蹴って駆け出した。ツインテールをなびかせながら一瞬で部屋を横切ると、俊敏な猫のような動きでベッドの上に「ドン！」と飛び乗る。そうして弾みをつけた有紗は、智美に向かって勢いよくジャンプ！　と同時に小さな身体に似合わぬ迫力満点の気合で、少女はその右足を高く鋭く振り上げた。

「とりゃあぁぁ――ッ」

少女の小さな右足は智美の顔面を掠めるように弧を描き、その右手を拳銃ごと蹴り上げた。

「――あッ」虚を衝かれた智美の口から、短い悲鳴が漏れる。

拳銃は智美の手を離れ、くるくると宙を舞いながら天井にワンバウンド。勢いよく床に落下すると、衝撃のせいだろうか、いきなり「――バン！」と耳をつんざくような破裂音を響かせた。と同時に、俺のすぐ横にあった戸棚の上で、小さな花瓶がまるで魔法にかかったように「——パリン！」と割れて砕けた。俺は「ひゃあああッ」と両手で頭を抱え、飛んでくる銃弾から大事な頭をガードした（もちろん全然遅いのだが……）。

すべては一瞬の出来事だった。

火薬の匂いが立ち込める中、硝煙を上げながら床に転がる拳銃。片膝をつきながら綺麗に着地のポーズを決める有紗。俺は壁際で身動きできないまま、すっかり放心状態。恐る恐る戸棚のほうに視線をやると、そこにあるのは銃弾を受けて粉々に砕けた花瓶の残骸《ざんがい》。俺との距離は、僅か三十センチだ。俺の三十一年の人生において、かつてこれほど死の淵《ふち》に接近した経験はなかった。実際、あとほんの数ミリだけ銃口の向きが違っていたなら、いまごろは俺の頭蓋骨《ずがいこつ》がこの花瓶のように「パリン！」と音を立てていたはずだ。

命拾いした俺は、「フーッ」と深い息をして、生きている喜びを噛み締める。

そんな中、死に損なった奥野智美は緊張の糸が切れたのだろう。ついに床の上にくずおれると、ワアワアと声をあげて泣き出した。両手で顔を覆いながら、身を震わせる家政婦。

そんな彼女の肩にそっと手をやりながら、「死ぬなんて考えちゃ駄目。生きていれば、またやり直すことだってできるわ。だって、あなたはまだ若いんだから」と有紗が真顔で諭《さと》す。

俺は心の中で思わず叫んだ。

——おめーのほうが断然若いじゃねーか（まあ、いってることは間違ってねーけどな！）。

9

俺は携帯で長嶺勇作に連絡した。しばらく待つと、長嶺は数名の仲間たちを引き連れて、須崎邸に乗り込んできた。すでに泣きやんだ奥野智美は彼らの前で自らの罪を認め、事件は急転直下、解決の運びとなった。警官たちに囲まれながらおとなしくパトカーへと乗り込む家政婦。その姿を庭先から眺めながら、しかし長嶺は盛んに首を捻るのだった。

「どうも、腑《ふ》に落ちんな」

「なにがだ？」

俺は首を傾げて友人の横顔を見やった。「奥野智美がいってただろ。瑛子夫人を殺したのが須崎建夫。その犯行を手伝ったのが奥野智美だ。建夫が奥さんのことを殺すほど憎んだ理由も、だいたい想像が付くじゃないか。須崎夫妻の夫婦仲は冷え切っていたんだろ」

「ああ、建夫は須崎興業の社長にして須崎家の当主。だが、その実態は奥さんに実権を握られた、単なる操り人形に過ぎなかった。そんな現状に嫌気が差した建夫は、奥さんを殺害し、自らも命を絶ったってわけだ。奇妙なトリックを用いて自らを被害者のように見せかけようとしたのは、たぶん残される理絵さんを思ってのことだろう。父親が殺人犯では、理絵さんが可哀想だからな」

「確かに敏夫のほうは、この先どうなろうがいっこうに構わんが、理絵さんは可哀想だ。建夫も愛する娘を不幸にするような真似はしたくなかったんだろうな。だから奥野智美の協力を得て、自ら被害者を装った。——ほら見ろ。そう考えれば、腑に落ちないところなんか、なにもないじゃないか。事件は綺麗に解決だ」

そういう俺の視線の先、奥野智美を乗せたパトカーはゆっくりと動き出し、須崎邸の門から走り去っていった。彼女は溝ノ口署に連行されて、そこであらためて厳しい取調べを受けるだろう。事件の詳細は、彼女の口から明らかにされるはずだ。

事件は確かに解決したと思うのだが——

「いや、俺が腑に落ちないのは、おまえのことだ、橘良太」

長嶺は横目で俺を鋭く睨みつけた。「なぜ、おまえのまわりで、こうも見事に事件が解決していくのか。それが俺には不思議でならん。いったいどういう裏があるんだ？」

「馬鹿、裏なんかねーって」

俺はとぼけた顔を友人に向けながら、その肩をポンポンと叩いた。

「なーに、すべては長嶺刑事のおかげだよ。キミが的確な情報を与えてくれるから、俺もこうしてお役に立ててるってわけだ」

すべてが自分の手柄であるかのように、俺は余裕の笑みを浮かべる。だが、そんな俺の態度に不満を抱く小学生女子が約一名。彼女は俺の真後ろに隠れながら、小さなゲンコツで俺の背中を何度も何度もぶん殴り続けるのだった。

「あたしなのにぃ……あたしが解決したのにぃ……大人ってズルイ……大人なんか大嫌い」

うるさいぞ、有紗。文句があるなら、早く大人になるんだな！

俺は背中の痛みを堪《こら》えながら、心の中でそう呟くのだった。

第四話

名探偵、球場で足跡を探す

1

いうまでもないと思うけど、『なんでも屋タチバナ』といったって、実際なんでもできるってわけじゃない。いや、むしろできないことのほうが多い。そりゃそうだ。なにせ、こっちは専門的な知識もなければ特殊な技能も持たない、ごくごく普通の三十男。健康な身体と有り余る時間だけが資本の独身生活者だ。だからこそ、便利屋なんていうフワフワした商売が成り立ってるともいえるけどな。

そんな便利屋によくある依頼といえば家事の代行、もしくは商店や呑み屋の手伝い。浮気調査やペット捜しといった探偵の真似事も、たまにある。だがまあ、基本的に便利屋稼業は一種の代行業だと考えていい。忙しい誰か、動けない誰かに成り代わって、その人の仕事を引き受ける商売。つまりは、有料のピンチヒッターってことだ。

ピンチヒッターといえばベースボール。そんな連想が働くのだろうか、舞い込む依頼の中には、そのものズバリ「野球の試合に出てくれ」ってやつがときどきある。要するに、メンバーが揃わない野球チームの員数合わせだ。この世の中、野球やっておカネを貰える職業なんて、プロ野球選手と便利屋ぐらいのものかもよ。そう考えれば、便利屋ってのも案外悪くない、結構素敵な商売のように思えてくるだろ。

ところが、現実はそんなに甘くないんだな……

それは猛暑が続く七月中旬の、とある平日の昼間のこと。場所は川崎市高津区溝ノ口から程近い総合運動公園。一角にある野球専用グラウンドでは、『新城ホッピーズ』VS『溝ノ口ホルモンズ』の熱戦が繰り広げられていた。早い話が、真夏の炎天下に本気で草野球というわけだ。これはもう、勝つか負けるか熱中症になるか、三つにひとつの消耗戦。体力と忍耐力が試される、まさに究極の戦いといって過言ではない（馬鹿な大人のやることです。良い子は絶対真似しないように。マジで死にますよ）。

だが、根っから野球好きの大人たちは、この過酷な状況にいっさい不満を漏らさず、誰もが目の前の試合に集中していた。

なにしろ、新城と溝ノ口といえばＪＲ南武線で、たったひと駅のご近所同士。しかも新城ホッピーズと溝ノ口ホルモンズは、それぞれ地元の商店街の野球好きを集めて結成されたチームなので、かねてより深いライバル関係にある。実際、平日の昼間という時間帯から察するに、選手の多くは本業を犠牲にして、この場所に集結しているに違いない。文字どおり、絶対に負けられない戦いがここにはある、というわけだ。

ちなみに、知ってる人は知ってるだろうが、俺こと橘良太の営む『なんでも屋タチバナ』の最寄り駅は武蔵新城。ならば当然、俺は新城ホッピーズの一員になるべきところだが、そんな俺の着ているユニフォームの胸には、なぜか『ほるもんず』のロゴマークが……

なにを隠そう、溝ノ口ホルモンズの山下昭二《やましたしょうじ》監督こそが、この日の俺の依頼人なのだ。

山下監督は五十二歳。溝ノ口の商店街で金物屋を営む野球好きだ。下膨れの顔に白髪まじりの頭。出っ張ったお腹《なか》を抱えながら一塁側ベンチにどっかと腰を下ろして采配《さいはい》を振る様は、まるでプロ野球経験者のような貫禄がある。俺はこのオッサン、いや、この偉大なる監督の指示に従い、試合では三塁のポジションを任された。

だが、そんな俺を見て、新城ホッピーズの面々が黙っているわけがない。彼らの陣取る三塁側ベンチからは、「裏切り者！」「カネで転びやがって！」「もう新城の街を歩けねえと思え！」などといった手厳しいヤジが浴びせられる。俺は表面上涼しい顔を取り繕いつつ、内心ではカラスに睨まれた雛鳥《ひなどり》のようにオドオドしながら、ただひたすら自分のポジションを全うするより他ない。

そういった心理状況のせいか、この日の俺は絶不調。打席に立てば3三振、守備につけばエラー連発。次第に険しさを増す山下監督の視線。そんな中、相手のエラーで運良く出塁した俺は、次の瞬間には、まさかの牽制球《けんせいきゅう》でタッチアウト。肩を落としてベンチに戻ると、ついには味方の数人からも「この役立たず！」「何しにきた！」「貴様、新城側のスパイだな！」と、これまた情け容赦のない罵声が浴びせられる。

——もう嫌だ。報酬はいらないから、帰らせてくれ！

悲嘆に暮れる俺にとって、いまや自軍のベンチさえもアウェーそのものだった。

だが、敵のヤジを聞き流し、味方の冷たい視線に耐えるうち、試合はとうとう九回の裏、溝ノ口ホルモンズ最後の攻撃。細かな試合経過はまったく記憶にないけれど、ふと気付けば試合は13対12でホルモンズが1点を追う状況。しかも2アウト満塁という痺《しび》れる場面で、この俺、橘良太に打順が回るという出来過ぎた展開だ。

「おお、まるで漫画か小説のクライマックスみたいじゃんか」

これぞ名誉挽回《ばんかい》の大チャンス。武者震いしながらバットを手にする俺に、ベンチからは「頼んだぞ」「三振するな」「当たれ、当たってしまえ！」「デッドボールでも同点だ！」と乱暴な声援が送られる。俺は強気な笑みを浮かべながら、

「ふッ、任せとけって。この滅茶苦茶大味な試合、俺の手で綺麗に終わらせてやるぜ」

だが、恰好つける俺に対して、ベンチの山下昭二監督は顔を真っ赤にしながら、

「馬鹿！　誰のせいでこの試合が滅茶苦茶大味になったと思ってんだ！　君の三振とエラーと牽制球アウトがなけりゃ、とっくにうちが勝ってる試合だぞ！」

「え!?　ああ、確かにそっスよねえ、ははは」

でも、そんな言い方しなくても……と呟きながら俺は素振りを数回。すると次に控える俊足強打の一番バッター、吉岡哲司《よしおかてつじ》が「気楽にいけ、橘君」と声を掛けてきた。

吉岡哲司は年齢でいうと俺より少し上。だが日焼けした精悍な顔と鍛えられた身体つきは、むしろ俺より若々しい。本業は青果店の若旦那だと聞く。この人も、店の仕事を他人に任せながら、この試合に参加している野球馬鹿のひとりというわけだ。そんな吉岡は、緊張する俺をリラックスさせようと思ったか、俺の肩をポンと叩いて、「大丈夫だ、橘君。君が駄目なときは、俺がこのバットで必ずなんとかするから」と頼もしいひと言。

「はい、お願いします」と真顔で頷いた俺は、次の瞬間には、「ん!?」と首を傾げた。

俺が駄目なら、即、試合終了。彼のバットで、いったい何ができるというのか？

ま、いっか。心遣いだけ有り難く受け取っておくとしよう。そんなふうに思いながら、ようやく俺は右打席へ。地面を足でならし、肩に担ぐようにバットを構えると、

「さあ、どっからでも、かかってきやがれ！」

と、マウンド上の投手を激しく挑発。すると向こうも相当カチンときたのだろう。短足長

身の背番号10番は、「やかましい!」と叫びながら、速い球を胸元へ一球。

審判のコールは「ストライク!」。手が出ない俺は、敢えて強気を装いながら、

「へん、ボールが止まって見えるぜ」

「な、なんだと、畜生!」

背番号10は怒りの形相《ぎょうそう》で、カーブを外角へ。さらに落ちる球やスライダーを織り交ぜながら、俺を追い込んでいく。

——うーむ、手強い。とても8回までに12点も取られたとは思えない投球だ。

俺はファウルで逃げるのが精一杯。そうするうちにカウントは3ボール2ストライク。次の一球で勝負が決するという、まさに痺れる場面だ。

——どうする、橘良太? 最後の一球、相手の決め球は、なんだ?

必死で狙い球を絞ろうとする俺。だが、その思考を遮るかのように、聞き覚えのある女の子の声が、いきなり俺の名を呼んだ。「ねぇねぇ、良太ぁ、良太ってば!」

ん!? と怪訝な顔で振り向くと、バックネットの端から姿を覗かせているのは、ランドセルを背負った少女。お人形のような整った顔立ちと陶器のような白い肌。小柄な身体を包む白いセーラー服と白い帽子は、溝ノ口が誇る名門、私立衿糸小学校の夏服だ。帽子の左右からは、彼女のトレードマーク、二つ結びにした豊かな黒髪の房が覗いている。

少女の名は綾羅木有紗。俺とはなにかと関わりの深い小学四年生、十歳の女の子だ。

有紗は右手をヒラヒラさせながら、俺に向かって手招きする仕草。咄嗟に俺は「タ、タイム」と審判に告げ、少女のもとに駆け寄った。「どうした有紗？　おまえ、ひとりかよ」

「いま学校の帰りなの。でも、ひとりじゃないよ。――ホラ」

有紗が指差す先、大きな樹木に隠れるように、黒い服を着た長谷川さんの姿が見える。長谷川さんは綾羅木家に仕えるベテラン家政婦。その視線はジーッと有紗に注がれている。このように常に誰かの監視下に置かれている有紗は、いわゆるお金持ちの箱入り娘。そんな彼女のお目付け役が意外に重労働であることは、俺自身、過去に何度も経験済みだ。

「そんなことより、良太」

有紗は俺の耳元に顔を寄せ、秘策を伝授した。「次の球は絶対、振っちゃ駄目だよ」

「はあ!?　振らなきゃ当たらねえじゃんか」

「いいんだって。相手の決め球はフォークボール。そして、あの投手のフォークは、大半がボールになる。だからバットを振らずに見逃せば、まず押し出しで一点は堅いよ」

「へえ、ホントかよ……」

俺は半信半疑の面持ちで呟く。本来なら野球に疎いであろう小学生女子の言葉などに、耳を傾ける俺ではないのだが、有紗の場合は、他の子とは少し事情が違う。というのも、彼女の父親は全国にその名を轟かせる名探偵、綾羅木孝三郎。そして母親は、全世界にその名を轟かせる名探偵、綾羅木慶子。二人の間に生まれた有紗は、いわば探偵界のサラブレッド。将来を嘱望される血統書つきの名探偵というわけだ。

才能豊かな彼女の読みは、この緊迫した場面においても、意外と有効かもしれない。

「よ、よし、判った。次の球、全力で見逃すぜ！」

握り拳を作って頷く俺に、有紗は「頑張ってねー」と声援を送る。だが、いったい何を頑張れというのか。首を傾げながらバッターボックスへ。バットを高く構えた俺は、打つ気満々といった雰囲気を漂わせながら、再び相手投手を挑発する。

「きやがれ、ヘボ投手！」

「なめるな、三振王め！」

叫び声をあげながら、相手投手は大きく振りかぶって最後の一球。振り抜かれた右腕から放たれた白球は、マウンドとホームベースの間を一直線の軌道で進む。シマッタ、決め球はストレートか。思わずバットを動かそうとする俺。だが、その目の前で白球は突然、急降下。フォークボールだ。有紗の読みは正しかった。俺は心の中で快哉《かいさい》を叫びながら、落下する球を黙って見送る。ボールはキャッチャーミットに吸い込まれ、次の瞬間、

「ストラックアウト！」甲高《かんだか》い声とともに審判の右手が高々と上がった。

——え⁉

耳を疑う俺の背後で、審判は高く右手を挙げながら、「ゲームセット！」

勝利の喜びに沸く新城ナイン。一方、ホルモンズの面々は手にした帽子をいっせいに地面に叩きつける。愕然とする俺は、思わずバックネットへと恨みがましい視線を向ける。

すると俺の視界に映るのは、ランドセルを背負った少女の後ろ姿。何事もなかったかのように、その場を去ろうとする白いセーラー服に向かって、俺は思わず大声を張り上げた。

「こらぁ——ッ、逃げんな、有紗ぁ——ッ」

ビクリと背中を震わせて立ち止まる少女。だが次の瞬間、彼女は自慢のツインテールを弾ませながら脱兎《だっと》のごとく駆け出した。逃走する小さな背中。その背後に黒い服の長谷川さんが続く。二人の姿は、たちまち俺の視界から消え去っていった。

残されたのは、見事な三振で試合を終わらせた俺と、ホルモンズナインの突き刺すような視線だけ。俺は深い溜め息を漏らしながら、自らに対する後悔の言葉を吐き出した。

「畜生！　やっぱ、ガキのいうことなんか、信じるんじゃなかったぜ」

2

こうして熱戦は溝ノ口ホルモンズの惜敗で幕を閉じた。敗北の責任は、たぶん俺にある。そのことを重々承知した上で、敢えて報酬をいただかねばならない便利屋の気まずさが、お判りいただけるだろうか。だが、こっちも商売なので、ここで妙な遠慮をするわけにはいかない。山下監督から約束の金額をいただいた俺は、借りたユニフォームを返却し、逃げるようにグラウンドを後にした。猛スピードで立ち去る俺の背中に、「もう二度と雇わんからな！」という監督の声が浴びせられたのは、まあ、当然といえば当然のことだ。

「やれやれ、野球なんて仕事でやるもんじゃねーな」

とにもかくにもひと仕事を終えた俺は、自販機で買った缶ジュースを片手に、運動公園の遊歩道をブラブラと歩く。他に仕事の予定はなく、あとはアパートに戻るばかりだ。

だがそんな俺を、知らない男性の声が背後から呼び止めた。「ああ、ちょっと、君！」

ん⁉︎　缶ジュースを口にしながら振り返ると、目の前に立つのは、見覚えのある黒いユニフォーム姿。中肉中背の中年男性の胸には漢字で『新城』の文字。先ほどまでの対戦相手、新城ホッピーズの一員らしい。そう思って、よくよく相手を眺めてみれば、男の顔にも多少の見覚えがある。新城ベンチの真ん中に座って、采配を振っていた指揮官だ。

「えぇっと、確か新城ホッピーズの監督さんですよね。僕に何か用ですか」

怪訝な視線を向けると、中年男性は日焼けした顔にニヤリとした笑みを浮かべて、丁寧に帽子を取った。「今日は君のおかげで勝たせてもらったよ。いいゲームだった」

「皮肉をいいにきたんですか？　べつにわざと4三振したわけじゃありませんよ」

「もちろん、そうだろうとも。ところで君、便利屋だってね。それで今日は溝ノ口側に雇われた。てことは、次の試合も向こうの一員として出場するのかな？」

「いや、それはないと思いますよ。さっき山下監督からも、『二度と雇わん』っていわれましたから。まあ、今日の僕の活躍ぶりじゃ、無理もありませんがね」

「そうか。だったら次の試合は、我らが新城ホッピーズの一員として出場したまえ」

「え、それって仕事の依頼ですか？」

「そうだよ。実は、うちと溝ノ口ホルモンズとの再戦が、次の日曜日の早朝におこなわれるんだ。ところが、うちに欠員が出てね。メンバーが足りなくなりそうなんだ。なに心配いらない。君の実力は今日の試合で充分に見せてもらった。私もけっして君に対して過度な期待を寄せたりはしない。君はただ出場して試合を成立させてくれさえすれば、それでいい。そう、すなわち君は員数合わせだ！」

「……うッ」面と向かってこうまで馬鹿にされては、男としては黙っていられない。俺は目の前の中年男性を鋭く睨みつけながら、強い口調でこういってやった。「よろしくお願いします。この橘良太、精一杯、員数合わせを務めさせていただきます！」

「やあ、そういってもらえると助かる。では、よろしく頼むよ」

そこまで話を進めたところで、中年男性はふと重大な事実に思い至ったように、ピシャリと額を叩いた。「おっと、そういや自己紹介がまだだったな。私の名は剣崎《けんざき》。剣崎英雄《ひでお》だ。いまは草野球チームの監督だが、以前は高校野球の監督なども務めていてね……」

剣崎英雄監督は遊歩道を歩きながら、自らの経歴について勝手に話しはじめた。俺は手にした缶ジュースを傾けながら、新たな依頼人の身の上話にお付き合いする。

彼の語るところによれば、剣崎英雄監督は現在、独身の五十五歳。中学時代、神奈川県下でも有数の本格右腕として注目を集めた彼は、甲子園でお馴染みの名門、横浜高校に進学を望むも、受験に失敗して某私立高校に入学。その高校の野球部でプロ級の評価を得た彼は、具体的な球団名は伏せるけれど、神奈川県をフランチャイズとする某プロ野球球団へ入団できそうな雰囲気だったのだが、なぜかドラフトでは名前が呼ばれないまま、地元の企業に就職。社会人野球を三十代半ばまで続けた彼は、その後、高校野球の指導者に。数年前までは数々の高校を渡り歩きながら、若者たちの指導に情熱を注いでいたという。

「へえ、それがなんでポンコツ草野球チームの監督に？」

無礼な質問を思わず口にすると、剣崎監督は「ま、いろいろあってね」と言葉を濁した。ホッピーズがポンコツ草野球チームだという点は、否定しないらしい。

微妙な空気が漂う中、いつしか俺と剣崎監督は運動公園の一角にある瓢箪《ひょうたん》形の池にたどり着いていた。鯉が泳ぎ蛙《かえる》が鳴く、そこそこ広い人工池だ。監督は池の端で足を止めた。

「では、私はこのへんで失礼するよ。試合の詳しい日時は、追って連絡しよう」

片手を挙げて別れようとする剣崎監督。だが次の瞬間、彼は足を止めると「――ん!?」と眉を顰めて怪訝そうな声。その視線は、なぜか瓢箪池の水面に釘付けになっている。

俺は彼の視線の先を目で追いながら、「どうしました?」

「見たまえ、橘君。酷いことをする奴がいるもんだな」

憤慨するような口調で、監督が水面を指差す。彼の示す先には、一羽の水鳥の姿があった。鴨《かも》だ。真鴨か軽鴨か合鴨か、正直、鴨の種類はよく判らない。だが、その鴨には、他にない特徴があった。背中から赤くて細い棒のようなものが、にょきりと生えている。

そのとき俺の脳裏に浮かんだのは、《矢鴨》という懐かしくも嫌な言葉だった。

もうずいぶん昔のことだが、身体に矢が刺さった状態で水辺を泳ぐ可哀想な鴨の姿が、メディアを賑わせたことがあった。それ以降も何件か似たような事件があったはずだ。いま目の前の池を泳ぐ鴨こそは、まさしくその矢鴨だった。鴨の背中に赤く短い矢が刺さっているのだ。――いったい誰が、こんな真似を?

心の中で苦々しく呟く俺。哀れな鴨は、表情も変えないまま水面を漂うばかり。池の周辺では、俺たちと同様、ショッキングな光景を目に留めた人々が徐々に騒ぎはじめている。

「物騒な世の中ですね」と俺が小声で呟くと、

「ああ、まったくだな」と剣崎監督も頷いた。

だが、このとき俺は、まだ知らなかったのだ。

目の前の陰惨な光景が、これから起こる悲劇の予兆であることを――

3

そうして迎えた次の日曜日。溝ノ口ホルモンズと新城ホッピーズの再戦の朝は、快晴の青空。テレビの気象予報士は「熱中症にご注意を！」と警告を発しているが、なにせ今日のプレイボールは早朝七時。前回のような灼熱《しやくねつ》地獄は免れられそうだ。

俺は試合開始の三十分前を目安にして、再び総合運動公園を訪れた。赤いTシャツにブルーのデニム。肩に担いだバッグには、愛用のグラブが一個収まっているだけだ。

身軽な恰好の俺は、先日、矢鴨騒動が起こった瓢簞池の傍へと差し掛かる。例の可哀想な鴨の姿は、もうそこにはない。噂によれば、あの鴨は公園を管理する人々の手で捕獲されて、動物病院へと送られたらしい（別の噂では「鍋の具材になった」とも「蕎麦《そば》屋に引き渡された」ともいわれているが）。対応が迅速だったためか、それとも同様の事件が珍しくないためか、今回の件が大手メディアを賑わせる、という展開にはならなかった。溝ノ口は有名になり損なったのかもしれない。

そんなことを思いながら池の畔《ほとり》を過ぎ、遊歩道を歩いていくと、前方に短足長身の男の背中が見えた。ホッピーズのユニフォームに身を包み、大きなスポーツバッグを肩に提げている。顔は判らないが、背番号10に見覚えがある。前回の対戦で、この俺を四度三振に切って取った新城のエースだ。俺は背後から駆け寄って、男に声を掛けた。

「よお、大エース。今日はよろしくな」

「ん⁉」背番号10の男は怪訝な顔つきで、俺のことをしげしげと見詰めた。「なんだ、君はこの前の便利屋だな。また助っ人参戦か。そうか、今日はいくつ三振に取れるかな」

「いや、そうはいかないな。だって俺、今日はお宅のチームに呼ばれたんだからな。いくらアンタでも味方を三振に取るのは無理だろ」

「え、剣崎監督が君を雇ったのか！　マジかよ、とんだハンデじゃないか！」

「そんなことはない。前回は相手の投手が素晴らしかっただけだ。今日は前回とは違う」

と今日限りのチームメイトに対し、俺は精一杯のお世辞を口にした。

背番号10は、「なるほど、確かに君のいうとおりだ」と気を良くして頷くと、俺に向かって握手の右手を差し出した。「岩代剛史《いわしろたけし》だ。君は橘良太だな。噂はよく耳にしている」

いったいどんな噂だろうかと気に掛けながら、俺は差し出された右手を握った。

俺たちは他愛ない会話を交わしながら、試合会場を目指して遊歩道を進んだ。やがて、野球専用グラウンドの三塁側ベンチに到着。時計の針は、午前六時二十分に差し掛かったばかりだ。試合開始までは、あと四十分もある。

「ちょっと早くきすぎたな」俺は一塁側と三塁側のベンチを交互に眺めていった。「まだ、誰もきてないぞ。どうやら俺たちが一番乗りらしい」

「まあ、いいさ。キャッチボールでもしてりゃ、そのうちみんな集まるだろ」

そうだな、といってバッグの中からグラブを取り出した俺は、あらためて広大なグラウンドを見渡した。内野は土、外野は天然芝。バックネットはあるが、周囲を囲むフェンスはない。外野を抜けて打球が転々とすれば、大抵の場合はランニングホームランになるという、外野手泣かせの野球場。だが、まさしく草野球にはうってつけのグラウンドだ。

そんな中、ふと俺の視線はマウンド付近に引き寄せられた。「――むッ」

俺は思わず眉を顰めた。なぜ、いままで気付かなかったのだろうか。小高くなったマウンドの後方に何かある。いや違う、何かではなく誰かだ。地面に誰かが倒れている。グラウンド上には、その男のものと思われる足跡が三塁側から点々と残されていた。

「おい、誰だ、あれ。酔っ払いか」

俺の指差す方角に顔を向けた岩代は、やはり「むッ」とその表情を曇らせた。

顔を見合わせる俺と岩代。一瞬の後、俺たちは揃って三塁側ベンチを飛び出した。グラウンド上の足跡を追跡するように、マウンド付近へと駆け寄る。そこに倒れていたのはベージュのTシャツに茶色いトレーニングパンツを穿いた男性だ。体形は中肉中背。うつ伏せ気味の体勢なので顔は判らない。

「お、おい、どうした、大丈夫か⁉」俺は声を掛けながら、倒れた男の身体を抱き起こす。

男の身体を反転させると、ようやくその顔が露になった。

瞬間、岩代の口から悲鳴にも似た叫び声があがった。

「――か、監督ッ」

岩代の声を聞き、俺もあらためて気付く。確かに、その男性は新城ホッピーズ監督、そして今日の俺にとっての雇い主、剣崎英雄その人に違いなかった。と、そのとき――

「おいおい、どうしたどうした」

「朝っぱらから熱中症か」

事情がよく判っていない能天気な声が、背後から響く。振り向くと、一塁側ベンチのほうから駆け寄ってくるのは、溝ノ口ホルモンズのユニフォームを着た男二人だ。ひとりは山下昭二監督。もうひとりは吉岡哲司だ。二人は俺が抱き起こした男性の様子を見て取ると、揃って驚愕の表情を浮かべた。

吉岡哲司が突っ立ったまま俺の背後で上擦った声をあげる。

「こ、これは、剣崎さんじゃないか」

一方、山下監督は「ひゃあッ」と怯えた悲鳴を発すると、腰を抜かしたようにマウンド上で尻餅をつく。彼はその体勢のまま、尻で地面の上を後ずさりしながら、震える指先を剣崎監督の胸元へと向けた。「お、おい、見ろ……矢が……剣崎さんの胸に矢が！」

山下監督に指摘されるまでもなく、俺もとっくに気付いていた。

剣崎監督の胸には、赤い色をした棒状の物体が刺さっている。その長さと色、形状などには、どこか見覚えがある。

そう、これは矢だ。例の哀れな鴨の背中に刺さっていた短い矢に、よく似ている。

赤い矢が刺さった胸元からは、おびただしい量の血が流れ、グラウンド上に赤い模様を描いている。その顔は血の気が失《う》せて青白く、身体は微動だにしない。

もはや事態は明白だった。

剣崎英雄監督は胸に矢が刺さった状態で、すでに絶命しているのだった。

4

剣崎英雄監督の死体発見から数日が経過した、平日の昼間のこと。俺は溝ノ口の某所にある綾羅木邸を訪れた。有紗の父親、綾羅木孝三郎から、緊急の呼び出しを受けたからだ。屋敷の厳《いかめ》しい門前に到着した俺は、家政婦の長谷川さんに迎えられて敷地内へと通された。

「どうぞこちらへ。リビングで旦那様とお嬢様がお待ちでございます」

抑揚のない口調でいうと、長谷川さんは静かに廊下を進む。俺は彼女の後に続きながら、

「はあ。でも平日のこの時間なら、有紗ちゃんはまだ学校では？」と素朴な質問。

すると無表情な家政婦は歩みを止めないまま、ひと言。「学校はもう夏休みでございます」

「あ、そーですか」

便利屋稼業の日々をダラダラと送る俺には、小学生のカレンダーがピンときていなかったが、確かにそういう季節なのだろう。「そうか、夏休みか……」

大人になってしまえば単なる連続休暇だが、子供のころは妙にワクワクしたものだ。きっと、この屋敷に暮らす現役小学生も、謎と推理と冒険に満ちたスリリングな毎日への憧れを、パンパンに膨らませているに違いない。だが所詮そんなものは幻想に過ぎない。現実には、

宿題と自由研究と田舎の法事以外、これといってやることのない退屈な日常が続く。それが夏休みの本質だということを、しっかり教え込んでやらねば。――と、約二十年前まで小学生だった俺は、妙な使命感を抱きながら、リビングへと足を踏み入れる。

そこでは、外出の支度を整えた孝三郎が、俺の到着をいまや遅しと待ち構えていた。

樽《たる》のごとき身体を白いワイシャツと麻のズボンで包み込み、胸元には洒落た棒ネクタイ。ウエストだけをベルトで無理やり絞ったその姿は、見るからに滑稽《こっけい》。とはいえミステリの世界では、こういう体形の名探偵は結構多いので、それほど違和感はない。見る人が見れば、貫禄のある頼りがいのある探偵に見えるのかもしれない。

「やあ、橘君、よくきてくれた。待っていたんだよ」

満面の笑みで俺を迎える孝三郎。その傍らではひとり娘の有紗が、おとなしくソファに腰を下ろしている。今日の有紗は、衿糸小学校の夏服ではない。フリルの付いたエプロンとブルーのワンピースを合わせたロリータファッション。足許は白い三つ折の靴下にエナメルの赤い靴。まるで不思議の国から飛び出してきたような、現実離れした装いだ。

しかし慣れというのは恐ろしいもので、彼女のこの特殊な服装を目の当たりにしても、いまの俺は以前ほどの抵抗を感じない。敢えていうなら、この季節にその格好は暑苦しいのでは？　と僅かな疑問を覚えるだけだ。

するとと有紗はソファから立つと、軽く膝を折るような優雅なお辞儀を披露しながら、「こんにちは、橘さん。ご機嫌いかが？」と気取った挨拶。

「アイム・ファイン・サンキューだよ、有紗ちゃん。君も相変わらず上品で可愛くてお行儀が良くておしとやかで、本当にいい子だ」——父親の前ではね！

心の中でそう付け加える俺の前で、有紗はまさしく《いい子》の顔で、「わあ、嬉しい」とにっこり微笑む。俺は小悪魔の邪悪な笑みから顔を背けて、孝三郎へと視線を戻した。

「ところで、今日は僕に何の御用ですか？」

「うむ、実は急な出張で数日間、家を空けることになってね」

「というと、また何か重大な事件の依頼が舞い込んできたってわけですね」

「まあ、そういうことだ。降矢木《ふりやぎ》家という謎めいたお屋敷で、弦楽四重奏の楽団員が連続して殺害されるという事件があってね。電話で話を聞いてみたんだが、これが何度聞いてもサッパリ理解できない事件なんだ。仕方がないので、自ら現場に乗り込むことにしたんだよ。まあ、私の推理力をもってすれば二、三日で万事解決するはずだが、その間、例によって有紗のことを頼みたいと思ってね」

要するに箱入り娘のお守り役だ。予想どおりの依頼内容なので驚きはない。

「もちろん喜んでお引き受けしますとも」俺は即座に頷き、それからふと気になって聞いてみた。「ところで、つかぬことを伺いますが、有紗ちゃんのお母さんは、いまどちらに？」

「ん、慶子か⁉　彼女なら、ちょうどいま南フランスのカンヌで《猫》と呼ばれる怪盗を追っているところだよ。相変わらず、世界を舞台に活躍しているというわけさ。――それがどうかしたかね？」

「なるほど、そうでしたか。――あの、ちょっといいですか」

　俺は孝三郎を窓辺に招き寄せると、有紗に聞かれないように、小声で問い詰めた。

「僕にだけは真実を話してもらえませんかね。あなたの奥さん、本当にカンヌにいるんですか。本当は東京神田の実家に帰ったまま、戻ってこないだけじゃありませんか」

「ば、馬鹿、そんなわけあるか。妻はカンヌにいる。カンダではない。だいいち、妻の実家は東京神田じゃない。妙な詮索はやめてくれたまえ、君」

「そうですかぁ？」と俺はなおも疑惑の視線で孝三郎を眺めた。

　俺が綾羅木家に出入りするようになって、はや三ヶ月以上。その間、俺は一度も孝三郎の妻、綾羅木慶子の姿をこの目で拝んだことがない。ひょっとして二人の夫婦関係はとっくに破綻《はたん》しているのでは？　愛する娘の手前、そのことをひた隠しにしているだけなのでは？　そのような疑念が浮上するのは、至極当然のことだと思うのだが――「まあ、孝三郎さんがそうおっしゃるなら、信じるしかありませんねえ」

渋々と頷きながら、俺は疑惑の矛先を収め、部屋の中央へと戻った。「ま、ともかく、お嬢さんのことはご安心を。危険な目に遭わぬように、僕が目を光らせておきますから」

「それは心強い。これで私も安心して難事件に立ち向かえるというものだ。――おっと、そうこうするうちに、もうこんな時間か」

腕時計を確認した孝三郎は、慌てて麻のジャケットを着込み、麦わらのカンカン帽を頭に載せた。そして彼は愛する娘に歩み寄ると、その小さな身体を「むぎゅ～ッ」とばかりに抱きしめる。有紗が鯛焼《たいや》きなら、中身のアンコが飛び出してるところだ。有紗は明らかに苦悶《くもん》の表情を浮かべながら、父親のなすがままに身を任せている。このときだけは、俺も彼女に対して同情を禁じ得なかった。

やがて、娘の身体を解放した孝三郎は、旅行鞄を手にしてリビングを出る。俺と有紗は、出発する孝三郎を屋敷の門前まで見送りに出た。

「早く帰ってきてね、パパ。お土産、楽しみにしてるよ」

小さな手を振る有紗に、名残り惜しそうな視線を向けながら、名探偵綾羅木孝三郎は武蔵溝ノ口駅へ向けて歩き出す。彼はこれから南武線の電車で難事件の現場へと向かうのだ。名探偵という職業も、イメージほど颯爽としたものではないらしい。

もっとも便利屋だって負けず劣らずの過酷な商売だ。特に、自らを名探偵と信じるじゃじや馬娘のお守り役というのは、何度やっても慣れるものではない。

孝三郎の背中が消え去るのを待ってから、俺は有紗に向き直った。いちおう彼女に対して
お伺いを立ててみる。「さてと、何して遊びましょうかね、お嬢ちゃん?」

すると有紗は父親の前で被っていた《いい子》の仮面をアッサリ脱ぎ捨て、腕組みしなが
ら横目で俺を睨みつけた。

「はあ、なにくだらないこといってんの良太ぁ。遊んでる暇なんてないでしょ」

「…………」彼女の鮮やかな豹変ぶりに、俺は言葉もない。

そして探偵少女は、迷いのない口調で、いきなりその話題を切り出した。

「弓矢を使う殺人鬼が出没してるんだってね。良太はよーく知ってるんじゃないの?」

やはり、その話か……

予想どおりの展開に、俺は思わず深い溜め息を漏らした。

「有紗、橘さんに夏休みの宿題を手伝ってもらうから、邪魔しないでね、長谷川さん」

家政婦に対して巧妙な嘘をついた有紗は、俺の手を引いて子供部屋へ。だが後ろ手に扉を
閉めた次の瞬間、少女は企むような笑みを俺に向け、その黒い眸を妖《あや》しく光らせた。

「さてと。それじゃあ、知ってることを洗いざらい話してもらいましょーか」

「まるで容疑者扱いだな」憤然とする俺は、有紗の愛用する学習机の椅子に腰掛ける。

「いいから、さっさと話して楽になりなさいよ」

有紗は自白を強要する刑事のような口ぶりだ。

やれやれ仕方がないな、と小声で呟いた俺は、剣崎監督殺害事件について、知る限りの事実を話して聞かせた。どうせ、いつかは話さざるを得ないと思っていた話だ。そんな俺の話を、有紗は天蓋付きのお姫様ベッドの端に腰を下ろして、黙って聞いていた。その表情は真剣そのもの。右手にパイプでも構えていそうな、まさに名探偵の顔つきだ。

やがて話を聞き終えた有紗は、満足したようにひとつ大きく頷いた。

「要するに、最初に剣崎監督の死体を発見したのは、岩代っていう投手と良太なのね。二人は三塁側から死体に駆け寄った。その直後に一塁側からホルモンズの山下監督と吉岡っていう強打者がやってきた。そのとき、剣崎監督はすでに冷たくなっていた。ちなみに死体のあった場所って、正確にはどのあたりなの？」

「マウンド上のピッチャーズプレートから一メートルほど後方、つまり二塁ベース方向にマウンドを降りたあたりだ。その場所で剣崎監督はうつ伏せに倒れていた」

「胸には矢が刺さっていたんでしょ。だったら刺さった矢が邪魔になるから、うつ伏せの体勢にはならないんじゃないの？」

「細かいな、おまえ。まあ、確かに完全なうつ伏せではなかったな。少し横向きだった」

「胸以外に外傷はなかったの？」

「俺の見る限りでは、なかったと思う。胸に刺さった矢、それによる出血が原因で剣崎監督は死に至ったんだろうな。凶器はボウガン。おまえ、ボウガンって判るか？　冬瓜《とうがん》じゃねーぞ。ボウガンだ。ライフル銃みたいな恰好した弓で、引き金を引くと矢が飛び出すやつ。銃ほどじゃないけど殺傷能力の高い武器だ」

「知ってるよ、ボウガンくらい。むしろトウガンって何さ。逆に判んないよ」

「おや、そうか」冬瓜とはウリ科の一年草で、その実は大型で球形。煮て食すと美味だが、殺人事件とは関係がないので、ここでの説明は省く。「とにかく剣崎監督はボウガンから発射された矢で胸を射られて死んだ。いうまでもなく、これは殺人事件だな」

「でしょうね。ところで死亡推定時刻は？」

「それは俺も詳しく知らない。だけど、殺されて間もない死体じゃなかったはずだ。死体はすっかり冷たくなっていたし、死後硬直っていうのか、死体の関節が硬くなる現象、それがすでに現れていたから、死後数時間は経っていたんだろう。てことは、犯行は夜間におこなわれ、その死体を早朝に俺たちが発見したっていう流れだろうな」

「そうだね。明るい時間にボウガン持った殺人鬼が公園をウロついていたら変だもんね」

犯行は夜、と有紗はひとつ頷き、そしてまたひとつ疑問を呈した。「じゃあ、その剣崎監督って人は、なんで夜の公園にいたの？」

「さあ、それは正直判らないな。剣崎監督は独身のひとり暮らしだったから、出かけようと思えば、どんな時間にだって自由に出かけることができたわけだし。──ただ、これは新城ホッピーズのチームメイトから聞いた話なんだが、剣崎監督は夜の遅い時間帯に、ひとりで公園を走るようなことが、ときどきあったらしい。ほら、よく見かけるだろ、深夜にジョギングしている人とか、犬の散歩をしている人とか。あんな感じだな」

「ふーん。有紗、夜はベッドの中でお休みしてるから判んないけど、そんな馬鹿な真似する大人って、結構いるの？」と有紗はいきなり毒のある質問。

「ああ、結構いるぜ。馬鹿な真似かどうかは知らねーけどよ。とにかく剣崎監督が夜の公園にいたこと自体は不自然とはいえない。そして彼はそこで何者かにボウガンで撃たれた」

なるほどね、と小さく呟いてから、有紗は別の角度から質問を放った。「ところで、死体を発見した後、良太たちはどうしたの？　ちゃんと警察に通報した？」

「当然だろ。吉岡さんが携帯で一一〇番通報した。ものの数分でパトカーが飛んできたな」

「警察は事件について、どう考えてるのかしら？」

首を捻る有紗に、俺は揶揄するような視線を向けた。「おまえ、新聞読まねーのかよ？」

「読むよ、新聞くらい。十歳でここまで新聞読み込む女子は、他にいないってほどね」

「だったら、その記事に書いてあっただろ。警察は今回の事件についてボウガンを用いた通り魔的な犯行とみて捜査を続けている——ってさ。そういや、有紗の耳には届いてるか？　運動公園の瓢箪池で、可哀想な鴨が見つかった話」

「当然じゃない。有紗の耳は地獄耳だもん。溝ノ口で起こる奇妙な事件は、すべて有紗の耳に入るようになってるの。もちろん矢鴨の話も聞いてるよ。確か、草野球で一試合４三振を喫したダメ男が、腹いせに池の鴨をボウガンで撃ったんだよね。撃たれた鴨の身にもなれ！　三振したのは全部おまえのせいだろ！　みたいな感じで友達の女子たちも、みんな凄く怒ってた」

「…………」いったい、あの哀れな鴨の事件は、溝ノ口界隈でどう捻《ね》じ曲がって喧伝《けんでん》されたのか？　不安を感じた俺は、ゴホンと咳払いをしてから彼女の勘違いを正す。「あのな、有紗、その三振男は、可哀想な鴨の発見現場に居合わせただけだ。その男が鴨を撃ったわけじゃない。——ていうか、そもそも三振したのだって全部が全部、その男のせいじゃないだろ。最後の三振は、おまえの読みが間違っていたせいだからな！」

「なーんだ、三振男の正体って、やっぱり良太なんだ。そうじゃないかと思ってたッ！」

「『思ってたッ！』の前に、ゴメンナサイは？」俺は怖い表情で有紗を問い詰める。「『あのときは逃げてゴメンナサイ』って謝るべきところだぞ。そう思わないか？」

「わ、判ったわよ」俺の剣幕に恐れをなしたのか、有紗はすっくと立ち上がる。そして両手を膝にやりながら、真っ直ぐに頭を下げた。「逃げたことは謝ります。ゴメンナサイ」

よしよし、人間素直に謝る心は大事にしなきゃな、と満足げに頷く俺。だが転んでもただでは起きない有紗は、「でもさぁ！」といって、たったいま下げたばかりの頭を、ずいと俺のほうへと近づけてきた。「良太、ストライクなら打てばよかったのに、なんで打たなかったの？ 打たなかったんじゃなくて、打てなかったんじゃないの？ 自分の実力不足を小学生の女子の責任にするって、大人の男としてどうよ？ 恥ずかしくないの、良太？」

「な……」俺は咄嗟に反論を試みようとしたが、上手い理屈を思いつくことができない。仕方なく俺は椅子から立ち上がり、両手を膝にやりながら、「ゴ、ゴメンナサイ……」

畜生！ 結局、謝るのは俺のほうかよ。心の中で屈辱の叫びを発する俺。

有紗は勝利者の表情で頷くと、再びベッドの端に腰を下ろし、話題を殺人事件へと戻した。

「犯人がボウガンを持った殺人鬼だとして、その犯行はどんな感じだったのかしら。犯人は剣崎監督をマウンド付近まで追い掛けていって、至近距離から矢を放ったの？」

「いや、それはない。犯人はマウンド付近にいる剣崎監督を、離れた場所から狙ったんだ」

「どうして、そう判るの？」

「現場の状況からみて、そうとしか考えられないんだよ」

俺は死体発見時の現場を思い描きながら、少女に説明した。「ポイントは足跡だ。俺と岩代が三塁側ベンチから死体に駆け寄ろうとしたとき、内野のグラウンドには、一組の足跡しかなかった。それは剣崎監督自身の足跡だ。彼の足跡だけが、三塁側からマウンド付近の死体の傍まで続いていた。他に犯人の足跡らしきものはなかった。すなわち、三塁側のグラウンドには、俺と岩代、そして被害者の足跡があるだけ。一塁側には山下監督と吉岡さんの足跡だけだ。それ以外は足跡のない綺麗な土のグラウンドが広がっていたんだ」

「ふーん、だけど、なんで草野球のグラウンドが、そんなに綺麗なのよ？」

「それは最後に使ったチームの心がけが良かったからだな。事件の前日、日没近くまでグラウンドを使っていたチーム――これはホルモンズでもホッピーズでもない、地元の少年野球チームなんだが――彼らは乱れた内野のグラウンドに綺麗にトンボをかけて帰ったんだ。トンボって判るか、有紗？　空を飛んでる昆虫じゃねーぞ」

「判ってるわよ。地面をならす道具でしょ。じゃあグラウンドは前日の夕方の時点で綺麗にならされて、地面には足跡ひとつなかったってこと？」

「そういうことだ」

「でも、いくら綺麗にしたからって、足跡のひとつや二つは残るんじゃないの？」

「そりゃまあ、ファウルグラウンドとかは、足跡だらけだったさ。子供たちはファウルグラウンドを通って帰宅していったんだから、そこに足跡が残るのは当然だ。でも、少なくとも内野のフェアグラウンドは綺麗だった。その点は間違いない」

「要するに、前日の日没の時点で、ダイヤモンドの中に足跡はなかったってことだね」

「そうだ。そして夜になって、その綺麗なグラウンドを剣崎監督が訪れた。彼は三塁側からマウンド付近へと歩いていった。そんな彼を犯人は離れた場所からボウガンで撃った。放たれた矢は空中を一直線に飛び、監督の胸に突き刺さった。だから、死体の周辺には犯人の足跡がなかった——とまあ、そういうふうに考えられる。ていうか、そういうふうにしか考えられないだろ？」

「確かに、飛び道具を使えば、死体の周辺に犯人の足跡は残らないけど……」有紗はどこか腑に落ちない表情。そんな彼女はベッドの端からすっくと立ち上がると、「とにかく一度、現場を見てみないとね。考えるのは、それからでも遅くないもの」

そして有紗は、自慢のツインテールを揺らしながら俺のほうへ顔を向ける。そして命令するような口調で一方的にこういった。

「なに、ぼうっとしてんの、良太。さっさと、あたしを現場に連れてってよね！」

5

それから、しばしの時間が経過したころ。俺と有紗は総合運動公園の野球専用グラウンドにいた。強烈すぎる真夏の太陽のせいか、あるいは殺人現場への拒絶反応のせいか、好天のグラウンドで野球に興じている者は、ひとりとしていない。青いロリータ服の少女はレースで飾られた白い日傘など差して、いっちょまえにUV対策を講じながら、

「まったく憎らしい太陽ね。玉のお肌がシミになっちゃうわ」

と数十年先のお肌のコンディションを気にしている。そんな有紗は日傘を差したまま、三塁側から内野のグラウンドへと足を踏み入れていく。マウンド付近まで歩いたところで、有紗は後ろを振り返り、納得したように頷いた。「ふーん、なるほどね」

彼女の歩いた後には、点々と小さな靴跡が残っている。グラウンドの表面はサラサラとした砂のような土で覆われているのだ。そのことを確認した少女は真剣な口調で呟いた。

「確かに、この土の上を誰かが歩けば、確実に足跡が残りそうね」

「だろ」俺はマウンド上の有紗に歩み寄りながら、「実際、現場にあったのは、三塁側から延びる被害者の足跡と、俺と岩代の足跡。そして一塁側から遅れてやってきた山下監督と吉

岡さん、この五人の足跡だけだ。犯人の足跡はなかった。もちろん、犯人が自分の足跡を後から掻き消したような、不自然な形跡もなかった」

「そう。じゃあ、やっぱり被害者は離れた場所から飛び道具で狙われたってことかしら」

有紗は日傘を片手にピッチャーズプレートの上に立つと、内外野をぐるりと見回す。やがて、とある一点に視線を留めた有紗は、そちらへ向かってトコトコと歩き出した。彼女が向かったのはホームベース後方にあるバックネット。その裏側へと移動した有紗は、張り巡らされた金網越しにグラウンドを見やった。

「ねえ、良太。この金網の網目からボウガンを発射するってのは、どうかな？」

「ああ、できそうだな。ここなら金網とその土台の部分が、犯人にとって恰好の隠れ蓑《みの》になる。それに、このあたりの地面は踏み固められているから、足跡も残らないはずだ」

「そうね」と頷いた有紗は、しかし若干の疑問を覚えるように首を傾げた。「ねえ、良太、ここからマウンドまで何メートルぐらいあるかな？」

「マウンドからホームベースまでの距離は約十八メートルだ。バックネットはホームベースのさらに数メートル後方だから、マウンドまで二十メートル以上はある計算だな」

「それだけ離れた場所にいる相手をボウガンで狙ったとして、簡単に命中するものかしら。しかも犯行は夜だったんでしょ？」

「うむ、確かに難しい気がする。でも実際、矢は胸に刺さっていたんだし……」

と、呟く俺の背後から、いきなり響く男の声。

「――だから、通り魔的な犯行なんだよ」

驚いて振り向くと、目の前に立つのは眼鏡を掛けたワイシャツ姿の若い男。

俺の友人、長嶺勇作だ。

大好きな幼女の匂いを嗅ぎつけたのか、はたまた犯罪者の姿を追い求める最中なのか。いずれにしても、ここで彼に出会えたことは幸いだ。なぜなら長嶺は神奈川県警溝ノ口署に勤務する現職刑事。しかも、ここ最近、この俺が（実際は有紗が）難事件をたびたび解決しているものだから、俺の腕前をちょっとアテにしている節がある。上手くやれば何かしら情報を与えてくれるかもしれない。

そんな期待を胸に秘めつつ、俺は友人に尋ねた。「どういう意味だ、いまの言葉？」

「なに、いったとおりの意味さ。今回の事件は、計画性のあるものじゃない。通り魔的な犯行だ。おそらく犯人はボウガンを使って、誰かを傷つけたかっただけなんだろう。そこで、たまたま夜のグラウンドにきていた剣崎英雄が標的にされた。犯人の放った矢は、ものの見事に彼の胸に刺さった。でも、それはたまたまそうなっただけの話。脚や肩に命中してもおかしくなかったし、標的を完全に外れてグラウンドのどこかに落ちる可能性も充分にあっただろう。仮にそうなったとしても、犯人としてはべつに構わない。そのときは、暗闇に乗じてとっとと逃げればいいだけの話だからな」

饒舌《じょうぜつ》に語った長嶺はふいに表情を緩めると、ツインテールの少女に感想を求めた。

「どうだい、お嬢ちゃん？」

「うん、確かに長嶺さんのいうとおりかも。だけど、別の可能性もあるんじゃないの？」

少女は白い日傘をくるくる回しながら、「例えば、そう、犯人は空中を移動して、マウンド付近にいる剣崎監督の胸を矢で刺した、なんてどうかしら？」

「ふーん、そして犯行後、また空中をひらりひらりと移動しながら、ファウルグラウンドまで舞い戻ったってわけか。ははは、確かに、それだと犯人は足跡を残さずに済むねえ」

愉快そうな微笑みを浮かべる長嶺は、腰を折って少女に目線を合わせると、右手で彼女の頭を撫で回しながら、「有紗ちゃんは、とても発想が豊かなんだねえ。感心感心！」

「うん、よくいわれるー」

おい有紗、いまのは褒め言葉じゃないぞ。真に受けるなよ！　それから、おまえの目の前にいるのは警察手帳を持った変質者だからな！　俺はゴホンとひとつ咳払いをして二人の間に割って入ると、手つきのいやらしい友人を少女のもとから引き離した。

「ところで長嶺は、こんなところで何してる。お気に入りの幼女でも探してたのか」

「おまえ、なぜ俺のことを、そういう人種だと決め付けるんだ？」不満そうな長嶺は、指先で顔の眼鏡を押し上げると、「仕事にきまってるだろ。怪しい人物の目撃情報を求めて、聞き込みをおこなっている最中だ」

「聞き込みねえ」どうせ小学生以下の女の子相手だろ。「で、収穫はありそうなのか」

「まあ、なくもない。いろんな情報を聞かされたよ。草野球の試合で一試合4三振を喫したユニフォーム姿の男が、ボウガンで鴨を狙い撃ちしたとか、同じくユニフォーム姿の男が、ボウガン片手に夜の公園をうろついていたとか、まあ、様々だな」

「そ、そうか……」どうやら俺に関する間違った噂は、妙な尾ひれまで付いて、溝ノ口界隈をひとり歩きしているらしい。俺はぎこちない笑みを浮かべながら、街の噂をやんわりと否定した。「お、俺が思うに、その4三振の男は殺人とは無関係だと思うなあ」

「まあ、そうかもな。もともと、この手の通り魔事件では、根も葉もない噂が飛び交うものだ。地道に情報を精査していくことが大事だな。――ところで、橘」

長嶺はふいに声を潜めると、真っ直ぐ俺を見据えたままで、「俺の背後に大きな楓《かえで》の木があるだろ。その陰に隠れるように、男がひとりいると思うんだが、どうだ、見えるか？」

「楓の木の陰!?」俺は友人の背後に立ち並ぶ樹木へと視線を向け、それから、ゆるゆると首を左右に振った。「すまん長嶺。考えてみると、俺には楓の木もクヌギもブナも、まるで見分けがつかんのだ。俺に判る樹木といえば、満開の桜の木ぐらいのもんだからな」

正直に告白する俺の隣で、有紗が「ハァ」と溜め息を吐く。「良太、情けない……」

「仕方がないな。橘に聞いた俺が馬鹿だった」

長嶺は諦め顔で呟くと、次の瞬間、大胆に百八十度身体を反転させる。そして、そこに立つ一本の樹木に向かって張りのある声で訴えた。「そこにいるのは、誰です！　姿を見せてもらえませんか！」

すると大きな樹木の背後に、確かな人の気配。――そうか、あれが楓の木か！

ひとつ賢くなった俺の目の前で、ひとりの若い男が樹木の陰から姿を現す。白いTシャツにダメージジーンズ。ショルダーバッグを肩からぶら下げた銀縁眼鏡の男だ。

オドオドした様子を見せる謎の男に、長嶺は大股に歩み寄る。胸のポケットから警察手帳を取り出しながら、「溝ノ口署の者です。少々お話をお聞かせいただけ――あッ！」

刑事の言葉を皆まで聞かず、若い男はいきなり踵を返すと脱兎のごとく逃走を始めた。

「おい、待ちなさい、君！」

叫ぶや否や、長嶺は逃げる男の背中を追って猛然と駆け出した。

一部始終を見詰めていた有紗は、「逃げるなんて絶対怪しい！」と一方的に決め付けると、立ちすくむ俺に向かって叫んだ。「なに、ぼんやりしてるのさ。いくよ、良太！」

手にした日傘を放り捨て、勢いよく駆け出そうとする有紗。そのロリータ服の背中を、俺の右手がむんずと掴む。少女は地面の上で両足を虚《むな》しく空回りさせながら、

「コラ、放してよ、良太、なにすんのよ……」

激しく抵抗する彼女の背中に向かって、俺は厳しい声でいった。

「よせ、有紗！　あいつがボウガンの使い手だったら、どーするんだよ！」

6

翌日の昼間、午後一時を過ぎたころ。場所はJR武蔵溝ノ口駅前から延びる商店街、ポレポレ通りにある軽食と喫茶の店『ぽるぽる』。カウンターでは暇そうなマスターが音を消したテレビ画面をぼんやりと眺めている。夏の高校野球選手権の生中継だ。といっても甲子園ではない。地元のローカル局tvkが放送する神奈川県予選だ。灼熱の太陽に照らされた保土ヶ谷球場では、いままさに球児たちの死闘が繰り広げられているのだ。

「この暑さの中、ご苦労なこった……」

と呟く俺はクーラーの冷風が当たる窓辺のボックス席に座っていた。隣には普段どおりのロリータファッションに身を包む有紗の姿。そんな俺たちの目の前には、ひとつの皿に盛ら

れた巨大な白くまがその勇姿を見せ付けている。

白くまとは鹿児島から伝来した巨大なカキ氷のことだ。練乳とフルーツに彩られたその白い氷のバケモノに向かい、俺と有紗は同時にスプーンを差して、まずは最初のひと口。甘い練乳と滑《なめ》らかな氷の感触が口の中でとろける。「う、うめえ！」思わず唸る俺の隣では、有紗がスプーンをくわえたまま感激の面持ちで「お、おいしい……」と呟きながら眸を潤ませている。あまりの美味さに調子に乗った俺たちは、山盛りの氷をスプーンですくって、もうひと口。続けてひと口。もうひと口。するとその直後、ついにお待ちかねのアレがきた、きたきた、キタキタキタッ「キタァ――ッ！」

脳の中でジェット機が宙返りするような、キーンとくるこの痛み！　俺と有紗は二人揃って顔を顰《しか》めると、「かーッ、たまんねえなあ、有紗」「くーッ、たまんないねえ、良太」と互いに歓喜の声を漏らしながら、首の裏側を自分の拳でトントントントントン叩きまくる。

畜生、これだ、これ！　これぞまさしく真夏にカキ氷を喰らう醍醐味《だいごみ》ってやつだぜ！

夏ならではの充実感にどっぷり浸《つか》る俺たち。その正面にはワイシャツ姿の長嶺勇作の姿。白くまと格闘中の俺たちの様子を、軽い侮蔑の表情で眺めながら、彼はひとり馬鹿みたいにホット珈琲を飲んでいる。本当は白くまに頭からかぶりつきたいくせに、スカした奴だ。

俺は頭の中のジェット機が飛び去るのを待ってから、目の前の友人に尋ねた。

「で、長嶺、俺たちに用ってなんのことだ。昨日の件の続きか」

「ああ、いちおう報せておいてやろうと思ってな。気になるだろ、あの後どうなったか」

「そりゃあ、気になるさ。俺たちの話を盗み聞きしていた若い男、あれからどうなったんだ？　ニュースや新聞でも取り上げられていないようだが、まさか逃げられたりはしてねーよな？」

「ああ、少してこずったが散々追い掛け回した挙句に、やっと捕まえた。その場で逮捕だ」

長嶺勇作、とんだ暴力刑事だ。俺は「おいおい」と呆れた声を漏らした。「逃げただけで逮捕とは横暴じゃないか。いくら見た目が怪しいからって……」

「怪しいだけじゃない。彼は逃走中に数人の歩行者を突き飛ばしてるし、俺のことも一発殴った。傷害罪および公務執行妨害だ。逮捕は当然だな」

そして長嶺はテーブルの上に若い男の写真を差し出した。「飯田《いいだ》孝平《こうへい》、二十五歳。居酒屋でバイトしている男だ。橘の知り合いか？」

俺は写真の中の銀縁眼鏡の男の顔をマジマジと見詰めながら、

「いいや、知らない奴だ。――有紗は見覚えあるか、こんな顔？」

白くまの頂き越しに写真を一瞥した有紗は、「こんな人、知らなぁーい」と首を振ってから、再び白くまとの格闘に戻る。俺は写真の男の顔を指先で叩きながら、友人に尋ねた。

「この男、どういう男なんだよ。昨日は、なんで殺人現場をうろついていたんだ？　しかも、いきなり逃げ出したりして。なにか後ろめたい事情でもあったのか？」

「飯田孝平は定職を持たずにアルバイトを転々としながら暮らしている男だ。まあ、それだけなら普通のバイト青年なんだが、実は彼には密かな趣味があってな。それがなんとボウガンだ」

「ボウガン！」俺は思わず身を乗り出した。「やっぱり、そうだったのか」

「ああ、彼の部屋には三丁のボウガンと数十本の矢があった。いずれもネットを通じて購入したものだ。彼はそれを用いて部屋の中で的を撃って遊んでいたらしい」

「部屋の中で的を撃って？　それって何が面白いんだ？」

「まあ、そうだよな。実際、飯田も的を撃つだけではモノ足りなくなったらしい。そこで彼は鞄にボウガンを忍ばせて、街へと出るようになった。運動公園の池の鴨を撃ったのは、まさしく彼だ」

「認めたのか、自分が犯人だってことを？」

「ああ、鴨についてはな」

「鴨についてだけか。じゃあ、剣崎監督を撃ったことについては？」

「その点、飯田は断固として否定している。確かに鳥は撃ったが、人間を撃ったことはない、というんだな。運動公園でボウガンを使った殺人事件が発生したというニュースを聞いて、飯田は誰よりもショックを受けたそうだ。あまりに気になるので現場となったグラウンドを見にきた。それが昨日の昼のことだ。そしたらイケメン刑事が容疑者の親子連れを問い詰めている様子だったので、思わず楓の幹に身を隠し、彼らの話に聞き耳を立てた——と、そんなふうに飯田は主張しているんだが、なにか疑問な点はないか？」

「疑問？　いや、べつにないな」

　アッサリ首を振ると、隣の有紗が「良太ぁ！」といってバシンとテーブルを叩いた。皿に載った氷の山が弾みでパサリと崩れ落ちる。有紗は中腰の体勢で叫んだ。「あるじゃないよ、大きな疑問が！　なんで、あたしと良太が『親子連れ』に見えるのさぁ！」

「なるほど、それもそうか」デカすぎる疑問点は、案外目に付かないものだな。俺は苦笑いしながら、ポリポリと頭を掻いた。「まあ、俺と有紗じゃ兄妹には見えねえだろーし、仕方ねーじゃんか。向こうは俺のことをカネで雇われた子守りだなんて知らないんだしよ」

　だからって、なにも親子に間違えなくても……と、膨れっ面の有紗をよそに、俺はあらためて長嶺へと顔を向けた。「人間を撃っていないと飯田が主張するのは当然のことだ。しかし、だからといって警察はまさか、そいつの主張を鵜呑《うの》みにはしてないよな？」

「もちろんだ。飯田自身は否定しているが、剣崎英雄をボウガンで撃ったのも、やっぱり彼だろうと思う。だから後日、彼は気になって犯行現場を見にきた。犯人は現場に戻るという格言どおりだ。飯田が今回の通り魔事件の真犯人である可能性は、極めて高いと思うぞ」

もちろん決め付けるわけにはいかないけどな——といちおう慎重な姿勢を見せながら、長嶺は珈琲をひと口啜る。言葉とは裏腹に、その表情にはすでに事件は解決したといわんばかりの安堵感が漂っている。そして彼は釘を刺すように、俺に向けてこういった。

「まあ、そういう状況だから、おまえもこれ以上、事件に首を突っ込む必要はないぞ。そもそもおまえ、誰かに探偵として雇われたわけじゃないんだろ。——ねえ、有紗ちゃん？」

「うん、長嶺さんのいうとおりー。良太は探偵じゃなくて有紗のお守り役なのー」

無邪気さを装う有紗の言葉に、幼女好きの変態刑事は相好を崩す。その様子を眺めながら、俺は心の中でそっと溜め息を吐いた。

——長嶺、おまえ、なんにも判ってねえな。確かに俺は探偵じゃないけど、俺の隣にちょこんと座ってカキ氷食ってる、この子が探偵なんだよ。だから彼女が事件に首を突っ込もうとする限り、お守り役の俺は手を引くわけにはいかねーんだって。

だが、そんな俺の微妙な立場など知る由もない長嶺は、「それじゃあ、俺は仕事に戻るから」といって、ひとり席を立った。カウンターの向こうで野球中継を眺めているマスターに対して、きっちり自分の珈琲代だけを支払う。そして彼は何を思ったのか、また俺たちのいるボックス席へ舞い戻ると、いきなりこんなことを口にした。

「そうそう、野球で思い出したんだが、この時季、決まって違法なトトカルチョをやる連中ってのが現れる。橘も妙な誘いには絶対乗らないようにしろよ。ましてや胴元になって、美味い汁を吸おうなんて間違っても考えるんじゃないぞ。判ったな、橘」

「あー判った判った。ていうか、そんなこと考えるか、普通」うるさそうに手を振る俺。

「ならば結構」と満足そうに頷いた長嶺は、「じゃあね、有紗ちゃん」とお気に入りの幼女に向かって軽く右手を挙げながら、店の玄関を出ていった。

「またねー」と可愛く手を振りながら刑事の背中を見送る有紗。だが再びテーブルに向き直ったとき、彼女の表情からは愛らしい笑みはすっかり消えていた。代わってそこに表れているのは、全然納得いかないといわんばかりの不満げな表情だ。有紗は目の前の白くまにスプーンを突き刺しながら、「どうやら警察は監督殺しと矢鴨の事件を同一人物の犯行だと考えているみたいね」

「凶器が同じだからな」

「でもボウガンは拳銃とは違うよね。剣崎監督の胸に刺さった矢と、鴨に刺さった矢。この二つが同じボウガンから発射されたと考える根拠は、どこにもないはずだよ」

「そりゃあ、そうかもしれないが……」

「むしろ、この監督殺しの犯人は矢鴨騒動に便乗したんじゃないかしら。ボウガンが趣味の飯田って男に罪をなすりつける。そのことを最初から目論んだ犯行ってこと……」

まるで独り言のように呟きながら、有紗は機械的にスプーンを動かし、目の前のカキ氷を次々に口に運ぶ。「つまり監督殺しは警察が思うような通り魔事件なんかじゃない……剣崎監督に対する明確な殺意を持った人物による計画的な犯行……どうもそんな気が、気が、き、き、きたきた、キタキタキタッ、キッタァ——ッ！」

有紗はすっぱいものを嚙み締めたようなしかめっ面を浮かべると、いきなり首の裏側を俺のほうに向けながら、「ほら、良太ッ、ここトントンして！　ここ、トントンって！」

馬鹿かよ。そういうことは自分でやれ！

俺は有紗の首の裏側を、一発だけ「——トンッ！」と強めに叩いてやった。

7

溝ノ口の喫茶店を出た俺と有紗は、その足で南武線の黄色いラインの電車に乗り込み、お隣の武蔵新城駅へと向かった。新城は俺の地元であると同時に、剣崎監督の地元でもある。彼にまつわる情報は、新城で集めるのが正解だ。中でも監督の人となりをよく知るのは、やはり新城ホッピーズの面々だろう。俺は電車に揺られながら、隣の有紗に説明した。

「岩代剛史っていう顔馴染みのへボピッチャーがいる。そいつに話を聞けば、剣崎監督について何か判るかもしれない。あるいは岩代自身が凶悪犯って可能性もあるが——おい有紗、聞いてんのか？」

するとキ有紗は前方に広がるパノラマを眺めながら、「ごめん、いま話しかけないで」とキッパリした態度。彼女はわざわざ先頭車両のいちばん前に立ち、運転席が見えるガラス窓にへばりついているのだ。以前にも見かけた光景だが、どうやらこの少女は意外に鉄道オタクらしい。

そうして束の間、運転手気分を味わった有紗は、武蔵新城の駅に降り立つと、あらためて俺に聞いてきた。「で、そのへボピッチャーは、どこにいけば会えるわけ？」

「駅前のアーケードに老舗《しにせ》のだんご屋がある。岩代はそこの若旦那らしい。でも、くれぐれもいっとくが、本人の前でへボピッチャーって絶対いうんじゃねーぞ。判ったな？」

うん判った、と頷きながら有紗は改札口を出る。俺たちはそのままアーケード街へと真っ直ぐ進んだ。三分後、お目当てのだんご屋を探し当てた俺たちは、暖簾《のれん》をくぐって店内へと足を踏み入れる。店番を務めているのは、白髪の目立つ初老の女性だ。様々な種類の串だんごが並ぶガラスケースを眺めながら、少女はいかにも子供らしく眸を輝かせた。

「んーとねー、有紗、黒ゴマがいいなー、良太はー？」

「…………」俺はだんごを買うとは、ひと言もいっていないのだが。「まあ、いいや。じゃあ、俺、みたらし」

　すると有紗は白髪の女性に向き直り、いつも以上に元気な声で、「おばさーん、黒ゴマ一本とみたらし一本。それと岩代剛史っていうヘボピッチャーいる？」

　少女は意外と鳥頭なのか、俺の忠告をたった三分で忘れたらしい。それとも本人の前じゃないから、ギリギリセーフだとでも考えたのか。思わず冷や汗を掻く俺の前で、白髪の女性はニヤリと笑みを浮かべながら、「はい、黒ゴマ一本とみたらし一本。それと、うちの馬鹿息子だね。ああ、いるよ」といって店の奥へと大声で叫んだ。「剛史、お客さんだよーッ」

　間もなく、白い作業着を着た長身の男が店の奥からぬっとその姿を現した。岩代剛史だ。俺と有紗は揃って片手を挙げながら、「やあ、大エース、久しぶりだな」「ねえ、ちょっと聞きたいことがあるのー」といって、ぎこちない笑みを浮かべた。

　岩代は不審そうな表情を浮かべながらも、俺たちの急な訪問を受け入れた。店の片隅にあるイートイン・スペースに移動し、小さなテーブルを挟んで向き合って座る三人。岩代は俺たち二人の関係性についてはよく理解できない様子だったが、用件についてはだいたい察しが付いているようだった。

「どうせ例の殺人事件の話だろ。何が聞きたいんだ。剣崎監督のことか？」

「さすが大エース。球も速いが話も早いな」

俺は愛想笑いを浮かべながら単刀直入に尋ねた。「剣崎監督のことを恨んだり憎んだりしていた人物、あるいは彼を殺して得する人物とか、そういうのに心当たりはないか」

「ほう、その口ぶりだと、君は監督を殺したのは通り魔ではないと考えているってわけだな。なにか、そう考える根拠でもあるのか」

「いや、べつに根拠はない。敢えていうなら小四女子の勘だ」俺は隣の少女を指差す。

小四女子は黒ゴマだんごの串に、いままさにかぶりつこうとするところだった。

「ふーん、女の子の勘ね。まあ、なんだっていいや」

岩代は腕組みしながら話を続けた。「剣崎監督は家族もいなかったし金持ちでもなかった。あの人を殺して誰かが得するとは考えにくい。だが、あの人のことを殺したいほど憎んでいた人物なら、あるいはいたかもしれないな」

「どういうことだ？」

「あの人が以前、高校野球で監督を務めていたことは知っているか」

知っている、と俺は即答した。すると岩代は続けざまに、こう聞いてきた。

「では、あの人が高校野球の監督を辞めて、しがないポンコツ草野球チームで采配を振っていたのはなぜか。その点については何か聞いているか」

「いいや。その点は俺も尋ねてみたんだが、本人は口を濁すばかりだったな」

ていうか、おまえがホッピーズをポンコツ呼ばわりしていいのか？　おまえはポンコツの中のエースってことになるんだぞ。判ってるか？　俺が微妙な視線を向けると、岩代は真剣な表情のままで、おもむろに口を開いた。

「剣崎監督は高校野球の監督時代に、部員のひとりを事故で失っている。練習中の事故だ。彼の打ったノックの打球が生徒の頭を直撃してな、その部員はそのまま真後ろに転倒し、固いグラウンドに後頭部を打ちつけて意識を失った。すぐさま救急車で病院に運ばれたが、打ち所が悪かったんだろうな。意識が戻らないまま亡くなったそうだ」

剣崎英雄の野球人生の裏側にある、思いもよらない悲しい事情。その意外な深刻さに、有紗は食べかけたみたらしだんごを、いったんテーブルの上に戻した。――て、おい！　そのみたらしは俺のじゃないか。なんで、おまえが食ってるんだよ！

だが、いまは彼女の行為を咎めている場合ではない。俺は再び岩代に向き直った。

「ふーむ、そんなことがあったのか。でも、それは正真正銘の事故なんだろ。剣崎監督だって、部員を痛めつけるためにノックをしたわけじゃない。それでも責任問題になるのか」

「さあな。そのへんの事情は俺も知らない。しかしまあ、遺族にしてみれば、監督を恨みたくもなるんじゃないか。一種の逆恨みってやつさ」

なるほど、確かに逆恨みなのだろう。だが逆恨みが高じて起こる殺人事件も、この世の中では珍しくない。俺は岩代に聞いた。

「その亡くなった野球部員、なんて名前か判らないか？」

「うーん、俺は直接知らないが、俺の親戚の友人が、その事故のあった野球部の女子マネージャーを口説こうとした男の舎弟の兄貴だったはずだ。そいつに聞けばなにか判るかも」

え、え、おまえの親戚が⁉　女子マネージャーを口説こうとした男の舎弟の、何だって⁉

俺はキョトンとした顔を有紗と見合わせ、それからあらためて岩代に頼み込んだ。

「まあ、何だっていいや。とにかく、その舎弟って奴に聞いてみてくれねーか」

「舎弟に聞くんじゃない。舎弟の兄貴が俺の親戚の友人で……まあいい。とにかく任せろ」

岩代はポケットの中から取り出したガラケーをパカッと開いて、誰かと通話を始めた。親戚、友人、舎弟、と電話の相手は次から次へと移り変わり、ついにそれは野球部の元マネージャーへとたどり着く。やがて彼女との通話を終えた岩代は、ガラケーを仕舞いこむと、意外そうな顔を俺たちに向けた。「死んだ野球部員の名前、判ったけど……」

「おう、助かる。で、なんて名だ？」

「吉岡君って子だったそうだ。下の名前は彼女も覚えていないらしいけど、吉岡っていや、溝ノ口ホルモンズにも吉岡哲司ってのがいたよな。俺たちと一緒に死体を発見した奴が。これって偶然か……？」

8

翌日は真夏の陽射しも多少は和らいだ曇天の一日。

午後三時を過ぎた総合運動公園。その野球専用グラウンドでは、溝ノ口ホルモンズVS武蔵小杉マテンローズの一戦が間近に迫っていた。

武蔵小杉駅といえば武蔵溝ノ口駅から南武線で三つ先のご近所。当然、両者のライバル意識は強いのだが、近年、武蔵小杉駅周辺は再開発が猛烈な勢いで進み、雨後の竹の子のようにニョキニョキと高層ビルが誕生。いまや小杉は摩天楼の聳える近代都市として生まれ変わり、周辺の中原や新城、そして溝ノ口の住人を思いっきり見下している。——え、べつに見下しちゃいないって!?　いいえ、嘘です、そんなわけないですって。高層マンションで優雅に暮らす彼らは、新城とか溝ノ口とか馬鹿にしてるにきまってます。なにせチーム名にマテンローズとか平気で付けちゃう人たちですよ！　まったく、どう思います、この高飛車なセンス！

「――ねえ、なにブツブツいってんの、良太？」

と隣で有紗が怪訝な表情。「ひょっとして小杉の悪口？　いけないいんだよ、そういうの」

「馬鹿、違うって！　悪口じゃなくて単なる冗談。小杉の人たちは全員いい人さ。新城や溝ノ口の住人となんら変わることのない普通の庶民だ。だって所詮は武蔵小杉だって南武線沿線だもんな」

「うーん、それって、なおさら小杉のことを悪くいってるみたい……」

顎に手を当て、ツインテールの黒髪を揺らす有紗。身に纏う衣装は、例によって不思議の国から飛び出してきたようなロリータ服だが、今日は曇り空なので日傘は差していない。

だが曇天とはいえ、情報によれば本日の最高気温は三十度、湿度は七十五パーセントを超えている。試合終了までに死人が出ないことを祈るばかりだが、どっちにせよ、俺たちは野球をするために運動公園に出向いたわけではない。目的はあくまでも剣崎監督殺害事件の真相を究明することにある。そこで俺と有紗は試合前の溝ノ口ベンチを覗いてみた。そこにはすでにホルモンズの山下昭二監督がいて、ベンチにどっかと腰を下ろしていた。

「ども、お久しぶりです、山下監督」と声を掛けてみるが、なぜかまったく反応がない。

俺と有紗は不思議そうに顔を見合わせる。そこで俺は山下監督の目前まで歩み寄り、爽やかな笑顔を浮かべながら、

「よお、この野郎、この間は、よくも俺のことを使い捨てにしてくれたな。礼をいうぜ。ありがとよ、へボ監督」

といって深々と一礼してみせた。山下監督は両耳に差したイヤホンを慌てて引き抜きながら、下膨れの顔にぎこちない笑みを覗かせた。

「や、やあ、橘君じゃないか。どうしたんだね。今日は君の助っ人を頼んだ覚えはないが」

彼の耳に差してあったイヤホンからは、野球の実況中継の音声が漏れている。おそらくは高校野球の神奈川県予選だ。自分たちがこれから過酷な戦いに臨もうというときに、高校野球の試合結果まで気にするなんて、どれほど野球馬鹿なのか。呆れる思いの俺は、あらためて山下監督に真剣な表情を向けた。

「実は、殺された剣崎監督について気になる話を耳にしたんですがね」

そう前置きした俺は、剣崎監督がかつて引き起こした練習中の事故について手短に説明。それから声のボリュームを落として山下監督に質問した。「で、思ったんですよ。ホルモンズの吉岡哲司さんって、ひょっとしてその事故で亡くなった野球部員の血縁者なんじゃないのかってね。そのあたりのこと、山下監督ならば何かご存知じゃありませんかね？」

「なんだ、そんなことか」山下監督は一瞬考え込むような仕草を見せてから、「ふむ、そういえば吉岡君には、事故で亡くなった弟さんがいたと、そんな話を聞いたことがあるな。野球の練習中の事故かどうかは知らないが……」

とそのとき突然、背後から男の声。「――ええ、まさしく練習中の事故ですよ」

慌てて振り向くと、そこにはホルモンズのユニフォームに身を包む若い男の姿。吉岡哲司だ。彼は俺のもとへと真っ直ぐ歩み寄ってくると、挑むような視線を向けてきた。

「確かに、俺の弟は剣崎監督のノックの打球を受けて死んだ。それがどうかしたかい、橘君？　俺がそのことを恨みに思って、深夜のグラウンドで剣崎監督を射殺したとでも？　しかもボウガンで？」

俺が言葉に詰まっていると、吉岡は腰に手を当てながら、「ははは！」と豪快に笑い飛ばした。「馬鹿な。俺はそんな真似しない。弟の死は不幸な事故だ。べつに剣崎監督の責任じゃないさ」

「で、では、剣崎監督はご存知だったんですか。あなたが昔、自分のノックを受けて死亡した吉岡君の兄であるということを」

「さあ、たぶん知らなかったんじゃないかな。俺も敢えて名乗ったりはしなかったし」

そのとき突然、俺の背後から有紗がいった。

「知られると、復讐《ふくしゅう》がやりづらくなるから？」

「――あん⁉」吉岡はいま初めてその存在に気付いたとばかりに、驚きの表情をロリータ服の少女へと向けた。「復讐だって⁉　とんでもないよ、お嬢ちゃん。いま、いっただろ。剣崎監督に責任はないんだ。俺も彼のことを恨んじゃいない。弟だって、そんなことで監督を恨むような奴じゃなかった。それにきっと剣崎監督だって、事故の後はつらい目に遭ってきたはずだからね」

「とかなんとかいって、本当はずっと復讐の機会を狙っていたんじゃないの？」

「なにッ」吉岡は顔色を変えながら、俺を見やる。「おい君、この子は誰だ。君の子か？」

いやいや、とんでもない。この子は赤の他人でして、この子の発言に関して、俺はいっさい責任持てませんから――と激しく首を振る俺の隣で、少女はなおも強気に捲し立てた。

「最近、池の鴨が矢で射られる騒動が起こったよね。いまボウガンを使って剣崎監督を殺害すれば、鴨を撃った犯人にその罪をなすりつけることができる。あなたはそう思って……」

「ふ、ふざけるなあ！」冷静な吉岡が怒りに声を震わせる。その顔は興奮のあまり朱に染まっていた。「子供だと思って、黙っていわせておけば、勝手なことをペラペラと……」

「か、勝手なことじゃないもん。あ、あり得ることだもん！」

「あり得るものか。そもそも俺はボウガンなんてもの、持ったこともない。その俺が十数メートルも先に立つ人間を、どうして一撃で仕留められるんだ。しかも深夜の暗闇の中で。そんな曲芸みたいな真似、できるわけがないじゃないか」

「で、できるわけがないかどうか、わかるわけがないかどうか、ま、まだわかんないんだ、もん！」

「なに、無茶苦茶いってんだ。大人をからかうのもいい加減にするんだな、お嬢ちゃん！」

「オ、オト、オトナをガラガッてッなんかッ……ないモン……ア、アッ、アリッサッ、ウッウッウッ、ウヲォウヲォッ、ウヲットナ、ウヲッウヲッ、オトナヲッ、ガラカッ、カ、カ、カラカッテ、ナンカッ、ナッナッ、ナイムヲンッ、ンクッンクッ、エックエック……」

おい有紗、どこかの県議会議員の号泣記者会見みたいになってるけど、それってワザとやってるのか。なんだかずいぶんと時機を逸してるような気がするぞ。それともマジ泣きか？

少女の真意は藪《やぶ》の中だが、ともかく、これ以上は見ていられない。俺は泣きじゃくる有紗を背中に隠すようにしながら、

「まあまあ、吉岡さん。子供のいうことですから、そう本気にならないで」

すると吉岡も我に返ったような表情を浮かべて、「あ、ああ、確かに君のいうとおりだな。我ながら大人げないところを見せたようだ。いや、すまない――」そして彼は三塁側のベンチを一瞥しながら、咄嗟に話題を変えた。「やあ、マテンローズもメンバーが揃ったようですよ。監督、そろそろ試合を始めようじゃありませんか」

「う、うむ、そうだな」山下監督も頷いてベンチから立ち上がる。

気が付けば、いつの間にか両軍のベンチ前には、ユニフォーム姿の選手たちが勢揃い。ロリータ服で泣きじゃくる有紗の姿は、すっかり注目の的になっているのだった。

こうして始まった溝ノ口ホルモンズVS武蔵小杉マテンローズの一戦だが、それは予想どおりの死闘となった。地価や交通の利便性で劣っているとしても、野球だけは負けたくない溝ノ口。だが一方の小杉には潤沢な資金と、それによって掻き集められた強大な戦力がある。

意地と力のぶつかり合いをひと目見ようと、グラウンドには大勢の野次馬がつめかけた。大きな桜の木に梯子《はしご》を立て掛け、横木に腰を下ろしながら観戦している連中までいる。さっきまで泣きじゃくっていた有紗も、いまはけろりとした顔で、バックネット裏からホルモンズに声援を送っている。俺はそんな有紗の中に確かな《ノクチ愛》を見た。

そうこうするうちに試合は九回裏。4対3でマテンローズが1点をリードする展開。だが敗色濃厚と思われたホルモンズも意地を見せて、2アウトながら満塁という絶好のチャンスを作り上げる。一打出れば溝ノ口の逆転サヨナラ勝利。アウトならば小杉の逃げ切りだ。

このシビれる場面で打席に向かうのは、ゲームの途中から時給五百円で急遽雇われた伝説の男、橘良太だ。たちまち一塁側溝ノ口ベンチから、悲鳴にも似た不安の声が湧き上がる。

「また、アイツだ！」「まるでデジャビュだな！」「代打はいないのか！」

ふん、馬鹿な。代打で出す選手がいるくらいなら、山下監督だって俺を雇ったりしない。試合途中で選手が二人ばかり軽い熱中症でパタリパタリと倒れたから、代わりに俺が出てやっているのだ。

「文句いってる暇があるなら、ヒーローインタビューの準備でもしとくんだな」

これといって根拠のない強気な言葉を吐きながら、俺は悠然とバッターボックスへ。

一方マテンローズのエースは、名門横浜高校野球部であの松坂大輔の再来と呼ばれたことがあります、本当です、マジでそう呼ばれたんですから！　と自分で言いふらして回るような奴なんだとか。負ける気がしないとは、このことだ。

俺は打席の中でバットを高く構えながら、

「きやがれ、ニセ松坂！」

「やかましい、これでも喰らえ！」

相手エースが悪意を込めて投じた初球は、顔面スレスレの剛速球。だがボールの軌道を完璧に見切った俺は、顔を少し動かしただけで軽々とそれをよける。たちまち味方のベンチから、「なぜ、よける！」「当たってりゃ同点なのに！」「この根性なし！」と手厳しい野次が飛ぶ。やれやれ、まったく他人の身体をなんだと思っているんだか。

呆れているうちにカウントは進み、気が付けば3ボール2ストライクのフルカウント。そして勝負を決する最後の一球――

相手エースが渾身の力で投げ込んできたのはインハイのストレート。苦しい体勢でなんとかバットに当てると、打球は一塁側へのファウルフライとなって大きな桜の木を直撃。立て掛けた梯子の上で観戦していた数名が慌てて地上に飛び降りる。バックネット裏からは、

「良太ぁ、今度は前に打ってよねー」と有紗の声が飛ぶ。判った判った、任せとけって！

余裕を見せながら、あらためて右打席へ入る俺。そうして迎えた仕切り直しの一球。

「畜生、これで仕舞いだ！」相手投手が全力で投じた球は、なんとド真ん中のストレート。

これぞ待ちかねていた絶好球。これなら昼寝しながら目ぇ瞑ってでも打ち返せるぜ！

「よっしゃ、もらったあぁぁぁ――ッ」

雄たけびとともに猛然とバットを振り出す俺。だが次の瞬間、いきなりバックネット裏から、「あああぁぁぁ――ッ」と聞き覚えのある少女の声。

あまりの素っ頓狂な叫び声に、俺は思わず腰砕け。弱々しいスイングに弾かれた打球は、ワンバウンドで相手投手のグラブに収まった。万事休す。山なりのボールが一塁に送られ、呆気なく熱戦に終止符が打たれた。

歓喜に沸く三塁側マテンローズのベンチ。一方の一塁側からは、「ふざけんな！」「カネ返せ！」「まさにデジャビュだ！」というホルモンズナインの怒りの声。一塁手前でアウトに

なった俺は早々にヘルメットを放り捨てるや否や、いきなり三塁側へと走って逃げた。

そんな俺を追い掛けてきた有紗が背後から叫ぶ。「良太、良太ッ、なんで逃げるのさ」

「馬鹿、味方のベンチに戻ったら、今度こそ半殺しにされちまうだろ」俺は走りながら、少女に向かって不満をぶつける。「おまえが変な叫び声をあげるから、こうなったんだぞ！」

「だって、しょうがないじゃない。――そんなことより、良太、判ったんだよ」

「はあ、判ったって、なにが？」俺は彼女と併走しながら聞き返す。

探偵少女は息を弾ませながら、キラリと眸を輝かせた。

「トリックだよ、トリック！　犯人のトリックが判ったの！」

9

とっぷり日の暮れた夜の総合運動公園。野球専用グラウンドは、先ほどまで繰り広げられていた熱闘が嘘のようにシンと静まり返っている。いまごろホルモンズの連中は、溝ノ口駅付近に立ち並ぶ超庶民的な呑み屋街あたりでホッピー片手にホルモン焼きと『敗北』の二文字を嚙み締めているに違いない。

慎重にあたりを見渡した俺は、「誰もいないみたいだな」と呟きながら、青いロリータ服の少女に顔を向けた。「で、ここで何をやらかそうっていうんだ、有紗？」

「んーとねえ」少女はツインテールを揺らしながら、一塁側に視線を向ける。そして満足そうにひとつ頷きながら暗闇に向かって真っ直ぐ指を差した。「――そう、あれあれ！」

そこに立つのは一本の大きな桜の木だ。太い幹には銀色の梯子が立て掛けたままになっている。有紗は小走りにその桜の木へと駆け寄った。訳が判らないまま俺も後に続く。

桜の木にたどり着いた有紗は、立て掛けてある梯子を両手に持ち、どこかに移動させようとする様子。だが、すぐにバランスを崩して、「おっとっとっと」と二、三歩よろけたかと思うと、「あッあッ、あれぇーッ」と悲鳴をあげながら梯子もろともバッタリと地面に倒れこんだ。

「…………」俺は思わず溜め息だ。「いったい、なにがやりてーんだ、おまえ？」

地べたにしゃがみこんだ有紗は、しょんぼりと肩を落としながら、「んとね、この梯子をいっぱいに伸ばしたいんだけど……」

「梯子を伸ばす!?」そう呟きながら、俺は目の前の梯子を眺めた。

それはアルミニウム製の梯子で、長さは一般的な住宅の二階の窓に届く程度。ざっと四メートルといったところか。だが、よくよく見れば、それは伸縮機能のある特製の梯子。通常は四メートル程度の長さしかないが、内蔵した梯子をいっぱいまで伸ばせば、二倍近くの長さになるという優れモノだ。

「判った。この梯子をいちばん長い状態にするんだな。簡単じゃないか。ふんふん、この出っ張りを押し込んだ状態で、梯子を引っ張ってやればいいんじゃねーか……」

よく判らない操作方法を、おおよその見当でやってみると、これが大正解。梯子はたちまち二倍近い長さになった。正確には、重なり合う部分があるので二倍ではない。全長は七メートル半といったところか。「これでいいのか、有紗？」

「うん、上等上等！」満足そうに頷いた有紗は、おもむろにその顔をグラウンドへと向けた。そしてマウンド付近を指差しながら、いきなり俺にこんな質問。「ねえ良太、ホームベースからマウンド上のピッチャーズプレートまで何メートルだったっけ？」

「前にも言ったろ、おおよそ十八メートルだ」

「じゃあ、ファウルグラウンドからピッチャーズプレートまでの最短距離は何メートル？」

「ん!?　ファウルグラウンドからプレートまでの最短……ってことは、つまり……」

俺は野球のダイヤモンドの平面図を脳裏に描いた。本塁からピッチャーズプレートまでは約十八メートル。だが、これは最短距離ではない。最短になるのは、本塁から一塁（もしくは三塁）へと向かう直線上の中間点。そこからピッチャーズプレートまで真っ直ぐ引いた線が最短距離ということになる。では、これが果たして何メートルになるのかというと、そこには超難解な三角関数が立ちはだかってくるので、もはやこれは算数ではなく数学の問題となる。

俺は恥をかかないうちに両手を高々と掲げた。「――ギ、ギブアップ。降参だ、有紗！」

「諦めるの早いよ、良太、よく考えて。要は塁間の距離が判ればいいだけの話。本塁とピッチャーズプレートと一塁が描く図形は直角二等辺三角形でしょ。で、ピッチャーズプレートから本塁までが約十八メートルってことは、本塁から一塁までの距離は18×$\sqrt{2}$でいいんだよね」

「そうだ、そのとおり！」闇雲に頷く俺。

「本当に判ってるの、良太ぁ」有紗は疑惑に満ちた視線を俺へと向けた。

「…………」やばい。マジで馬鹿だってことがバレてしまう。危険を感じた俺は、素早くその場にしゃがみこむと、「ええっと、18×$\sqrt{2}$ってことは、ひとよひとよにひとみごろ……18×1・41だから……」と呟きながら、落ちていた木の枝で地面に数式を書きながら必死で掛け算に取り組む。「畜生、なんか俺、レベルの低いガリレオ先生みてーじゃねーか」

「ううん、そんなことないない。恰好いいよ、良太。頑張って」

ニヤニヤと笑う有紗の前で、俺はなんとか計算を終えた。「18×$\sqrt{2}$＝25・38だ。だいたい二十五メートルちょっとってことだな」

「そう、それが塁間の距離。てことは、塁間の真ん中からピッチャーズプレートまでの距離は？」

「ちょうどその半分になる。十二メートル半ってところだな」

「そっか。じゃあ、この七メートル半ぐらいの梯子じゃ、まだそこまで届かないね。だけど、もう一本同じくらいの梯子があれば、マウンド上まで余裕で届くって計算になるよね……」

「はあ、なにいってんだ、有紗⁉　二本の梯子をマウンドへ向けて縦に並べるってのか。それなら確かに、梯子の先はマウンド上まで届くさ。でも、それでどうなるんだよ？　その梯子の上を歩くのか。なるほど、それだと地面に犯人の足跡は残らないな。だけど、その代わり梯子の跡が地面にくっきり残るはずだ。だが死体発見当時、内野のグラウンドには足跡はもちろん、不審を感じさせるような地面の乱れさえもまったくなかった。梯子の跡なんてどこにも……」

「ううん、良太、梯子の跡は残らないよ」

「なんでだよ。グラウンド上に梯子を置いて、それを両足で踏みつけて歩くんだぞ。地面の上にはスタンプを押したみたいに、くっきりと梯子の跡が残るはずだ」

「違うよ。梯子を置くんじゃない。立て掛けるんだよ」

「立て掛けるって、どこにだよ」俺はグラウンドのいちばん高い場所を指差しながら聞いた。

「ひょっとして、バックネットか」

「バックネットに梯子を立て掛けても意味ないでしょ」有紗は呆れた声をあげ、まったく違う方角を指差した。「違うよ、良太。マウンドだよ、マウンド」

「はあ、マウンド⁉　マウンドに梯子を立て掛けるってのか。なんだそれ⁉」

キョトンとする俺に対して、有紗は溜め息混じりに問い掛けた。

「ねえ、良太は野球のグラウンドを平面のイメージで捉えているんじゃないの？　でも、実際のグラウンドは平面じゃないよね。ほぼ平らには違いないけど、マウンドの部分だけは数十センチほど地面が盛り上がっている。だから、そこにファウルグラウンドから梯子を立て掛けるの。二本の梯子をロープで接続した十二メートル半以上ある長ぁ〜い梯子をね。そしたら、その長い梯子はちょっとだけ地面から浮くはずでしょ。内野のグラウンドにべったりと接することはないはずだよね」

「う、うん、確かに梯子は少しだけ浮いた状態になるな」

《立て掛ける》という言葉のイメージからはだいぶ外れるが、要するにファウルグラウンドからマウンド上まで一本の橋が掛かるわけだ。「そうか、その上を歩けば、内野のグラウンドには犯人の足跡も梯子の跡も残らない」

「そういうこと。それにこの規模の公園なら、似たような梯子がもう一本くらいあっても不思議じゃないと思うんだよね。どう思う、良太？」

「確かに」と俺は頷く。「梯子がもう一本あるとするなら、公園の管理棟あたりだな」

探してみよう！　と二人の意思が一致して、俺たちは駆け出した。

公園の管理棟は野球専用グラウンドのすぐ隣だった。コンクリート平屋建ての周囲をぐるりと回りこむと、建物の裏にお目当てのものを発見。先ほど見たのと同じタイプの梯子だ。それは特に厳重に保管されているわけでもなく、無造作な感じで軒下に放置されている。どうぞ盗んでくださいといわんばかりだ。すると有紗は何を思ったのか、いきなり俺に背中を向けると、

「有紗は何も見ていないから、良太、その梯子を勝手に持ち出したいのなら、さっさと持ち出しなさいよね。さあ、早く！」

「………」要するに、泥棒の真似事を俺ひとりに押し付けたいらしい。

この調子だと、この子は将来とんでもないモンスターへと成長するのではあるまいか。俺は少女の未来に若干の危惧《きぐ》を覚えながらも、いまはとりあえず彼女の指示に従った。梯子を肩に担いで周囲を確認。それから小走りでグラウンドへと戻る。こうして梯子は二本揃った。

二本の梯子を前にして有紗は満足そうに頷くと、ロリータ服のポケットから丈夫そうなロープを取り出した。

「これで二本の梯子を繋ぎ合わせて一本の梯子にするの。できる、良太？」

そんなの簡単簡単、と軽々しく頷きながら、俺はロープを受け取った。なんでも屋、橘良太の腕の見せ所だ。二本の梯子を二メートル分ほど重ね合わせて、それぞれの横木と横木をロープで縛り付ける。ロープには僅かな緩みもなく、二本の梯子はしっかりと繋がれた。

それを担ぎ上げた俺は、一塁側のファウルグラウンドから盛り上がったマウンドへ向けて、長い梯子を《立て掛けた》。

こうしてファウルグラウンドからマウンドに向けて梯子が掛かった。有紗が指摘したとおり、梯子はほんの少しだが、内野の地面から浮いている。最初に有紗が、梯子に足を掛けてマウンドへ向かって歩き出す。彼女は軽快な足取りで十二メートル半の距離を渡りきった。

「余裕余裕！　楽勝だよ、良太！」マウンド上で少女は両手を突き上げガッツポーズ。

まあ、有紗は軽量だから有利だ。問題は大人が渡れるかどうかなのだが……

俺はこわごわと横木に足を掛けて、梯子を渡りはじめる。梯子がしなるような感覚が両足に伝わり、一瞬ヒヤリ。それでもアルミニウム製の梯子が折れることはないし、連結部分のロープが切れることもない。多少の時間は掛かったものの、俺は地面に足跡を残すことなく、マウンド上で待つ有紗のもとに無事たどり着いた。こうして犯人の足跡トリックは白日のもとに晒された。俺はマウンドの上に立ちながら興奮気味に捲し立てた。

「梯子を使えば、犯人は足跡を残さずにマウンド上までいける。ってことは、通り魔の撃ったボウガンの矢が、たまたま一撃で剣崎監督の胸に刺さった、という警察の見解は崩れる。やっぱり、これは通り魔事件なんかじゃなかった。矢鴨の事件とも直接の関係はない。これは最初から剣崎監督を殺害することを目的とした、仕組まれた犯行だったんだな」

「そういうこと」と有紗は冷静にいった。「犯人は梯子を使って、このマウンドに立ち、そこに剣崎監督をおびき寄せた。夜のグラウンドで密かに会う約束が、二人の間にあったのかもね。剣崎監督は無警戒なまま、マウンドへと歩み寄った。そして彼が充分に近づいたところで、犯人は隠し持っていたボウガンを構え、目の前の剣崎監督を撃った。これなら一撃で仕留めることができるはずだよね。特別な射撃の腕前も必要ないし、しくじる危険性もほとんどない」

「ああ、そうだな」

頷きながら、俺は昼間に会った吉岡哲司のことを思い返した。

彼はいっていた。ボウガンなど持ったこともない自分が、どうして十数メートル先の人間を一撃でやっつけられるのか――と。だが、いまや彼の主張は無意味なものとなった。標的は十数メートル先ではなかった。目の前にいたのだ。これなら吉岡にも犯行は可能だ。しかも彼には弟の復讐という強い動機がある。もはや事件の全貌《ぜんぼう》は明らかなものと思われた。俺は隣の有紗にいった。

「トリックについては、よく判った。だが、ここから先は素人《しろうと》探偵の出る幕じゃない。後のことは長嶺に任せよう。なんなら、これからまた喫茶店かどこかに長嶺を呼び出して、梯子のトリックについて説明してやってもいい。なにしろ警察は、今回の事件をアルバイト青年の憂さ晴らしの犯行だと信じ込んでいるんだからな」

「うん、そうだね。真実を教えてあげなきゃね。――でも、その前に梯子を片付けないと」

はあ⁉　梯子なんか放っときゃいいじゃんか、と悪い大人はそう思うのだが、子供という生き物は、こういうところで変に融通が利かない。俺は一刻も早く長嶺と連絡を取りたかったのだが、「そうだな、使ったものは片付けないとな」と神妙に頷いた。

ロープで繋いだ梯子をバラして、元どおり二本の梯子にする。一本は最初にあった桜の木に立て掛けておくことにして――

「もう一本は管理棟に戻しておかなくちゃな」

俺は梯子を肩に担いでグラウンドを離れた。有紗も俺の後に続く。管理棟までは百メートルもない平坦な道のり。だが、そこは立ち並ぶ樹木に囲まれた暗い道だ。気が付くと有紗は、俺の横にピッタリと寄り添い、Tシャツの裾をぎゅっと握っていた。

「なんだ有紗、怖いのか？」

「こ、怖くないもん。嫌な予感がするだけだもん。誰かに見られてるっていうか……」

「誰かに見られてる⁉　ははは、そんなの気のせい、気のせい……」

笑い飛ばす俺の声が暗い夜道に響き渡った、ちょうどそのとき——「ヒュッ！」と風を切るような奇妙な音。と同時に「タンッ！」と何かを叩くような乾いた音が、俺のすぐ傍で鳴り響く。ビクリとした俺の肩から梯子が滑り落ち、足許で激しい金属音を立てる。隣では、有紗が怯えた視線を俺のほうへと向けていた。「りょ、良太ッ、そ、それ……」

「ん⁉」彼女の指差す方向に目をやると、そこにあるのは一本の木だ。何の木かは知らないが、その太い幹に一本の棒がニョキリと生えている。真っ直ぐな細い棒だ。明らかに自然に生えた枝ではない。「……これって、いったい⁉」

呟く俺のすぐ傍で再び——「ヒュッ！」「タンッ！」

先ほどとまったく同じ音が鳴り響く。見ると、目の前の細い棒は、一瞬のうちに二本に増えていた。細い棒の正体は矢。ボウガンから発射された矢だ！

「わあぁッ」俺は悲鳴にも似た叫び声をあげた。「誰かいる！　危ない、有紗、隠れろ！」

いわれて有紗はすぐさま身を隠した。——よりによって俺の背中を盾にして、だ。なるほど確かにそこはいちばん安全かもしれないけれど、俺が撃たれて死んだら、おまえだって無事じゃ済まないんだぞ。判ってんのか、有紗！

だが、いまは少女の見解を質《ただ》している場合ではない。ボヤボヤしていたら三本目の矢が俺の顔面あたりで「タンッ！」と嫌な音を立てるかもだ。

俺は有紗を背後に従えながら、矢が刺さった幹の裏側へと身を隠す。そして暗闇に潜んでいるであろう、見えない狙撃手に向かって叫んだ。

「おい、吉岡哲司、馬鹿な真似はよせ！　俺たちを殺したって、おまえは逃れられないぞ。観念して、おとなしく警察に……ん、なんだよ、有紗？」

俺は背後に寄り添う少女に向かって首を傾げた。彼女は俺のTシャツを盛んに引っ張りながら訴えた。「違うよ、良太、あれは吉岡さんじゃないと思う。よく確認して」

「ええ!?　吉岡じゃないって……じゃあ、誰なんだよ……」

恐る恐る木の陰から顔を覗かせながら、暗闇の向こうへと目を凝らす。するとそのとき、灌木の陰に身を潜めていた男が悠然とその姿を現した。出っ張ったお腹と下膨れの顔、そして白髪まじりの頭。貫禄の漂う姿を見て、俺は思わず「あッ」と小さな悲鳴をあげた。

暗闇の中、男は足を止め、警戒するように左右を見回す。その正体は溝ノ口ホルモンズ監督、山下昭二だった。彼の手にはボウガンらしき武器が確かに握られている。

「や、山下監督！　なぜ、あなたが僕を狙うんですか。今日のピッチャーゴロのせいですか、それともこの前の4三振を、まだ根に持っているんですか。そうなんですか、監督！」

「んなわけないでしょ、良太」

背後から有紗の声が冷静に真実を告げた。「まだ判んないの？　要するに剣崎監督を殺したのは山下監督だったってこと」

「え⁉　ああ、そうなのか……」山下監督が暗闇でボウガンを構えているってことは、当然そういうことなのだろう。だが、なぜ彼が剣崎監督を殺害するのか。ホルモンズを永遠の勝利に導くためか。いや、そんな馬鹿な。疑問な点はいくつもあったが、いまはそれを解き明かしている暇はない。目の前の危機を回避することが先決だ。俺は必死に説得を試みた。

「山下監督、いや、山下昭二！　俺たちを殺しても無駄だぞ。おまえの悪事はもう……」

「うるさい、黙れ！」叫び声とともに三本目の矢が風を切り、俺の前方に広がる暗闇の中を虚しく通り過ぎる。彼の撃つボウガンの精度は、それほど高くはないらしい。

するると、背後から有紗が小声で指摘した。「ボウガンって弓矢だよね。だったら続けて二発は撃てないんじゃないのかな？」

「そうか。次の矢をつがえる時間が必要になるもんな」

ならば相手が矢を放った直後が、こちらの反撃するチャンスだ。そのためには相手に先に撃ってもらう必要がある。俺は後ろの少女に真顔で提案した。「おい有紗、おまえ、この木の陰から飛び出して囮《おとり》になれよ。そしたら奴はおまえ目掛けて一発撃つだろ。その直後に俺がここを飛び出して、奴をふん捕まえる。どうだ、完璧な作戦だろ」

「完璧だけどサイテーな作戦だよ、良太。なんだか悲しくなるよ……」

「駄目か」まあ、そうだよな。俺はアッサリ頷くと、少女に次善の策を授けた。「じゃあ有紗はここでジッとしてろ。余計な真似するなよ」いうが早いか、俺は相手を挑発する言葉とともに、木の陰を飛び出した。「——おら、ヘボ監督、こっちだ！」

地面の上でこれ見よがしに前転しながら、隣に立つ木の陰を目指す。瞬間、左の肩のあたりを何かが通り過ぎていくような気配。俺は咄嗟に大きな悲鳴をあげた。

「やられたぁ〜〜〜ッ」

実際には、誰かにやられた人間が「やられた〜」なんていうはずないのだが、とにかく俺はやられたフリ。だが、すぐさま体勢を立て直すと、暗闇の中を猛然と駆け出した。道端に落ちた梯子を両手で持ち上げ、そのまま梯子の先を標的へと向ける。灌木の傍らに立つ山下昭二は、必死で次の矢をつがえようとしているところだ。勝負はこの一撃で決まる。

「とりゃあぁぁ——ッ」俺は梯子を持ったまま相手目掛けて突進。

山下の顔に浮かぶ恐怖の色。一瞬の後、梯子の先端は見事、彼の身体を挟み込むようにして灌木に固定した。江戸時代に使われた刺股《さすまた》の要領だ。

——どうだ見たか。罪人、召し捕ったり！

得意顔の俺は、しかし次の瞬間、ハタと思った。

これからどうすればいいのだろうか。灌木と梯子に挟み込まれた殺人犯、山下昭二はなおも抵抗をやめていない。手足をバタつかせながら、なんとかこの場を逃れようと必死の努力を続けている。俺は額に脂汗を浮かべながら、懸命に梯子を押さえ続けるしかない。くそ、これじゃ力比べだ。負けるかもしれない……

と、ついつい俺の飼ってる弱気の虫が顔を覗かせた、ちょうどそのとき、

「良太ッ、良太ッ、こっち、こっち！」

思いがけなく高いところから響く少女の声。驚いて見上げる視線の先には、いつの間によじ登ったのだろうか、大木の枝の上で身構えるロリータ服の少女の姿。その眸は何かを狙っているように爛々とした輝きを帯びている。この三ヶ月ほどの経験から、俺には彼女の狙いが手に取るように判った。――やめろ、有紗、無茶するな！

だが俺が警告を発するより先に、「いい、良太ッ、ちゃんと押さえといてね」と、枝の上で少女が叫ぶ。「いっくよー、せーのッ」

わッわッ、馬鹿馬鹿馬鹿！　慌てふためく俺をよそに、「そぉーれッ」とひと声叫んだ有紗は、枝の上で大きくジャンプ！　小さな身体が一瞬ふわりと宙に浮いたかと思うと、少女は赤い靴を綺麗に揃えて前へと突き出す。樹上からのミサイルキック！　梯子の先端で、山下昭二

の下膨れの顔が恐怖に歪む。そんな彼の顔面を、少女の突き出す赤い靴底が、狙い澄ましたように捉えて打ち抜く。男の口から漏れる「ぐえッ」という悲鳴。少女は男を蹴り飛ばした弾みを利用して、後方にくるりと一回転。地面の上で綺麗に片膝をついて着地した。

すべては一瞬の出来事だった。

俺は梯子を押さえていた手を緩めてみる。

支えを失った山下昭二の身体が、へなへなと地面の上に崩れて落ちる。

そして有紗は勝利の笑みを浮かべながら、「やったあ！」と無邪気に拳を突き上げるのだった。

10

争いの終わった弛緩《しかん》した空気の中、俺はすっかり戦意を喪失した山下昭二に向かって真顔で問い掛けた。「あんた、なぜ剣崎監督を殺したんだ。なにか理由があったんだろ」

だが山下は地面にしゃがみこんだまま、不貞腐《ふてくさ》れたような顔をするばかりで、全然答えようとしない。ならば、とばかりに彼のボウガンに矢をつがえて同じ質問をすると、彼は目を丸くしながらこう答えた。「――ト、トト、トトトカルチョだ！」

ずいぶん「ト」が多いような気がするが、どうやら彼は「トトカルチョ」といいたいらしい。その言葉に俺はピンときた。「この時季そういう連中が後を絶たないって、俺の友人も嘆いていたな。そういや、あんた、やけに熱心に高校野球の実況中継を聴いていたっけ。はは ん、さてはやってたんだな、トトカルチョ。いや、正確には野球賭博《とばく》っていうべきか」

「た、たいした金額じゃない。ただの遊び程度だ。だが、それを知った剣崎は警察に報せると言い出した。とんだ馬鹿正直だ。そんなことされたら、こっちはたまったもんじゃない」

「それで夜のグラウンドに呼びつけたんだな。大事な話があるとかなんとかいって」

「そ、そうだ。賭博の全貌を残らず話してやるといってな」

「あんたは梯子のトリックを使って、足跡を残すことなくマウンド上に立ち、ボウガンを隠し持ちながら剣崎監督の到着を待った。そこに何も知らない剣崎監督が現れた。彼は不審に思わなかったのか？　マウンド上に立つあんたと、その傍らにある梯子を見て」

「剣崎はいつも、三塁側からやってくる。自宅がそっち方面なんだろう。あの夜もそうだった。俺はそのことを予想して、梯子を一塁側に掛けたんだ。だから彼はマウンドに近づくまで、梯子の存在に気付かなかった。そして、それに気付いたときには、もう遅い。俺は彼にボウガンを向けて、引き金を引いていた。後は説明しなくても、もう判っているんだろ」

「殺人を終えたあんたは剣崎監督の死体をその場に残して、マウンド上の自分の足跡を掻き消した。それから梯子を渡って一塁側のファウルグラウンドへと戻った。そして梯子を片付けたんだな。さっき俺たちがやったように。——こっそり見てたんだろ、暗がりから俺たちのことを」

「ああ、見てた。おまえらが何をやっているのかも、ひと目で判った。正直ゾッとしたよ」

「それで俺たちを殺そうと？　だが、なんでそのときあんたの手にボウガンがあったんだ？偶然にしちゃ出来過ぎだよな。何か違う目的があったんじゃねーのかよ」

「…………」再び黙り込む山下昭二。

ならば、とばかりに俺は矢をつがえたボウガンの照準を、彼の右足に向けながら、再び同じ質問。「なあ、なんでボウガンなんか持ち歩いていたんだい？」

「わあ、待て待て！　そ、それはだな、通り魔の存在を警察に印象付けるために、このあたりでもう一件ぐらい通り魔っぽい事件を起こしておくほうがいいかと、そう思ったんだ……そうしたら、ちょうどおまえたちの姿が目に留まったんで……それで」

「ふーん、それで俺たちを急遽、標的にしたってわけか。なるほどな」

山下は飯田孝平というボウガンマニアが警察に逮捕されたことを知らない。だから無意味な、というよりむしろ逆効果になる小細工を思い立ったわけだ。俺は納得して頷いた。

山下は沈黙したまま肩を落としている。うなだれる彼の身体が小刻みに震えているのは、罪の意識か、罰への恐怖か。それともボウガンを持つ便利屋が、彼の目には殺し屋のように映っているのだろうか。

それはともかく、山下は自分の悪行について充分語ってくれたようだ。俺は満足しながら、傍らに立つ小さな名探偵に感想を求めた。「いまの話、どう思う、有紗？」

「どう思うって……」有紗は溜め息を漏らしながら、「良太、自白のさせ方が卑怯すぎ」

「はあ⁉　卑怯もクソもあるかよ。俺は警官じゃねーんだぞ」

ただのなんでも屋だぜ――と呟きながら俺は自分の携帯を取り出して、友人の番号を呼び出した。相手が出るのを待って口を開く。「よお、長嶺か。俺だ、橘だ。いい報せだ。剣崎監督を殺した真犯人な、この俺が捕まえてやったぞ。嘘だと思うなら、いますぐ総合運動公園にこいよ。この俺が直々に真犯人を引き渡してやるからよ」

携帯に向かって勝ち誇った口調の俺。その眼前では有紗がプーッと頬を膨らませている。

――ホントは有紗が捕まえたんだからね！

探偵少女は大きな声でそう訴えたいのだ。俺は「我慢しろ」というように片目を瞑った。

携帯での通話からしばらくの後。長嶺は数名の制服警官を引き連れながら、俺たちのもとへと姿を現した。長嶺は俺と有紗、それから地面にしゃがみこんだ中年男性の顔を覗き込みながら、「これは、いったいどういうことなんだ？」とまったく状況が飲み込めない様子で、盛んに首を捻った。「なぜ、山下監督の顔面に子供の靴跡が付いてるんだ？」

長嶺の素朴な問いに、有紗は頬を赤らめながら、「えーっと……なんでだろね……」

「まあ、なんだっていいじゃねーか」俺は武士の情けで、この話題を無理やり終わらせる。それから俺はここに至るまでの出来事を大雑把に説明。後のことは友人に任せることにした。もう子供が出歩く時間じゃない。これ以上、帰りが遅くなっては、長谷川さんに説教されてしまう。俺は友人の前で軽く手を振りながら、

「じゃあな長嶺、後は適当に処理して、全部おまえの手柄にしろよ。なーに、遠慮はいらん。俺とおまえの仲だろ。——おい、帰ろーぜ、有紗」

「うん、帰ろう、良太」

こうして難事件にケリをつけた俺たちは、綾羅木邸に向けてようやく帰宅の途についた。

総合運動公園を出て、溝ノ口の中心部へと向かう道すがら、俺は気になっていた点について彼女に尋ねてみた。「おまえ、吉岡哲司のことを疑ってたんじゃなかったのかよ？」

「うん、疑ってたよ。いかにも怪しく思えたから。でも梯子のトリックに気付いた瞬間から、考えが変わったの。あのトリックを使えば、確かに内野のグラウンドには足跡も梯子の跡も残らない。ただし、マウンドの上には梯子を掛けた痕跡がハッキリ残るはずだよね」

「ああ、梯子の先端が地面に食い込んだような痕跡が残るだろうな」

「そう。犯人にとっては気になる痕跡だよね。それを掻き消すためには、自ら死体の第一発見者となってマウンドに駆け寄り、どさくさ紛れに地面を足でならすような、そんなことをやらなくちゃならない。じゃあ、死体発見時にそんなふうな怪しい行動を取った人って誰かいた？」

「そうか、山下昭二だ！」俺はパチンと指を弾いた。「彼はマウンドで尻餅をついて、そのまま後ずさりするような、そんな行動を取っていたはず。そうか、あのとき彼は腰を抜かしたようなフリをしながら、その実、自分の尻で梯子の痕跡を掻き消そうとしていたわけだ」

「そういうこと。だから、あたしは吉岡哲司よりも山下昭二のほうが怪しいって思ったの。でもまさかトリックを解明している場面を、彼自身に見られていたとはね。迂闊だったわ」

そういう有紗は心底悔しげな表情。だが、俺は彼女の十歳とは思えない慧眼に、あらためて舌を巻く思いだった。この少女の活躍がなければ、今回の事件は飯田孝平の犯した通り魔殺人として、誤った結末を迎えていたかもしれないのだ。

まさに恐るべきは、探偵少女の優れた推理力と大胆な行動力、そして悪い奴らを情け容赦なく蹴り飛ばす、あの脚力だ。俺もせいぜい気を付けなければ――

そんなことを思ううちに、いつしか俺たちは溝ノ口の中心街、ポレポレ通りに差し掛かっていた。夜の繁華街を闊歩するのは、仕事帰りの会社員や陽気な学生たち。ヤンキーあるいはギャルの姿も結構目に付く。

綾羅木邸まではもうしばらくの道のりだ。すると有紗は探偵少女の顔から小学四年生の顔に戻って、突然こんなことを言い出した。「ところで、良太ぁ、有紗、さっきからずーっと足が痛いんだけど、気付かないの？　ほらほら、よく見て。足、引きずってるでしょ？」

「…………」正直、いま急に引きずりはじめたようにしか見えない。俺は思わず肩をすくめながら、「はあ!?　なんだよ、怪我《けが》でもしたのか。まあ、無理もねーよな。あんな高い枝からジャンプすりゃ、足だって痛くなるさ。もうすぐ家に着くから頑張れ。頑張って歩け」

「やだー」少女は駄々っ子のように身体を揺すりながら、「良太ぁ、家までおんぶしてー」

「…………」冗談じゃない。こんな無茶な要求にいちいち応えていたら、俺の仕事は増えるばかりだ。「馬鹿。おんぶなんか小学校低学年までだ。おまえ、もう四年生だろ。十歳だろ」

「大丈夫だよー。有紗、よく八歳ぐらいに間違われるもん。体重、軽いしー」

「そういう問題じゃない。いいから歩け。おんぶなんて駄目だ。子供じゃあるまいに」

「あー、普段は子供子供っていうくせにー、大人ってズルイー」

「いいんです。大人はズルイものなんです！」

「足、痛いー。骨折れてるー」

「だったら、おんぶじゃなくて救急車だな。これから病院いくか」

「病院は嫌！　でもホントに痛いんだってばー」

商店街の真ん中で懸命に痛みを訴えるロリータ服の少女。けっして取り合おうとしないTシャツ姿の三十男。そんな俺たちの姿は、大勢の人の目にどのように見えていたのだろうか。年齢の近い親子連れ？　それとも歳の離れた兄と妹？　だが少なくとも天才探偵少女とその良き相棒とは映っていなかったに違いない。なにしろ綾羅木有紗は名探偵とはいえ小学生。事件を離れてしまえば、単にわがままで甘えん坊で泣き虫な女の子に過ぎないのだ。そんな彼女は俺のTシャツの裾を摘みながら、ツインテールの黒髪を左右に揺らした。

「ねえ、おんぶー」

俺はキッパリ首を振りながら、「ダーメ！　絶対、やんねえからな」

「ねえねえねえねえってば！」

「駄目駄目駄目駄目ったら駄目！」

昼間の熱気が残る夜の溝ノ口。俺と有紗は互いの主張を譲ることなく、人通りの中を歩き続ける。そんな俺たちの姿を眺めながら、道行く人々はみな笑顔で通り過ぎていくのだった。

解　説――書店より愛をこめて　ユーモアミステリのススメ

高橋美里

忘れもしない二〇〇二年の春、書店で働いていた私は、入荷されてきた新刊の中に、銀色の帯の巻かれたカッパ・ノベルスの新刊を見つけて、真っ先に手に取った。魅力的なあらすじに、ユーモア漂うタイトル。帯には有栖川有栖さんの推薦文が燦然と輝いていた。手に取らないはずがない。

それが東川篤哉さんのデビュー作『密室の鍵貸します』だった。

この時、カッパ・ノベルスからは新人のデビュー作が四作同時に刊行され、『密室の鍵貸します』はその中の一冊だった。今も続く「烏賊川市シリーズ」の第一作で、二〇一四年にはドラマ化もされ、いまや東川さんが「烏賊川市は私の本籍地である」と語るメインシリーズの一つになっている。

二つの密室殺人事件に隠されたトリックと、アリバイ工作、そして解決に至るまでの飄々として軽妙な会話劇。キャラクタは生き生きと描かれ、それぞれの個性を爆発させている。これらの作風は現在までもぶれることなく一貫して引き継がれている。

仕事柄、何が本を手に取るきっかけになるかと考えることが多いが、東川作品の場合は、シャレがきいていて中身が気になるタイトルにまず目を引かれる。たとえばタイトルを見た瞬間、心の中で「どっかで聞いたことある！」と思わず突っ込んでしまうようなものが多い。

そうして当時の私はまんまと東川さんの本を手に取り、あっという間にのめりこんでしまった。自分の目に狂いはなかった。一読して、ああ、久しぶりにユーモアミステリの面白い本を読んだ！　とうれしくなった。かつて赤川次郎作品からミステリの世界にはまった私にとってこの出会いは必然だったのだ……！　と運命すら感じた。

ユーモアミステリというと、その言葉のイメージから、軽くて面白さ重視だけ、と思われるかもしれない。いやいや、ユーモアミステリこそ、もっともミステリの素養を問われ、構成力とバランスを求められるし、だからこそユーモアミステリはすべてのミステリに通ずる、といっても過言ではない！　それは本作『探偵少女アリサの事件簿　溝ノ口より愛をこめて』がしっかり証明している。

さて、読み始める前に。溝ノ口とは神奈川県川崎市にある街である。南武線の武蔵溝ノ口駅、また東急田園都市線の溝の口駅のことを指している。ご存じでない読者のみなさんは特に南武線の路線図を手元に用意してお読みいただくと、より一層本書をお楽しみいただけるかと思いますので是非。

本作の語り手は、勤め先のスーパーでオイルサーディンの誤発注により、大量の在庫とともにクビになった橘良太（31）。そんな彼が地元の武蔵新城にて『なんでも屋タチバナ』をはじめたところから始まる。犯罪以外の依頼はなんでも受ける、なんでも屋に舞い込んだ四つの依頼からなる連作短編集だ。

良太はある日、依頼で訪れた溝ノ口にある豪邸で、青いワンピースにエプロンドレス姿という、まるで『不思議の国のアリス』の世界から抜け出てきたかのような可憐な小学四年生の少女、有紗と出会う。彼女の母は世界をまたにかけ活躍する名探偵・綾羅木慶子、また父も名探偵（ということになっている）綾羅木孝三郎という探偵一家に生まれた一人娘。その出会いによって、思わぬ犯罪に巻き込まれていくことになるのだが……。

絵のモデルとして訪れた画家の豪邸で、突如として響き渡る叫び声。地下室には家の主である篠宮栄作画伯が銅製の額縁で殴打され、死んでいた――（「名探偵、溝ノ口に現る」）

この最初の短編では、良太と有紗の出会いが衝撃的かつユーモラスに描かれる。二人の関係はたちまち子連れ狼ならぬ、子守り探偵へ。ただし探偵は子供のほう。大人びた表情から突然小学生らしいしぐさを見せる有紗。そんな憎たらしくも可愛い探偵と、彼女に振り回される良太のコンビは一話目から絶好調だ。条件の限られた中、犯人はいつ凶行に及び、凶器はどこへ行ったのか？　盲点をつく犯罪に、きっとあなたもだまされるはず。

二話目では、有紗に「はじめてのおつかい」を、という父からの依頼を受け、届け物をする有紗を尾行……ならぬ見守る良太。その帰り道で事件に遭遇する。武蔵溝ノ口駅前のベンチで女性の死体が発見された。その容疑者は有紗のおつかい先の相手であり、アリバイもあるのだが……（「名探偵、南武線に迷う」）

思わぬところから事件の関係者となった二人が挑むのは、分倍河原から武蔵溝ノ口をめぐる電車・時刻表トリック（!?）すでに東川作品になじみのある皆様には東川調が炸裂する一編。読みながらにやにや笑いが止まらず、思わず最高か!!　と唸った。

三話目ではいよいよ密室殺人が起きる。浮気調査のために張り込みをしていた建物の中で、依頼主の夫が死んでいた。良太と有紗による監視下の密室で、犯人はいかにして犯行を成し遂げたのか――（「名探偵、お屋敷で張り込む」）

夜中に訪れた不審な女性は、はたして浮気相手なのかそれとも……。単なる浮気調査のはずが、次第に謎は深まり、本格ミステリの王道へと形を変えていく。これこそが東川ミステリの楽しさの一つだろう。シンプルながらも難易度の高い不可能犯罪の謎を、有紗はいかにして解決に導くのか。お楽しみに。

最終話、地元野球チームに助っ人の依頼を受けた良太は、試合で散々たる結果を残しその役目を終え「二度と雇わん」とまで言われた……が、後日再び助っ人に呼ばれ向かった球場のマウンドにボウガンで打たれ死んでいる監督を発見する。グラウンドは綺麗に整備され被害者以外の足跡はなし。周辺地域で起きていた矢ガモ事件を受け、犯人は同一犯とも思われた、のだが――（「名探偵、球場で足跡を探す」）

足跡トリックものだ！　と読みながらテンションがあがった作品で、四編の中でもっともアクロバティックなトリックが披露される。そして何より、作中の有紗が一番可愛いのもこの回だ。かき氷を食べるシーンや、最後に見せる甘えん坊なしぐさがたまらない。

本作にはミステリのベーシックなネタがとても丁寧にしっかりと、それぞれの話で描かれている。密室やアリバイだけでなく、時刻表や足跡トリックなど、あの手この手で読者をミステリの世界へ誘っている。冒頭でも触れたが、ユーモアミステリはすべてのミステリに通じている、ということを少しでも体感していただけるのではないだろうか。そして、東川篤哉という作家は常にミステリの世界の入り口に立っていて、その扉を開いてくれるのだ。扉をくぐったあとも親切に案内してくれる。ちなみに多忙を極める有紗の両親、名探偵・綾木慶子と綾羅木孝三郎が関わっている事件は、過去の名作本格ミステリを元ネタにしているものが多い。本作で本格ミステリの世界に興味を抱き、次に何を読もうかと悩んでいる方には、道しるべになるかもしれない。

岡山で落ち武者伝説に纏わる八つの連続殺人事件→横溝正史『八つ墓村』
ナイル川をクルーズする豪華客船の船内で、大富豪が何者かに銃で撃たれて死ぬ→アガサ・クリスティ『ナイルに死す』
瀬戸内海の孤島で起こった三姉妹連続殺人事件→横溝正史『獄門島』
爬虫類のたくさんいる館で起こった密室殺人事件→カーター・ディクスン『爬虫類館の殺人』
降矢木家という謎めいたお屋敷で、弦楽四重奏の楽団員が連続して殺害される事件→小栗虫太郎『黒死館殺人事件』

二〇一一年に『謎解きはディナーのあとで』で本屋大賞を受賞されてから、東川さんの作品を手に取る読者の年齢層も広がり、サイン会を開催させていただいた時には小学生の読者が親御さんと一緒に並んでいたのがとても印象的で、その光景をみながらミステリはまだまだこれから盛り上がる、と感じたことを今でもよく覚えている。エンターテインメントとしてのミステリの力を読者として信じているし、東川さんについていけば大丈夫！　とも思っているので、どうかこれからもその最前線を走り続けていただきたい。そしてこんなに可愛い探偵を生み出したのだから、ぜひ次の事件簿もよろしくお願いします！

――――書店員（オリオン書房）

この作品は二〇一四年十一月小社より刊行されたものです。

幻冬舎文庫

●最新刊
嘘
明野照葉

老舗画廊勤務の中田由紀、三十二歳。穏やかで上品な彼女が、一人旅から帰ってきた途端に豹変した。翻弄される妹と婚約者。演技なのかと疑う妹が辿り着いた姉の狂気の理由。傑作サスペンス。

●最新刊
ショットバー
麻生　幾

六本木の路上で女の絞殺死体が発見された。唯一の目撃者である亜希は捜査1課にマークされてしまう。外事警察も動き出す中、被害者の別の顔が明らかに……。国家権力と女の人生が交錯する！

●最新刊
ゼンカン
警視庁捜査一課・第一特殊班
安東能明

江東区でストーカー事件が発生。第一特殊班が警護にあたるが、怪しい人物は見当たらない。しかし、係長の辰巳だけは昔担当した奇妙なストーカー事件と同じ匂いを嗅ぎ取っていた！

●最新刊
リバース
五十嵐貴久

医師の父、美しい母、高貴なまでの美貌を振りまく双子の娘・梨花と結花。非の打ち所のない雨宮家を取り巻く人間に降りかかる血塗られた運命。それは、「あの女」の仕業だった。リカ誕生秘話。

●最新刊
不等辺三角形
内田康夫

名古屋の旧家に代々伝わる簞笥の修理を依頼した男、さらに簞笥修理の職人を訪ねた男が次々殺された。真相究明を依頼された浅見光彦は意外な人間関係にたどり着く。歴史の迷宮に誘うミステリ。

幻冬舎文庫

●最新刊
給食のおにいさん　浪人
遠藤彩見

ホテル給食を成功させ、やっとホテル勤務に戻れると喜んだ宗。だが、学院では怪事件が続発する。犯人は一体誰なのか。怯える生徒らを救うため、宗と栄養教諭の毛利は捜査に乗り出すが……。

●最新刊
悪夢の水族館
木下半太

「愛する彼を殺せ」。花嫁の晴夏は、「浪速の大魔王」の異名を持つ醜い洗脳師にコントロールされつつあった。そこへ洗脳外しのプロや、美人ペテン師などが続々集合。この難局、誰を信じればいい!?

●最新刊
僕は沈没ホテルで殺される
七尾与史

日本社会をドロップアウトした「沈没組」が集う、バンコク・カオサン通りのミカドホテルで、殺人事件が勃発。宿泊者の一橋は犯人捜しを始めるが、他の「沈没組」が全員怪しく思えてきて——。

●最新刊
ふたり狂い
真梨幸子

小説の主人公と同姓同名の男が、妄想に囚われ作家を刺した。クレーマー、ストーカー、ヒステリー。「私は違う」と信じる人を震撼させる、一瞬で狂気に転じた人々の「あるある」ミステリ。

●最新刊
光芒
矢月秀作

所詮ヤクザは堅気になれないのか!?　伝説の元暴力団員・奥園が裏稼業から手を引こうとした矢先、ヤクザ時代の因縁の相手の縄張り荒らしに気づく。微かなノイズが血で血を洗う巨大抗争に変わる!

探偵少女《たんていしょうじょ》アリサの事件簿《じけんぼ》

溝ノ口《みぞのくち》より愛《あい》をこめて

東川《ひがしがわ》篤哉《とくや》

平成28年10月10日　初版発行

発行人――石原正康
編集人――袖山満一子
発行所――株式会社幻冬舎
〒151-0051東京都渋谷区千駄ヶ谷4-9-7
電話　03(5411)6222(営業)
　　　03(5411)6211(編集)
振替00120-8-767643
印刷・製本―中央精版印刷株式会社
装丁者――高橋雅之

幻冬舎文庫

ISBN978-4-344-42535-4　C0193　　ひ-21-1

幻冬舎ホームページアドレス　http://www.gentosha.co.jp/
この本に関するご意見・ご感想をメールでお寄せいただく場合は、
comment@gentosha.co.jpまで。